ठंडा गोश्त
तथा अन्य कहानियाँ

मंटो

प्रभाकर प्रकाशन

ISBN: 978-93-56826-91-5
eISBN: 978-93-56824-39-3

© प्रकाशकाधीन

प्रकाशक: प्रभाकर प्रकाशन
प्लॉट नं.–55, मेन मदर डेयरी रोड
पांडव नगर, ईस्ट दिल्ली–110092
फोन: 011–40395855
वॉट्सऐप: +91 9319228272
ई-मेल: sales@pharosbooks.in
वेबसाइट: www.prabhakarprakashan.com

प्रथम संस्करण: 2023

मुद्रक: सुषमा बुक बाइंडिंग हाउस ओखला इंडस्ट्रियल
एरिया फेस-II, नई दिल्ली–110020

ठंडा गोश्त तथा अन्य कहानियाँ
सआदत हसन मंटो

विषय-सूची

धुआँ

जब वह स्कूल जा रहा था तो उसने रास्ते में एक क़साई देखा, जिसके सिर पर एक बहुत बड़ा टोकरा था। उसमें दो ताज़ा ज़िबह किए हुए, बकरे थे। खालें उतरी हुई थीं और उनके नंगे गोश्त में से धुआँ उठ रहा था। जगह-जगह पर यह गोश्त, जिसको देखकर मसऊद के ठंडे गालों पर गर्मी की लहरें-सी दौड़ जाती थीं, फड़क रहा था, जैसे कभी-कभी उसकी आँख फड़का करती थी।

सवा नौ बजे होंगे, पर झुके हुए सलेटी बादलों से ऐसा लग रहा था कि बहुत सवेरा है। सर्दी में शिद्दत नहीं थी, लेकिन राह चलते आदमियों के मुँह से गर्म-गर्म समावार की टोटियों की तरह, गाढ़ा सफ़ेद धुली निकल रहा था। हर चीज़ बोझिल दिखाई देती थी, जैसे बादलों के वजन के नीचे दबी हुई हो। मौसम की कुछ यही हालत थी, जो रबड़ के जूते पहनकर चलने से पैदा होती है। इसके बावजूद कि बाज़ार में लोगों की आमदोरक्त जारी थी और दुकानों में ज़िंदगी के आसार पैदा हो चुके थे—आवाज़ें मद्धिम थीं, जैसे सरगोशियाँ हो रही हों; चुपके-चुपके, धीरे-धीरे बातें हो रही हों; हौले-हौले लोग कदम उठा रहे हों कि ज़्यादा ऊँची आवाज़ा पैदा न हो।

मसऊद, बग़ल में बस्ता दबाए स्कूल आ रहा था। आज उसकी चाल भी सुस्त थी। जब उसने बेखाल के ताज़ा ज़िबह किए हुए, बकरों के गोश्त से सफ़ेद-सफ़ेद धुआँ उठता देखा तो उसे राहत महसूस हुई। उस धुएँ ने उसके ठंडे गालों पर गरम-गरम लकीरों का एक जाल-सा बुन दिया। इस गर्मी ने उसे राहत पहुँचायी और वह सोचने लगा कि सर्दियों में, ठंडे यख हाथों पर बेंत खाने के बाद, अगर यह धुआँ मिल जाया करे तो कितना अच्छा हो।

फ़िज़ा में उजलापन नहीं था, रोशनी थी, पर धुँधली। कोहरे की एक पतली-सी तह, हर चीज़ पर चढ़ी हुई थी, जिससे फ़िज़ा में गँदलापन पैदा हो गया था। यह गँदलापन आँखों को भला लगता था, इसलिए कि नज़र आने वाली चीज़ों की नोक-पलक कुछ मद्धिम पड़ गयी थी।

मसऊद जब स्कूल पहुँचा तो उसे अपने साथियों से यह जानकर ज़रा भी खुशी न हुई कि स्कूल सेक्रेटरी साहब के गुज़र जाने की वजह से बंद कर दिया है। सब लड़के खुश थे, जिसका सबूत यह था कि वे अपने बस्ते एक जगह पर रखकर, स्कूल के सहन में ऊटपटाँग-से खेलों में मशगूल थे। कुछ लड़के, छुट्टी का पता लगते ही, घर चले गए थे, कुछ आ रहे थे और कुछ नोटिस-बोर्ड के पास जमा थे और एक ही ख़बर को बार-बार पढ़ रहे थे।

मसऊद ने जब सुना कि सेक्रेटरी साहब गुज़र गए हैं तो उसे बिलकुल अफ़सोस न हुआ। उसका दिल जज़्बात से बिलकुल ख़ाली था। हाँ, उसने यह ज़रूर सोचा कि पिछले साल, जब उसके दादाजान का इंतकाल इन्हीं दिनों में हुआ था तब उनका जनाज़ा ले जाने में बड़ी दिक्कत हुई थी, इसलिए कि वारिश शुरू हो गयी थी। वह भी जनाज़े के साथ गया था और कब्रिस्तान में चिकने कीचड़ की वजह से यूँ फिसला था कि ख़ुदी हुई क़ब्र में गिरते-गिरते बचा था। ये सब बातें उसको अच्छी तरह याद थीं। सर्दी की शिद्दत, कीचड़ से लथपथ उसके कपड़े सुख़ीं लिये नीले हाथ, जिनको दबाने से सफ़ेद-सफ़ेद धब्बे पड़ जाते थे, नाक जो कि बर्फ़ की डली लगती थी और फिर आकर हाथ-पाँव धोने और कपड़े बदलने का मसला—सब कुछ उसको अच्छी तरह याद था। इसलिए जब उसने सेक्रेटरी साहब की मौत की ख़बर सुनी तो उसे ये सब बीती हुई बातें याद आ गयीं और उसने सोचा जब सेक्रेटरी साहब का जनाज़ा उठेगा तो बारिश शुरू हो जाएगी और कब्रिस्तान में इतना कीचड़ हो जाएगा कि कई लोग फिसलेंगे और उनको ऐसी चोटें आएँगी कि वे बिलबिला उठेंगे।

मसऊद ने यह ख़बर सुनकर सीधा अपनी कमरे का रुख़ किया। कमरे में पहुँचकर उसने अपने डेस्क का ताला खोला। दो-तीन किताबें, जो कि उसे दूसरे दिन फिर लानी थीं, उसमें रखीं और बाक़ी बस्ता उठाकर, घर की तरफ चल पड़ा।

रास्ते में उसने फिर वही, ताजा ज़िबह किए हुए, दो बकरे देखे। उनमें से एक को, अब क़साई ने लटका दिया था, दूसरा तख़्ते पर पड़ा था। जब मसऊद दुकान पर से गुज़रा तो उसके दिल में ख़्वाहिश हुई कि वह उस

गोश्त को, जिसमें से धुआँ उठ रहा था, छूकर देखे। चुनाँचे उसने आगे बढ़कर उँगली से बकरे के उस हिस्से को छूकर देखा, जो अभी तक फड़क रहा था। गोश्त गर्म था। मसऊद की ठंडी उँगली को यह गर्मी बहुत भली लगी। क़साई दुकान के अंदर छुरी तेज़ करने में लगा था, इसलिए मसऊद ने एक बार फिर गोश्त को छूकर देखा और वहाँ से चल पड़ा।

घर पहुँचकर, जब उसने अपनी माँ को सेक्रेटरी साहब की मौत की ख़बर सुनायी तो उसे पता चला कि उसके अब्बा जी, उनके ही जनाज़े के साथ गए हैं। अब घर में सिर्फ़ दो लोग थे। माँ और बड़ी बहन। माँ रसोई में बैठी सालन पका रही थी और बड़ी बहन, कुलसुम-पास ही एक कांगड़ी लिये दरबारी की सरगम याद कर रही थी।

चूँकि गली के दूसरे लड़के गर्वनमेंट स्कूल में पढ़ते थे, जिस पर इस्लामिया स्कूल के सेक्रेटरी की मौत का कुछ असर नहीं हुआ था, इसलिए मसऊद ने ख़ुद को बिलकुल बेकार महसूस किया। स्कूल का कोई काम भी नहीं था। छठी क्लास में जो कुछ पढ़ाया जाता है, उसे यह घर में अपने अब्बा जी से पढ़ चुका था। खेलने के लिए भी उसके पास कोई चीज़ न थी। एक मैली-कुचैली ताश ताक में पड़ी थी, पर उससे मसऊद को कोई दिलचस्पी न थी। लूडो और इसी क़िस्म के दूसरे खेल, जो उसकी बड़ी बहन, अपनी सहेलियों के साथ, हर रोज़ खेलती थी, उसकी समझ से परे थे। समझ से परे यूँ थे कि मसऊद ने उनको समझने की कोशिश ही नहीं की थी। उसको ऐसे खेलों से कोई लगाव ही नहीं था।

बस्ता अपनी जगह पर रखने और कोट उतारने के बाद, वह किचन में अपनी माँ के पास बैठ गया और दरबारी की सरगम सुनता रहा, जिसमें कई बार, 'सा रे गा मा' आता था। उसकी माँ पालक काट रही थी। पालक काटने के बाद, उसने हरे-हरे पत्तों का गीला-गीला ढेर उठाकर हँडिया में डाल दिया। थोड़ी देर बाद, जब पालक को आँच लगी तो उसमें से सफ़ेद-सफ़ेद धुआँ उठने लगा। उस धुएँ को देखकर मसऊद को बकरे का गोश्त याद आ गया। तब उसने अपनी माँ से कहा—"अम्मी जान, आज मैंने क़साई की दुकान पर दो बकरे देखे। खाल उतरी हुई थी और उनमें से धुआँ निकल रहा था, बिलकुल ऐसा ही, जैसा कि सुबह-सबेरे मेरे मुँह से निकलता है।"

“अच्छा!” यह कहकर उसकी माँ चूल्हे में लकड़ियों के कोयले झाड़ने लगी।

“हाँ! और मैंने गोश्त को अपनी उँगली से छूकर देखा तो वह गर्म था।”

“अच्छा!” यह कहकर उसकी माँ ने वह बर्तन उठाया, जिसमें उसने पालक का साग धोया था और रसोईघर से बाहर चली गयी।

“और वह गोश्त कई जगह पर फड़कता भी था।”

“अच्छा...!” मसऊद की बड़ी बहन ने दरबारी की ‘सरगम’ याद करनी छोड़ दी और उसकी ओर मुख़ातिब हुई, “कैसे फड़कता था?”

“यूँ...यूँ!” मसऊद ने उँगलियों से फड़कन पैदा करके, अपनी बहन को दिखायी।

“फिर क्या हुआ?”

यह सवाल कुलसुम ने अपने सरगम-भरे दिमाग़ से कुछ इस ढंग से निकाला कि मसऊद एक लम्हे के लिए बिलकुल भौचक्का रह गया, “फिर क्या होना था?” मैंने ऐसे ही आपसे बात की थी कि क़साई की दुकान पर गोश्त फड़क रहा था। मैंने उँगली से छूकर भी देखा था। गर्म था।”

“गर्म था?...अच्छा मसऊद, यह बताओ, तुम मेरा एक काम करोगे?”

“बताइए।”

“आओ, मेरे साथ आओ।”

“नहीं, पहले आप बताइए...काम क्या है।”

“तुम आओ तो सही मेरे साथ।”

“जी नहीं...आप पहले काम बताइए।”

“देखो, मेरी कमर में बड़ा दर्द हो रहा है...मैं पलंग पर लेटती हूँ। तुम ज़रा पाँव से दबा देना...अच्छे भाई जो हुए। अल्लाह की क़सम, बड़ा दर्द हो रहा है।” यह कहकर मसऊद की बहन ने अपनी कमर पर मुक्कियाँ मारनी शुरू कर दीं।

“यह आपकी कमर को क्या हो जाता है। जब देखो, दर्द हो रहा है। और फिर आप दबवाती भी मुझी से हैं। क्यों नहीं अपनी सहेलियों से कहतीं?” मसऊद उठ खड़ा हुआ और राजी हो गया।

“चलिए, लेकिन आपसे यह कहे देता हूँ कि दस मिनट से ज्यादा मैं बिलकुल नहीं दबाऊँगा।”

“शाबाश...शाबाश!” कहकर उसकी बहन उठ खड़ी हुई और सरगमों की कॉपी सामने ताक़ में रखकर, उस कमरे की तरफ चली, जहाँ वह और मसऊद दोनों सोते थे।

सहन में पहुँचकर उसने अपनी दुखती हुई कमर सीधी की और ऊपर आसमान की तरफ देखा। मटियाले बादल झुके हुए थे।

“मसऊद, आज ज़रूर बारिश होगी!” यह कहकर उसने मसऊद की तरफ़ देखा, पर वह अंदर, अपनी चारपाई पर लेटा था।

जब कुलसुम अपने पलंग पर औंधे मुँह लेट गयी तो मसऊद ने उठकर घड़ी में वक़्त देखा, “देखिए बाजी, ग्यारह बजने में दस मिनट बाक़ी हैं। मैं पूरे ग्यारह बजे आपकी कमर दबाना छोड़ दूँगा।”

“बहुत अच्छा, लेकिन तुम अब ख़ुदा के लिए ज़्यादा नखरे न करो। इधर मेरे पलंग पर आकर जल्दी कमर दबाओ, वरना याद रखो, बड़े ज़ोर से कान ऐंठूँगी।” कुलसुम ने मसऊद को डाँट पिलायी। मसऊद ने अपनी बड़ी बहन के हुक्म का पालन किया और दीवार का सहारा लेकर, पाँव से उसकी कमर दबानी शुरू कर दी। मसऊद के भार के नीचे कुलसुम की चौड़ी-चकली कमर में हलका-सा झुकाव पैदा हो गया। जब उसने पैरों से दबाना शुरू किया—ठीक उसी तरह, जिस तरह मज़दूर मिट्टी गूँधते हैं तो कुलसुम ने मज़ा लेने की ख़ातिर, हौले-हौले, ‘हाय-हाय’ करना शुरू कर दिया।

कुलसूम के कूल्हों पर माँस ज़्यादा था। जब मसऊद का पाँव उस हिस्से पर पड़ा तो उसे ऐसा लगा, जैसे वह उस बकरे के गोश्त को दबा रहा है जो उसने क़साई की दुकान में, अपनी उँगली से छूकर देखा था। इस अहसास ने, कुछ लम्हों के लिए, उसके दिल-दिमाग़ में ख़याल पैदा किए, जिनका न कोई सिर था न पैर। वह उनका कोई मतलब न समझ सका और समझता भी कैसे जबकि कोई ख़याल मुकम्मल ही न था।

एक-दो बार मसऊद ने यह भी महसूस किया कि उसके पैरों के नीचे, गोश्त के लोथड़ों में हरकत, पैदा हुई है। उसी क़िस्म की हरकत, जो उसने

बकरे के गर्म-गर्म गोश्त में देखी थी। उसने बड़े अनमने भाव से कमर दबानी शुरू की थी। पर अब उसे इस काम में मज़ा आने लगा। उसके बोझ के नीचे कुलसुम हौले-हौले कराह रही थी। यह भिंची-भिंची आवाज़, जो कि मसऊद के पैरों की हरकत का साथ दे रही थी, उस गुमनाम-से मज़े को बढ़ा रही थी।

टाइम पीस में ग्यारह बज गए, पर मसऊद अपनी बहन कुलसुम की कमर दबाता रहा। जब कमर अच्छी तरह दबायी जा चुकी तो कुलसुम सीधी लेट गयी और कहने लगी–"शाबाश। लो, अब लगे हाथों टाँगें भी दबा दो– बिलकुल इसी तरह...शाबाश मेरे भाई।"

मसऊद ने दीवार का सहारा लेकर, जब कुलसुम की रानों पर अपना पूरा बोझ डाला तो उसके पाँव के नीचे मछलियाँ-सी तड़प गयीं। अचानक वह हँस पड़ी और दोहरी हो गयी। मसऊद गिरते-गिरते बचा था, लेकिन उसके तलवों में मछलियों की वह तड़प जम कर रह गयी। उसके दिल में ज़बरदस्त ख़्वाहिश पैदा हुई कि वह फिर उसी तरह दीवार का सहारा लेकर, अपनी बहन की रानें दबाए। इसलिए उसने कहा–"यह आपने हँसना क्यों शुरू कर दिया? सीधी लेट जाइए, मैं आपकी टाँगें दबा दूँ।"

कुलसुम सीधी लेट गयी। रानों की मछलियाँ इधर-उधर होने की वजह से जो गुदगुदी पैदा हुई थी, उसका असर अभी तक उसके जिस्म में बाक़ी था।

"ना भाई, मेरे गुदगुदी होती है। तुम वहशियों की तरह दबाते हो।"

मसऊद ने सोचा कि शायद उसने ग़लत ढंग से दबाया है–"नहीं, अबकी बार मैं पूरा बोझ आप पर नहीं डालूँगा...आप इत्मीनान रखिए। अब ऐसी अच्छी तरह दबाऊँगा कि आपको कोई तकलीफ़ नहीं होगी।"

दीवार का सहारा लेकर उसने अपने जिस्म को तोला और इस तरह से धीरे-धीरे कुलसुम की रानों पर अपने पैर जमाये कि उसका आधा बोझ कहीं ग़ायब हो गया। हौले-हौले, बड़ी होशियारी से, उसने पैर चलाने शुरू किए। कुलसुम की रानों में अकड़ी हुई मछलियाँ, उसके पैरों के नीचे दब-दबकर, इधर-उधर फिसलने लगीं। मसऊद ने एक बार स्कूल में, तने हुए रस्से पर एक मदारी को चलते देखा था। उसने सोचा कि मदारी के पैरों के नीचे तना हुआ रस्सा इसी तरह फिसलता होगा।

इससे पहले कई बार उसने अपनी बहन कुलसुम की टाँगें दबायी थीं, पर वह मज़ा, जो उसको अब मिल रहा था, पहले कभी न मिला था। उसे बकरे के गर्म-गर्म गोश्त का बार-बार ख़याल आता था। एक-दो बार उसने सोचा, कुलसुम को अगर ज़िबह किया जाए तो खाल उतर जाने पर क्या इसके गोश्त में से भी धुआँ निकलेगा? लेकिन ऐसी बेहूदा बातें सोचने पर उसने अपने आपको मुजरिम-सा महसूस किया और दिमाग़ को इस तरह साफ़ कर दिया, जैसे वह सलेट को कपड़े से साफ़ किया करता था।

"बस, बस," कुलसुम थक गयी, "बस, बस।"

मसऊद को अचानक शरारत सूझी। वह पलंग पर से नीचे उतरने लगा तो उसने कुलसुम की दोनों बग़लों में गुदगुदी शुरू कर दी। हँसी के मारे वह लोटपोट हो गयी। उसमें इतनी सकत नहीं थी कि वह मसऊद के हाथों को परे झटक दे। लेकिन जब उसने इरादा करके उसके, लात जमानी चाही तो मसऊद उछलकर उसकी मार से बाहर हो गया और स्लीपर पहनकर कमरे से निकल गया।

जब वह आँगन में आया तो उसने देखा कि हलकी-हलकी बूँदाबाँदी हो रही है। बादल और भी झुक आए थे। पानी की नन्ही-नन्ही बूँदें आँगन की ईंटों में धीरे-धीरे, बेआवाज़ जज़्ब हो रही थीं। मसऊद का जिस्म राहतकुन गर्मी महसूस कर रहा था। जब हवा का ठंडा-ठंडा झोंका उसके गालों में लगा और दो-तीन नन्ही-नन्ही बूँदें उसकी नाक पर पड़ी तो एक झुरझुरी-सी उसके बदन में लहरा उठी। सामने कोठी की दीवार पर एक कबूतर और एक कबूतरी पास-पास पर फुलाये बैठे थे। ऐसा लगता था कि दोनों दम-पुख़्त हुई हाँडी की तरह गर्म हैं। गुलदाऊदी और नाज़बू के हरे-हरे पत्ते, ऊपर लाल-लाल गमलों में नहा रहे थे। फ़िज़ा में नींदें घुली हुई थीं–ऐसी नींदें जिनमें जागने की कैफ़ियत ज़्यादा होती है और इनसान के इर्द-गिर्द नर्म-नर्म ख़्वाब यूँ लिपट जाते हैं, जैसे ऊनी कपड़े।

मसऊद ऐसी बातें सोचने लगा, जिनका मतलब उसकी समझ में नहीं आता था। वह उन बातों को छूकर देख सकता था, पर उनका मतलब उसकी गिरफ़्त से बाहर था। फिर भी, एक गुमनाम-सा मज़ा इस सोच में उसे आ रहा था।

बारिश में कुछ देर खड़े रहने के बाद, जब मसऊद के हाथ बिलकुल बर्फ़ हो गये और दबाने से उन पर सफ़ेद धब्बे पड़ने लगे तो उसने मुट्ठियाँ

कस लीं और उनको मुँह की भाप से गर्म करना शुरू किया। ऐसा करने से हाथों को कुछ राहत तो पहुँची पर वे नम हो गये, इसलिए आग तापने के लिए वह किचन में चला गया। खाना तैयार था। अभी उसने पहला कौर ही उठाया था कि उसके वालिद कब्रिस्तान से लौट आये। बाप-बेटे में कोई बात न हुई। मसऊद की माँ उठकर फ़ौरन दूसरे कमरे में चली गयी और वहाँ देर तक अपने पति के साथ बातें करती रही।

खाना ख़त्म कर, मसऊद बैठक में चला गया और खिड़की खोलकर फर्श पर लेट गया। बारिश की वजह से सर्दी की शिद्दत बढ़ गयी थी, क्योंकि अब हवा भी चल रही थी। मगर यह सर्दी बुरी नहीं लगती थी। तालाब के पानी की तरह, यह ऊपर ठण्डी और अंदर गर्म थी। जब मसऊद फ़र्श पर लेटा तो उसके मन में ख़्वाहिश हुई कि वह उस सर्दी के अंदर धँस जाये, जहाँ उसके बदन को राहतकुन गर्मी पहुँचे। देर तक वह ऐसी, गर्म दूध जैसी बातों के बारे में सोचता रहा, जिसकी वजह से उसके पुट्ठों में हलका-हलका दर्द पैदा हो गया। एक-दो बार उसने अँगड़ाई ली तो उसे मज़ा आया। उसके जिस्म के किसी हिस्से में (यह उसको पता नहीं था कि कहाँ) कोई चीज़ अटक-सी गयी थी। यह क्या चीज़ थी, इसके बारे में भी मसऊद को कुछ पता नहीं था। हाँ, इस अटकाव ने उसके सारे जिस्म में बेचैनी, एक दबी हुई बेचैनी पैदा कर दी थी। उसका सारा शरीर खिंच कर लंबा हो जाने का इरादा बन गया था।

देर तक गुदगुदे कालीन पर करवटें बदलने के बाद, वह उठा और किचन में से होता हुआ, सहन में आ निकला। न किचन में कोई था, न सहन में। इधर-उधर जितने कमरे थे, सब के सब बंद थे। बारिश अब रुक गयी थी। मसऊद ने हॉकी और गेंद निकाली और आँगन में खेलना शुरू कर दिया। एक बार जब उसने ज़ोर से हिट लगायी तो गेंद आँगन के दायें हाथ वाले कमरे के दरवाज़े पर लगी। अंदर से मसऊद के बाप की आवाज़ आयी–"कौन?"

"जी, मैं हूँ मसऊद!"

अंदर से आवाज़ आयी–"क्या कर रहे हो?"

"जी, खेल रहा हूँ।"

"खेलो..." फिर थोड़ा रुककर, उसके बाप ने कहा–"तुम्हारी माँ मेरा सर दबा रही है।...ज़्यादा शोर न मचाना!"

यह सुनकर मसऊद ने गेंद वहीं पड़ी रहने दी और हॉकी हाथ में लिये, सामने वाले कमरे का रुख़ किया। उसका एक दरवाज़ा बंद था और दूसरा अधखुला...मसऊद को एक शरारत सूझी। दबे पाँव, वह अधखुले दरवाज़े की ओर बढ़ा और धमाके के साथ उसने दोनों पट खोल दिए। दो चीखें बुलंद हुईं और कुलसुम तथा उसकी सहेली विमला ने, जो पास-पास लेटी थीं, डरकर झट से रजाई ओढ़ ली।

विमला के ब्लाउज़ के बटन खुले हुए थे और कुलसुम उसके खुले सीने को घूर रही थी।

मसऊद कुछ समझ न सका। उसके दिमाग़ पर धुआँ-सा छा गया। वहाँ से उल्टे क़दम लौटकर, वह जब बैठक की ओर चला तो उसे सहसा अपने अंदर बेपनाह ताक़त का अहसास हुआ, जिसने कुछ देर के लिए उसकी सोचने-समझने की क़ुव्वत बिलकुल कमज़ोर कर दी।

बैठक में खिड़की के पास बैठकर जब मसऊद ने हॉकी को दोनों हाथों में पकड़ कर घुटने पर रखा तो यह सोचा कि हलका-सा दबाव डालने पर भी हॉकी में झुकाव पैदा हो जाएगा और ज़्यादा ज़ोर लगाने पर तो हैंडल चटाख से टूट जाएगा। उसने घुटने पर हॉकी के हैंडल में झुकाव तो पैदा कर लिया पर ज़्यादा-से-ज़्यादा ज़ोर लगाने पर भी वह टूट न सका। देर तक वह हॉकी के साथ कुश्ती लड़ता रहा। जब थक कर हार गया तो झुँझलाकर उसने हॉकी परे फेंक दी।

❑

ढाढ़स

आज से ठीक आठ बरस पहले की बात है। हिंदू सभा कॉलेज के सामने जो सुंदर विवाह-घर है, उसमें हमारे मित्र विश्वेश्वरनाथ की बरात ठहरी हुई थी। तीन-साढ़े तीन सौ के लगभग मेहमान थे, जो लाहौर की प्रसिद्ध वेश्याओं का संगीत सुनने के बाद उस विशाल भवन के विभिन्न कमरों में चारपाइयों पर गहरी नींद में सोए पड़े थे।

चार बज चुके थे। मेरी आँखों में, विश्वेश्वरनाथ के साथ एक अलग कमरे में, दोस्तों के साथ पी हुई व्हिस्की का ख़ुमार अभी शेष था। जब हाल की गोल क्लॉक ने चार बजाए, तो मेरी आँखें खुलीं। शायद कोई स्वप्न देख रहा था, क्योंकि पलकों में कुछ चीज़ फँसी-फँसी मालूम होती थी।

एक आँख बंद करके शायद इस विचार से कि दूसरी आँख अभी कुछ देर सोई रहे, मैंने हॉल के फ़र्श पर दृष्टि दौड़ाई-सब सो रहे थे। कुछ औंधे, कुछ सीधे और कुछ चाकों से बने हुए। मैंने अब दूसरी आँख खोली और देखा कि रात को पीने के बाद जब हम हाल में आकर लेटे थे, तो असगर अली ने ज़िद की थी कि वह गाव-तकिया लेकर सोएगा। गाव-तकिया मेरे सिर से कुछ फ़ासले पर पड़ा हुआ था, किंतु असगर मौजूद नहीं था।

मैंने सोचा, शायद वह रात-भर जागता रहा है और इस समय यहाँ से बहुत दूर रामबाग में किसी मामूली वेश्या के मैले बिस्तर पर सो रहा है।

असगर के लिए शराब देशी हो या अंग्रेज़ी, एक तेज़ गाड़ी थी जो उसे तुरंत स्त्री की ओर खींचकर ले जाती थी। शराब पीने के बाद यों तो निन्यानवे प्रतिशत पुरुषों को सुंदर वस्तुएँ अपनी ओर खींचती हैं, लेकिन असगर जो बहुत ही अच्छा फोटोग्राफर और पेंटर था-जो रंगों और लकीरों का सही इस्तेमाल जानता था, शराब पीने के बाद, हमेशा बहुत ही भौंडी तस्वीरें उपस्थित किया करता था।

मेरी आँखों में फँसे स्वप्न के टुकड़े निकल गए और मैंने असगर अली के संबंध में सोचना शुरू किया, जो स्वप्न नहीं था। उसके लंबे बालों व भारी शरीर का दबाव गाव-तकिये पर मुझे साफ़ नज़र आ रहा था।

कई बार ध्यान से देखने पर भी मैं समझ न सका कि शराब पीकर असगर का दिल-दिमाग़ सिली क्यों हो जाता है। सिली तो नहीं कहना चाहिए, क्योंकि भयानक रूप से भौंडा हो जाता था और अँधेरी-से-अँधेरी गलियों में भी वह रास्ता-ढूँढ़ता लड़खड़ाता हुआ किसी-न-किसी शरीर बेचने वाली स्त्री के पास पहुँच ही जाता था। उसके गंदे बिस्तर में उठकर जब वह प्रात: नहा-धोकर अपने स्टूडियो पहुँचता और साफ़-सुथरी तंदुरुस्त जवान तथा सुंदर लड़कियों और स्त्रियों की तस्वीरें उतारता तो उसकी आँखों में हैवानियत की हलकी-सी झलक भी न होती जो शराबी हालत में हर देखने वाले को नज़र आ सकती थीं।

विश्वास कीजिए, शराब पीकर वह बहुत बेचैन हो जाता था। उसके दिमाग़ से स्वयं ही कुछ काल के लिए सारी समझ-बूझ ग़ायब हो जाती थी। आदमी कितनी पी सकता है? सात-आठ पेग-किंतु उस मादक शराब के छ: या सात घूँट उसे विस्मृति के अथाह समुद्र में धकेल देते थे। आप व्हिस्की में सोडा या पानी मिला सकते हैं, लेकिन स्त्री को इसमें घोलना कम-से-कम मेरी समझ में नहीं आता। ग़म भुलाने के लिए शराब पी जाती है, लेकिन स्त्री कोई ग़म तो नहीं। शोर मचाने के लिए शराब पी जाती है, लेकिन स्त्री कोई शोर तो नहीं।

रात असगर ने शराब पीकर बहुत शोर मचाया। शादी-ब्याह पर एक तो वैसे ही काफ़ी हुल्लड़बाजी होती है, इसलिए यह शोर उसमें दब गया; नहीं तो अच्छी-ख़ासी मुसीबत पैदा हो जाती। वह एक बार व्हिस्की से भरा गिलास उठाकर यह कहते हुए कमरे से बाहर निकल गया–"मैं बहुत ऊँचा आदमी हूँ–किसी ऊँची जगह बैठकर पीऊँगा।"

मेरा ख़याल था कि वह रामबाग में किसी ऊँचे कोठे की तलाश में चला गया है, लेकिन थोड़ी ही देर के बाद जब दरवाज़ा खुला तो वह एक लकड़ी की सीढ़ी लिये अंदर दाख़िल हुआ और उसे दीवार के साथ लगाकर सबसे ऊपर वाले डंडे पर बैठ गया और छत के साथ सिर लगाकर पीने लगा।

बड़ी मुश्किल के बाद मैंने और विश्वेश्वर ने उसे नीचे उतारा और समझाया कि ऐसी हरकतें केवल उसी समय अच्छी लगती हैं जब और कोई

मौजूद न हो। विवाह-गृह मेहमानों से खचाखच भरा हुआ है, उसे चुपचाप रहना चाहिए। मालूम नहीं यह बात कैसे उसके दिमाग़ में बैठ गई, क्योंकि जब तक पार्टी जारी रही, वह एक कोने में चुपचाप बैठा अपने हिस्से की व्हिस्की पीता रहा।

यह सोचते-सोचते मैं उठा और बाहर बालकनी में जाकर खड़ा हो गया। सामने हिंदू सभा कॉलेज की लाल-लाल ईंटों वाली इमारत प्रातः के चुप-चाप अँधियारे में मौन खड़ी थी। आकाश की ओर देखा तो तारे मटियाले आकाश पर काँपते हुए नज़र आ रहे थे।

मार्च का अंतिम दिनों का सुहावना समीर धीमे-धीमे वह रहा था। मैंने सोचा, चलो, ऊपर चलें। खुली जगह है। कुछ देर संगमरमर के फ़र्श पर बैठेंगे। सरदी लगने पर जो तेज़-तेज़ फुरफुरी आएगी, उसमें कितना आनंद प्राप्त होगा!

लंबा बरामदा पार करके जब मैं सीढ़ियों के पास पहुँचा तो ऊपर से किसी के उतरने की आवाज़ आई। कुछ क्षणों के बाद असगर सामने आया और मुझे नमस्कार किए बिना पास से गुज़र गया। अँधेरा था, मैंने सोचा शायद उसने देखा नहीं इसलिए धीमे-धीमे मैंने सीढ़ियों पर चढ़ना शुरू किया।

मेरी आदत है कि जब कभी मैं सीढ़ियों पर चढ़ता हूँ, तो उन्हें ज़रूर गिनता हूँ। मैंने दिल में चौबीस कहा और सहसा मुझे आख़िरी सीढ़ी पर–एक स्त्री खड़ी नज़र आई। मैं बौखला गया, क्योंकि हम दोनों लगभग एक-दूसरे से टकरा गए थे।

"माफ़ कीजिए, ओह, आप?"

वह स्त्री शारदा थी। हमारी परिचिता हरनामकौर की बड़ी लड़की, जो विवाह के एक बरस बाद विधवा हो गई थी।

इसके पहले कि मैं उससे और कुछ कहूँ, उसने मुझसे बड़ी शीघ्रता से पूछा–"वह कौन था जो अभी नीचे गया है?"

"कौन?"

"वही आदमी जो अभी नीचे उतर गया है–क्या आप उसे जानते हैं?"

"जानता हूँ।"

"कौन है?"

"असगर।"

"असगर!" वह नाम मानो उसने अपने दाँतों से काट डाला हो और मुझे जो कुछ भी हुआ था उसका पता चल गया।

"क्या उसने कोई अशिष्टता की है?"

"अशिष्टता?" शारदा का दोहरा शरीर क्रोध से काँप उठा-"लेकिन मैं पूछती हूँ उसने मुझे समझा क्या..." यह कहते-कहते उसकी छोटी-छोटी आँखों में आँसू आ गए-"उसने...उसने..." उसकी आवाज़ हलक में फँस गई और दोनों हाथों से मुँह ढाँपकर उसने ज़ोर-ज़ोर से रोना शुरू कर दिया।

मैं अजीब उलझन में फँस गया। सोचने लगा, यदि रोने की आवाज़ सुनकर कोई ऊपर आ गया तो एक शोर मच जाएगा।

शारदा के चार भाई थे और चारों के चारों जनवासे में मौजूद थे। उनमें से दो हर समय लड़ाई का बहाना ढूँढ़ते रहते थे। असगर अली की अब खैर नहीं।

मैंने उसको समझाना शुरू किया-"देखिए आप रोइए नहीं...कोई सुन लेगा।"

एकदम दोनों हाथ अपने मुँह से हटाकर उसने तेज़ आवाज़ में कहा-"सुन ले...मैं सुनाना ही तो चाहती हूँ...मुझे आख़िर उसने समझा ही क्या था...बाजारू स्त्री?...मैं...मैं।"

फिर आवाज़ उसके हलक में अटक गई।

"मेरा विचार है कि इस मामले को यहीं दबा देना चाहिए।"

"क्यों?"

"बदनामी होगी।"

"किसकी?–मेरी या उसकी?"

"बदनामी तो उसकी ही होगी, लेकिन कीचड़ में हाथ डालने का लाभ ही क्या है?" यह कहकर मैंने अपना रूमाल निकालकर उसे दिया-"लीजिए, आँसू पोंछ लीजिए।"

रूमाल फ़र्श पर पटककर वह ऊँची सीढ़ी पर बैठ गई। मैंने रूमाल झाड़कर अपनी जेब में रख लिया–"शारदा देवी, असगर मेरा मित्र है, उससे जो ग़लती हुई उसकी मैं माफ़ी चाहता हूँ।"

"आप क्यों माफ़ी माँगते हैं?"

"इसलिए कि मैं यह मामला ख़त्म करना चाहता हूँ। वैसे आप कहें तो मैं उसे यहाँ ले आता हूँ, वह आपके सामने नाक से लकीरें भी खींच देगा।"

घृणा में उसने अपना मुँह फेर लिया–"नहीं, उसको मेरे सामने नहीं लाइएगा–उसने मेरा अपमान किया है?" यह कहते हुए फिर उसका गला रूँध गया। और ऊँची सीढ़ी की मरमरी शिला पर कुहनियों के बल दुहरी होकर उसने हृदय के आन्तरिक भावों को दबाने का असफल प्रयत्न किया।

मैं बौखला गया–एक जवान और तंदुरुस्त स्त्री मेरे सामने रो रही थी और मैं उसे चुप नहीं करा सकता था। एक बार उसी असगर की मोटर चलाते-चलाते मैंने एक कुत्ते को बचाने के लिए हॉर्न बजाया–सहसा ऐसा हाथ पड़ा कि बस वही आवाज़–एक न ख़त्म होने वाला शोर बनकर रह गई। हज़ार कोशिशें कीं, हॉर्न बंद हो जाए, लेकिन वह चिल्लाता रहा...लोग देख रहे थे और मैं विवशता में बैठा था। ख़ुदा का शुक्र है कि कोठे पर मेरे और शारदा के अलावा कोई और न था, लेकिन मेरी विवशता हॉर्न वाले मामले से कुछ ज्यादा थी। मेरे सामने एक स्त्री रो रही थी जिसको बहुत दुख पहुँचा था।

कोई और स्त्री होती तो मैं थोड़ी देर अपना कर्तव्य पूरा करने के बाद चला जाता, किंतु शारदा परिचिता की लड़की थी और मैं उसे बचपन से जानता था।

बड़ी अच्छी लड़की थी, अपनी तीन छोटी बहिनों के मुकाबिले में कम ख़ूबसूरत, लेकिन अधिक बुद्धिमान।

सिलाई व पढ़ाई में वह बहुत प्रवीण थी। और पिछले साल जब उसका पति विवाह के ठीक ग्यारह महीने बाद रेल-दुर्घटना में मर गया, तो हमें इस बात का बहुत दुख हुआ था। पति की मृत्यु का दुख कुछ और है, लेकिन यह दुख जो शारदा को मेरे एक आवारा मित्र ने पहुँचाया था, वह बिलकुल ही अजीब क़िस्म का था, जिससे वह बहुत व्याकुल थी।

मैंने उसे चुप कराने की एक बार और कोशिश की। उसके पास पत्थर की शिला पर बैठकर मैंने कहा–"शारदा देवी, रोते जाना ठीक नहीं। जाओ, नीचे चली जाओ और जो कुछ हुआ है, उसे भूल जाओ–वह कमबख़्त शराब पीये था–नहीं तो विश्वास करो, वह इतना बुरा आदमी नहीं है। शराब पीकर न जाने क्या हो जाता है उसे।"

शारदा का रोना बंद न हुआ।

मुझे पता था कि असगर ने क्या किया होगा क्योंकि मरदों का आम एक ही तरीका होता है–शारीरिक। लेकिन मैं ख़ुद शारदा के मुँह से सुनना चाहता था कि असगर ने किस प्रकार वह बेहूदगी की। इसलिए मैंने उसी सहानुभूति के भाव में उससे कहा–"मालूम नहीं उसने तुमसे क्या बदतमीज़ी की है–लेकिन कुछ न कुछ अंदाज़ा लगा सकता हूँ। तुम ऊपर क्या करने आई थीं?"

शारदा ने लरज़ती हुई आवाज़ में कहा–"मैं नीचे कमरे में सो रही थी...दो स्त्रियों ने मेरे संबंध में बातचीत शुरू कर दी।"

आवाज़ एकदम गले में रुँध गई।

मैंने पूछा–"क्या कह रही थीं?"

शारदा ने अपना मुँह मरमरी शिला पर रख दिया और बहुत जोर से रोने लगी। मैंने उसके चौड़े कंधों पर धीमे-धीमे थपकी दी–"चुप हो जाओ शारदा–चुप हो जाओ।"

रोते-रोते हिचकियों के बीच उसने कहा–"वे कहती थीं...वे कहती थीं–उस विधवा को यहाँ क्यों बुलाया गया है?" विधवा कहते हुए शारदा ने अपने आँसू भीगे दुपट्टे का एक कोना मुँह में चबा लिया..."यह सुनकर मैं रोने लगी और ऊपर चली आई...और...और..." यह सुनकर मुझे बहुत दुख हुआ–स्त्रियाँ कितनी अत्याचारिणी होती हैं और विशेषकर बूढ़ी। घाव ताज़े हों या पुराने, किंतु वे क्या मज़े ले-लेकर उन्हें कुरेदती हैं। मैंने शारदा का हाथ अपने हाथ में लिया और भारी सहानुभूति के साथ दबाया–"ऐसी बातों की बिलकुल परवाह नहीं करनी चाहिए।"

वह बच्चे की तरह बिलखने लगी–मैंने ऊपर आकर यही सोचा था और वह सो गई थी कि–“...आपका दोस्त आया और उसने मेरा दुपट्टा खींचा और...और मेरे कुर्ते के बटन खोलकर...”

उसके कुर्ते के बटन खुले हुए थे।

“जाने दो शारदा। भूल जाओ जो कुछ हुआ।” मैंने जेब से रूमाल निकाला और उसके आँसू पोंछने शुरू किए।

दुपट्टे का कोना अभी तक उसके मुँह में था, वरन् उसने कुछ और ज्यादा अंदर चबा लिया। मैंने उसे खींचकर बाहर निकाल लिया। उसने उस गीले हिस्से को अपनी उँगलियों पर लपेटते हुए बड़े दुख से कहा–“आपके दोस्त ने विधवा समझकर ही मुझ पर हाथ डाला था–सोचा होगा कि इस स्त्री का कौन है?”

“नहीं-नहीं, शारदा नहीं,” मैंने उसका सिर अपने कंधे के साथ लगा लिया। “जो कुछ उसने सोचा, जो कुछ उसने किया, उस पर थूक दो और चुप हो जाओ।” जी चाहा लोरी देकर उसे सुला दूँ।

मैंने उसकी आँखें पोंछी थीं, लेकिन आँसू फिर छलक आए थे। दुपट्टे का कोना जो उसने फिर मुँह में चबा लिया था, वह निकालकर मैंने फिर उसकी उँगलियों से आँसू पोंछे और दोनों आँखों को धीमे-धीमे चूम लिया।

“बस अब नहीं रोना।”

“शारदा ने अपना सिर मेरे हृदय से लगा लिया। मैंने धीमे-धीमे उसके गाल थपकाए, बस-बस-बस!”

थोड़ी देर के बाद जब मैं नीचे उतरा तो मार्च के अन्तिम दिनों की सुहावनी वायु में ऊपर सीढ़ियों की मरमरी शिला पर असगर की बेहूदगी को भूलकर शारदा अपना मलमल का दुपट्टा ताने खुद को बिलकुल हलका कर रही थी–उसके हृदय में शोक और दुख के स्थान पर अब प्रसन्नता एवं उल्लास का भाव था।

❑

बू

बरसात के यही दिन थे। खिड़की के बाहर पीपल के पत्ते इसी तरह नहा रहे थे। सागवान के इस स्प्रिंगदार पलंग पर, जो अब खिड़की के पास से थोड़ा इधर सरका दिया गया था, एक घाटन लौंडिया रणधीर के साथ लिपटी हुई थी।

खिड़की के पास बाहर पीपल से नहाये हुए पत्ते रात के दूधिया अँधेरे में झूमरों की तरह थरथरा रहे थे–और शाम के वक्त, जब दिन-भर एक अंग्रेज़ी अख़बार की सारी ख़बरें और इश्तहार पढ़ने के बाद कुछ सुस्ताने के लिए वह बालकनी में आ खड़ा हुआ था, तो उसने उस घाटन लड़की को, जो साथ वाले रस्सियों के कारख़ाने में काम करती थी और बारिश से बचने के लिए इमली के पेड़ के नीचे खड़ी थी, खाँस-खाँसकर अपनी तरफ़ आकर्षित कर लिया था और उसके बाद हाथ के इशारे से ऊपर बुला लिया था।

वह कई दिन से तेज़ क़िस्म की तन्हाई से उकता गया था। जंग के कारण बंबई की लगभग तमाम क्रिश्चियन छोकरियाँ, जो सस्ते दामों पर मिल जाया करती थीं, औरतों की अंग्रेज़ी फ़ौज में भरती हो गई थीं। उनमें से कई एक ने फोर्ट के इलाके में डांस स्कूल खोल लिये थे, जहाँ सिर्फ़ फ़ौजी गोरों को जाने की इजाज़त थी–रणधीर बहुत उदास हो गया था।

उसकी उदासी का एक कारण तो यह था कि क्रिश्चियन छोकरियाँ दुर्लभ हो गई थीं और दूसरा यह कि रणधीर फ़ौजी गोरों के मुक़ाबले में कहीं ज़्यादा सभ्य, पढ़ा-लिखा और ख़ूबसूरत नौजवान था। लेकिन उस पर फोर्ट के लगभग तमाम क्लबों के दरवाज़े बंद कर दिए गए थे, क्योंकि उसकी चमड़ी सफ़ेद नहीं थी।

जंग के पहले रणधीर नागपाड़ा और ताजमहल होटल की कई मशहूर और विख्यात क्रिश्चियन छोकरियों से शारीरिक संबंध स्थापित कर चुका था, उसे भलीभाँति पता था कि इस क़िस्म के संबंधों के आधार पर वह क्रिश्चियन लड़कियों के मुक़ाबले में कहीं ज़्यादा जानकारी रखता था, जिनसे ये छोकरियाँ फ़ैशन के तौर पर रोमांस लड़ाती हैं और बाद में किसी बेवकूफ़ से शादी कर लेती हैं।

रणधीर ने बस यूँ कि हैज़ल से बदला लेने की ख़ातिर उस घाटन की लड़की को इशारे से ऊपर बुलाया था। हैज़ल उसके फ्लैट के नीचे रहती थी। और हर रोज़ सुबह वर्दी पहनकर कटे हुए बालों पर खाकी रंग की टोपी तिरछे कोण से जमाकर बाहर निकलती थी और ऐसे बाँकपन से चलती थी, जैसे फुटपाथ पर चलने वाले सभी लोग टाट की तरह उसके क़दमों में बिछे चले जाएँगे।

रणधीर सोचता था कि आख़िर क्यों वह उन क्रिश्चियन छोकरियों की तरफ़ इतना ज्यादा रीझा हुआ है। इसमें कोई शक नहीं कि वे अपने जिस्म की तमाम दिखाई जा सकने वाली चीज़ों की नुमाइश करती हैं। किसी क़िस्म की झिझक महसूस किए बग़ैर अपने कारनामों का ज़िक्र कर देती हैं। अपने बीते हुए पुराने रोमांसों का हाल सुना देती हैं—यह सब ठीक है, लेकिन किसी दूसरी औरत में भी तो ये विशेषताएँ हो सकती हैं।

रणधीर ने जब घाटन लड़की को इशारे से ऊपर बुलाया तो उसे किसी तरह भी इस बात का यक़ीन नहीं था कि वह उसे अपने साथ बुला लेगा लेकिन थोड़ी ही देर के बाद उसने उसके भीगे हुए कपड़े देखकर यह सोचा था कि कहीं ऐसा न हो कि बेचारी को निमोनिया हो जाए। सो रणधीर ने उससे कहा था, "ये कपड़े उतार दो, सर्दी लग जाएगी।"

वह रणधीर की इस बात का मतलब समझ गई थी, उसकी आँखों में शर्म के लाल डोरे तैर गए थे। लेकिन बाद में जब रणधीर ने अपनी धोती निकालकर दी तो उसने कुछ देर सोचकर अपना लहँगा उतार दिया, जिस पर मैल भीगने के कारण और भी उभर आया था—लहँगा उतारकर उसने एक तरफ़ रख दिया और जल्दी से धोती अपनी रानों पर डाल ली। फिर उसने अपनी भिंची-भिंची टाँगों से ही चोली उतारने की कोशिश की, जिसके दोनों किनारों को मिलाकर उसने एक गाँठ दे रखी थी। वह गाँठ उसके तंदुरुस्त सीने के नन्हे, लेकिन सिमटे गढ़े में छिप गई थी।

देर तक वह अपने घिसे हुए नाखूनों की मदद से चोली की गाँठ खोलने की कोशिश करती रही, जो भीगने के कारण बहुत ज्यादा मज़बूत हो गई थी।

जब थक-हारकर बैठ गई तो उसने मराठी में रणधीर से कुछ कहा, जिसका मतलब यह था–"मैं क्या करूँ–नहीं निकलती।"

रणधीर उसके पास बैठ गया और गाँठ खोलने लगा। जब नहीं खुली तो उसने चोली के दोनों सिरे दोनों हाथों से पकड़कर ऐसे ज़ोर से झटका दिया कि गाँठ सरासर फैल गयी और उसके साथ ही दो धड़कती हुई छातियाँ एकदम प्रकट हो गईं। क्षण-भर के लिए रणधीर ने सोचा कि उसके अपने हाथों ने उस घाटन लड़की के सीने पर नर्म-नर्म गुँथी हुई, मिट्टी को कमाकर कुम्हार की तरह दो प्यालियों की शक्ल बना दी है।

उसकी सेहतमंद छातियों में वही गुदगुदाहट, वही धड़कन, वही गोलाई, वही गर्म-गर्म ठंडक थी, जो कुम्हार के हाथों से निकले हुए ताज़े बर्तनों में होती है।

मटमैले रंग की जवान छातियों में, जो कुँवारी थीं, एक अजीबोगरीब क़िस्म की चमक पैदा कर दी थी जो चमक होते हुए भी चमक नहीं थी। उसके सीने पर ये उभार दो दीये मालूम होते थे, जो तालाब के गँदले पानी पर जल रहे थे।

बरसात के यही दिन थे। खिड़की के बाहर पीपल के पत्ते इसी तरह कँपकँपा रहे थे। उस घाटन की लड़की के दोनों कपड़े, जो पानी में सराबोर हो चुके थे, एक गँदले ढेर की सूरत में फ़र्श पर पड़े थे और वह रणधीर के साथ चिपटी हुई थी। उसके नंगे बदन की गर्मी रणधीर के जिस्म में हलचल पैदा कर रही थी, जो सख़्त जाड़े के दिनों में नाइयों के गलीज़ लेकिन गर्म हमामों में नहाते समय महसूस हुआ करती है।

दिन-भर वह रणधीर के साथ चिपटी रही–दोनों जैसे एक-दूसरे के साथ गडमड हो गए थे। उन्होंने मुश्किल से एक-दो बातें की होंगी, क्योंकि जो कुछ भी कहना-सुनना था, साँसों, होंठों और हाथों से तय हो रहा था। रणधीर के हाथ सारी रात उसकी छातियों पर हवा के झोंकों की तरह फिरते रहे। उन हवाई झोंकों से उस घाटन लड़की के पूरे बदन में एक ऐसी सरसराहट पैदा हो जाती कि खुद रणधीर भी कँपकँपा उठता।

ऐसी कँपकँपाहट से रणधीर का सैकड़ों बार वास्ता पड़ चुका था। वह इनके मज़े भी बख़ूबी जानता था। कई लड़कियों के नर्म-व-नाज़ुक और सख़्त सीनों से अपना सीना मिलाकर वह ऐसी कई रातें गुजार चुका था। वह ऐसी लड़कियों के साथ भी रह चुका था, जो बिलकुल अल्हड़ थीं और उसके साथ लिपटकर घर की वे सारी बातें सुना दिया करती थीं, जो किसी ग़ैर के कानों के लिए नहीं होतीं। वह ऐसी लड़कियों से भी शारीरिक संबंध स्थापित कर चुका था, जो सारी मेहनत ख़ुद करती थीं और उसे कोई तकलीफ़ नहीं देती थीं–लेकिन यह घाटन की लड़की, जो इमली के पेड़ के नीचे भीगी हुई खड़ी थी और जिसे उसने इशारे से ऊपर बुला लिया था, बिलकुल भिन्न क़िस्म की लड़की थी।

सारी रात रणधीर को उसके जिस्म से एक अजीब क़िस्म की बू आती रही। इस बू को, जो एक ही समय में ख़ुशबू भी थी और बदबू भी–वह सारी रात पीता रहा। उसकी बग़लों से, उसकी छातियों से, उसके बालों से, उसके पेट से, जिस्म के हर हिस्से से यह जो बदबू भी थी और ख़ुशबू भी, रणधीर के पूरे शरीर में बस गई थी। सारी रात वह सोचता रहा था कि यह घाटन लड़की बिलकुल क़रीब होने पर भी हरगिज़ इतनी क़रीब न होती, अगर उसके जिस्म से यह बू न उड़ती–यह बू उसके मन-मस्तिष्क की हर सलवट में रेंग रही थी। उसके तमाम नये-पुराने अनुभवों में रच गई थी।

उस बू ने उस लड़की और रणधीर को जैसे एक-दूसरे से एकाकार कर दिया था। दोनों एक-दूसरे में समा गए थे। उन अनंत गहराइयों में उतर गए थे, जहाँ पहुँचकर इनसान एक ख़ालिस इनसानी संतुष्टि से महफ़ूज होता है। ऐसी संतुष्टि, जो क्षणिक होने पर भी अनंत थी। लगातार बदलती हुई होने पर भी दृढ़ और स्थायी थी। दोनों एक ऐसा जवाब बन गए थे, जो आसमान के नीले शून्य में उड़ते रहने पर भी दिखाई देता रहे।

उस बू को, जो उस घाटन लड़की के अंग-अंग से फूट रही थी, रणधीर बख़ूबी समझता था, लेकिन समझते हुए भी वह इसका विश्लेषण नहीं कर सकता था। जिस तरह कभी मिट्टी पर पानी छिड़कने से सोंधी-सोंधी बू निकलती है–लेकिन नहीं, वह बू कुछ और ही तरह की थी। उसमें लवण्डर और इत्र की मिलावट नहीं थी, वह बिलकुल असली थी–औरत और मर्द के शारीरिक संबंध की तरह असली और पवित्र।

रणधीर को पसीने की बू से सख़्त नफ़रत थी। नहाने के बाद वह हमेशा बग़लों वग़ैरा में पाउडर छिड़कता था या कोई ऐसी दवा इस्तेमाल करता था, जिससे वह बदबू जाती रहे, लेकिन ताज्जुब है कि उसने कई बार-हाँ, कई बार, उस घाटन लड़की की बालों-भरी बग़लों को चूमा और उसे बिलकुल घिन नहीं आई, बल्कि अजीब क़िस्म की तुष्टि का अहसास हुआ। रणधीर को ऐसा लगता था कि वह इस बू को जानता है, पहचानता है, उसका अर्थ भी समझता है, लेकिन किसी और को नहीं समझा सकता।

बरसात के यही दिन थे। यूँ ही खिड़की के बाहर जब उसने देखा तो पीपल के पत्ते उसी तरह नहा रहे थे। हवा में सरसराहटें और फड़फड़ाहटें घुली हुई थीं। अँधेरा था, लेकिन उसमें दबी-दबी धुँधली-सी रोशनी समाई हुई थी, जैसे बारिश की बूँदों के साथ सितारों का हलका-हलका गुबार नीचे उतर आया हो-बरसात के यही दिन थे, जब रणधीर के उस कमरे में सागवान का सिर्फ़ एक ही पलंग था। लेकिन अब उसके साथ सटा हुआ एक और पलंग भी था और कोने में एक नई ड्रेसिंग टेबल भी मौजूद थी। दिन यही बरसात के थे। मौसम भी बिलकुल वैसा ही था। बारिश की बूँदों के साथ सितारों की रोशनी का हलका-हलका गुबार उसी तरह उतर रहा था, लेकिन वातावरण में हिना के इत्र की तेज़ ख़ुशबू बसी हुई थी।

दूसरा पलंग ख़ाली था। उस पलंग पर रणधीर औंधे मुँह लेटा खिड़की के बाहर पीपल के झूमते हुए पत्तों पर बारिश की बूँदों का नाच देख रहा था। एक गोरी-चिट्टी लड़की अपने नंगे जिस्म को चादर में छुपाने की नाकाम कोशिश करते-करते क़रीब हो गई थी। उसकी सुख़ रेशमी सलवार दूसरे पलंग पर पड़ी थी, जिसके गहरे सुख़ रंग के इज़ारबंद का एक फुँदना नीचे लटक रहा था। पलंग पर उसके दूसरे कपड़े भी पड़े थे। सुनहरी फूलदार ज़रूर, अँगिया, जाँघिया और वह पुकार, जो उसने घाटन लड़की के बदन की बू में सूँघी थी-वह पुकार, जो दूध के प्यासे बच्चे के रोने से ज़्यादा आनंदमयी होती है-वह पुकार, जो स्वप्न के दायरे से निकलकर ख़ामोश हो गई थी।

रणधीर खिड़की के बाहर देख रहा था। उसके बिलकुल निकट ही पीपल के नहाये हुए पत्ते झूम रहे थे। वह उनकी मस्ती-भरी कँपकँपाहटों के उस पार कहीं बहुत दूर देखने की कोशिश कर रहा था, जहाँ गठीले बादलों में

अजीबोगरीब क़िस्म की रोशनी घुली हुई दिखाई दे रही थी–ठीक वैसी ही जैसी उस घाटन लड़की के सीने में उसे नज़र आई थी। ऐसी रोशनी, जो पुरइसरार गुफ़्तगू की तरह दबी लेकिन स्पष्ट थी।

रणधीर के पहलू में एक गोरी-चिट्टी लड़की–जिसका जिस्म दूध और घी में गुँथे आटे की तरह मुलायम था, लेटी थी–उसके नींद से मस्त बदन से हिना के इत्र की ख़ुशबू आ रही थी–जो अब थी, थकी-सी मालूम होती थी। रणधीर को यह दम तोड़ती और जुनूं की हद तक पहुँची हुई ख़ुशबू बहुत बुरी मालूम हुई। उसमें कुछ खटास थी–एक अजीब क़िस्म की खटास, जैसी बदहज़मी की डकारों में होती है–उदास, बेरंग, बेचैन।

रणधीर ने अपने पहलू में लेटी हुई लड़की की तरफ़ देखा, जिस तरह फटे हुए दूध के बेरंग पानी में सफ़ेद मुर्दा फुटकियाँ तैरने लगती हैं, उसी तरह इस लड़की के दूधिया जिस्म पर खराशें और धब्बे तैर रहे थे और वह हिना के इत्र की ऊटपटांग ख़ुशबू। दरअसल रणधीर के मन-मस्तिष्क में वह बू बसी हुई थी, जो उस घाटन लड़की के जिस्म से बिना किसी बाहरी कोशिश के स्वयं निकल रही थी। वह बू जो हिना के इत्र से कहीं ज़्यादा हलकी-फुलकी और रस में डूबी हुई थी, जिसमें सूँघे जाने की कोशिश शामिल नहीं थी। वह ख़ुद-ब-ख़ुद नाक के रास्ते अंदर घुस अपनी सही मंज़िल पर पहुँच जाती थी।

लड़की के स्याह बालों में मुकेश के कण धूल के कणों की तरह जमे हुए थे। चेहरे पर पाउडर, सुख़ी और मुकेश के इन कणों ने मिल-जुलकर एक अजीब रंग पैदा कर दिया था–बेनाम-सा उड़ा-उड़ा रंग और उसके गोरे सीने पर कच्चे रंग की अँगिया ने जगह-जगह सुख़ धब्बे बना दिए थे।

छातियाँ दूध की तरह सफ़ेद थीं–उनमें हलका-हलका नीलापन भी था। बग़लों में बाल मुँडे हुए थे, जिसकी वजह से वहाँ सुरमई गुबार-सा पैदा हो गया था।

रणधीर लड़की की तरफ़ देख-देखकर कई बार सोच चुका था–क्या ऐसा नहीं लगता, जैसे मैंने अभी-अभी कीलें उखाड़कर उसे लकड़ी के बंद बक्स से निकाला हो? किताबों और चीनी के बर्तनों पर हलकी-हलकी खराशें पड़ जाती हैं, ठीक उसी तरह उस लड़की के जिस्म पर भी कई निशान थे।

जब रणधीर ने उसकी तंग और चुस्त अँगिया की डोरियाँ खोली थीं तो उसकी पीठ और सामने सीने पर नर्म-नर्म गोश्त पर झुर्रियाँ-सी थीं और कमर के चारों तरफ कसकर बाँधे हुए इज़ारबंद का निशान। वजनी और नुकीले नेकलेस से उसके सीने पर कई जगह खराशें पड़ गयी थीं, जैसे नाखूनों से बड़े ज़ोर से खुजाया गया हो। बरसात के यही दिन थे, पीपल के नर्म-नर्म पत्तों पर बारिश की बूँदें गिरने से वैसी ही आवाज़ पैदा हो रही थी, जैसी रणधीर उस दिन सारी रात सुनता रहा था। मौसम बेहद सुहाना था। ठंडी-ठंडी हवा चल रही थी। उसमें हिना के इत्र की तेज़ खुशबू घुली हुई थी।

रणधीर के हाथ बहुत देर तक उस गोरी-चिट्टी लड़की के कच्चे दूध की तरह सफ़ेद सीने पर हवा के झोंकों की तरह फिरते रहे थे। उसकी अँगुलियों ने उस गोरे-गोरे बदन में कई चिंगारियाँ दौड़ती हुई महसूस की थीं। उस नाज़ुक बदन में कई जगहों पर सिमटी हुई कँपकँपाहटों का भी उसे पता चला था, जब उसने अपना सीना उसके सीने के साथ मिलाया तो रणधीर के जिस्म के हर रोंगटे ने उस लड़की के बदन के छिड़े हुए तारों की भी आवाज़ सुनी थी—मगर वह आवाज़ कहाँ थी?

रणधीर ने आख़िरी कोशिश के तौर पर उस लड़की के दूधिया जिस्म पर हाथ फेरा, लेकिन उसे कोई कँपकँपी महसूस न हुई—उसकी नई नवेली पत्नी, जो एक फ़र्स्ट क्लास मजिस्ट्रेट की बेटी थी, जिसने बी० ए० तक शिक्षा पाई थी और जो अपने कॉलेज के सैकड़ों दिलों की धड़कन थी, रणधीर की किसी भी चेतना को न छू सकी। वह हिना की खुशबू में उस बू को तलाश कर रहा था, जो उन्हीं दिनों में जबकि खिड़की के बाहर पीपल के पत्ते बारिश में नहा रहे थे, उस घाटन लड़की के मैले बदन से आई थी।

❑

चुग़द

लड़कों और लड़कियों के प्रेम की चर्चा चल रही थी। प्रकाश, जो बहुत देर से चुपचाप बैठा अंदर-ही-अंदर किसी गहरी सोच में गुम था, एकदम फट पड़ा :

"सब बकवास है। सौ में से निन्यानवे रोमांस निहायत ही भौंडे, लच्चर और बेहूदा ढंग के हुआ करते हैं। बाक़ी एक रह जाता है। इसमें आप अपनी शायरी रख लीजिए या अपनी अक्ल और समझ भर दीजिए। मुझे हैरत है...तुम सब ख़ासे तजुर्बेकार हो।...औसत आदमी के मुक़ाबले में ज्यादा समझदार हो। जो सच्चाई है, वह तुम्हारी आँखों से ओझल भी नहीं। फिर यह क्या बेवकूफ़ी है कि तुम बराबर इस बात पर ज़ोर दिए जा रहे हो कि औरत को लुभाने के लिए नर्म-नाज़ुक शायरी, ख़ूबसूरत शक्ल, सुंदर कपड़े, इत्र...लैवेंडर और जाने किस-किस ख़ुराफात की ज़रूरत है। और मेरी समझ में यह चीज़ तो बिलकुल नहीं आती कि किसी औरत से इश्क़ करने से पहले, तमाम पहलू सोचकर कोई स्कीम बनायी जाए।"

चौधरी ने जवाब दिया–"हर काम करने से पहले आदमी को सोचना पड़ता ही है।"

प्रकाश ने फ़ौरन कहा–"मानता हूँ, लेकिन यह रोमांस लड़ाना मेरे नज़दीक कोई काम नहीं।" यह एक...यह एक...भई, तुम गौर क्यों नहीं करते। अफ़साना लिखना एक काम है। इसे शुरू करने से पहले सोचना ज़रूरी है। लेकिन रोमांस को आप काम कैसे कह सकते हैं? यह एक...यह एक...मेरा मतलब है, रोमांस मकान बनाना नहीं जो आपको पहले नक्शा बनवाना पड़े। एक लड़की या औरत अचानक आपके सामने आती है। आपके दिल में कुछ गड़बड़-सी होती है। फिर यह ख़्वाहिश होती है कि वह आपके साथ लेटी हो।...इसे आप काम कहते हैं? यह एक...यह एक हैवानी तलब है, जिसे पूरा करने के लिए हैवानी तरीक़े ही इस्तेमाल करने चाहिए। जब एक कुत्ता किसी कुतिया से इश्क़ लड़ाना चाहता है तो वह बैठकर स्कीम तैयार नहीं करता। इसी तरह, जब साँड बू सूँघकर गाय के पास जाता है तो उसे अपने बदन पर

इत्र नहीं लगाना पड़ता। बुनियादी तौर पर हम सब जानवर है, इसलिए इश्क़ या रोमांस में, जो दुनिया की सबसे पुरानी तलब है, इनसानियत का ज़्यादा दख़ल नहीं होना चाहिए।

मैंने कहा–"तो इसका मतलब यह हुआ कि मूर्तियाँ या तस्वीरें बनाना, शेरो-शायरी करना–ये सब फाइन आर्ट महज़ बेकाम के काम है।"

प्रकाश ने सिगरेट सुलगायी और अपने जोश को दबाते हुए कहा–"महज बेकार नहीं।" मैं समझ गया, तुम क्या कहना चाहते हो। तुम्हारा मतलब यह था कि जब सारे फ़न औरत की वजह से पैदा हुई हैं, तो फिर ये बेकार कैसे है–असल बात यह है कि इनकी पैदाइश की वजह औरत नहीं है, बल्कि औरत के बारे में, मर्द की हद से बढ़ी हुई ख़ुशफहमी है। मर्द जब औरत के बारे में सोचता है तो और सब कुछ भूल जाता है। वह चाहता है कि औरत को औरत न समझे–औरत को महज़ औरत समझने से, उसके जज़्बात को ठेस पहुँचती है, इसलिए वह चाहता है कि उसे हसीन-से-हसीन रूप में देखे। यूरोप के देशों में जहाँ औरतें फ़ैशन पर मरती हैं, उनसे जाकर पूछो कि उनके बालों, उनके कपड़ों और उनके जूतों के नित-नये फ़ैशन कौन ईजाद करता है?

चौधरी ने बेतकल्लुफ़ी के अपने ख़ास अंदाज़ में प्रकाश के कंधे पर हौले से हाथ मारा–"तुम बहक गए हो, यार। जूतों के डिज़ाइन कौन बनाता है, साँड गाय के पास जाता है तो उसे लैवेंडर नहीं लगाना पड़ता।" यहाँ बातें हो रही थीं कि लड़कों और लड़कियों के वहीं रोमांस कामयाब होते हैं, जो शरीफ़ाना लाइनों पर शुरू हों।

प्रकाश के होंठों के कोने, तंज से सिकुड़ गए–"चौधरी साहब क़िबला, आप बिलकुल बकवास करते हैं। शराफ़त को रखिए आप अपने सिगरेट के डिब्बे में और ईमान से कहिए, वह लौंडिया, जिसके लिए आप पूरे एक बरस तक, रूमालों को बेहतरीन-से-बेहतरीन लैवेंडर लगाकर, स्कीमें बनाते रहे, क्या आपको मिल गयी थी?"

चौधरी ने कुछ खिसियाकर जवाब दिया–"नहीं।"

"क्यों?"

"वह...वह किसी और से मुहब्बत करती थी।"

“किससे?...एक उल्लू के पट्ठे से—एक फेरी वाले बज़ाज़ से, जिसको न तो ग़ालिब के शेर याद थे, न कृश्न चन्दर की कहानियाँ। जो आपको मुक़ाबले में लैवेंडर-लगे रूमाल से नहीं, बल्कि अपने मैले तहमद से नाक साफ़ करता था।” प्रकाश हँसा—“चौधरी साहब, मुझे अच्छी तरह याद है, आप बड़ी मेहनत से उसे ख़त लिखा करते थे, आसमान के तमाम तारे नोचकर आपने चिपका दिये थे; चाँद की सारी चाँदनी समेटकर उनमें फैला दी—पर इस फेरी वाले बज़ाज़ ने उस लड़की को, जिसकी समझ की ऊँचाई के गीत आप हर वक़्त गाते थे, जिसकी तबीयत की नफ़ासत पर आप मर मिटे थे, एक आँख मारकर, अपने थानों की गठड़ी में बाँधा और चलता बना—इसका जवाब है आपके पास?”

चौधरी मिनमिनाया—“मेरा ख़याल है, जिन लाइनों पर मैं चल रहा था, ग़लत थी। जितना कुछ मैंने उसके नफ़सियात को पढ़ा था, वह दुरुस्त साबित न हुआ।”

प्रकाश मुस्कराया, “चौधरी साहब, जिन लाइनों पर आप चल रहे थे, यक़ीनन ग़लत थीं। उसका नफ़सियाती मुताता भी जो आपने किया था, सौ फ़ीसदी ग़लत था। और जो कुछ आप कहना चाहते हैं, वह भी ठीक नहीं है। इसलिए कि आपको लाइन बनाने और नफ़सियाती मुताता की ज़हमत उठानी ही न चाहिए थी। नोट-बुक निकालकर उसमें लिख लीजिए कि सौ में सौ मक्खियाँ शहद की तरह भागी आएँगी और सौ में से निन्यानवे लड़कियाँ भौंडेपन की तरफ़ खिंचेगी।”

प्रकाश के लहज़े में एक ऐसा तंज था, जिसका रुख़ चौधरी की तरफ़ उतना नहीं था, जितना ख़ुद उसकी अपनी तरफ़ था।

चौधरी ने सिर हिलाया और कहा—“तुम्हारी फ़िलासफ़ी मैं कभी नहीं समझ सकता।”

“कोशिश करो और समझो। कोई ऐसी मुश्किल चीज़ नहीं है। किस्सा यह है कि एक आसान बात को तुमने मुश्किल बना दिया है। तुम आर्टिस्ट हो और नोट-बुक निकालकर यह भी लिख लो कि आर्टिस्ट अव्वल दर्जे के बेवकूफ़ होते हैं। मुझे बहुत तरस आता है उन पर। कमबख़्तों की बेवकूफ़ी में भी सच्चाई और प्यार होता है। दुनिया भर के मसले हल कर देंगे, पर जब किसी औरत से मुठभेड़ होगी तो जनाब ऐसे चक्कर में फँस जाएँगे कि एक ग़ज़ दूर खड़ी

औरत तक पहुँचने के लिए, पेशावर का टिकट लेंगे और वहाँ पहुँचकर सोचेंगे, वह औरत आँखों से ओझल कैसे हो गयी? चौधरी साहब क़िबला! निकालिए अपनी नोट-बुक और लिख लीजिए कि आप अव्वल दर्जे के चुग़्द हैं।"

चौधरी चुप रहा और मुझे एक बार फिर यह महसूस हुआ कि प्रकाश चौधरी को आईना बनाकर, उसमें अपनी शक्ल देख रहा है और ख़ुद को गालियाँ दे रहा है। मैंने उससे कहा—"प्रकाश, ऐसा लगता है, चौधरी की बजाय तुम अपने आपको गालियाँ दे रहे हो।"

उम्मीद के ख़िलाफ़ उसने जवाब दिया—"तुम बिलकुल ठीक कहते हो, इसलिए मैं भी एक आर्टिस्ट हूँ, यानी जब दो और दो, चार बनते हैं तो मैं भी ख़ुश नहीं होता। मैं भी क़िबला चौधरी साहब की तरह अमृतसर के कंपनी बाग़ में औरत से मिलकर फ्रंटियर मेल से पेशावर जाता हूँ और वहाँ आँखें मल-मल कर सोचता हूँ, मेरी महबूबा गायब कहाँ हो गयी!" यह कहकर प्रकाश ख़ूब हँसा, फिर चौधरी से मुख़ातिब हुआ—"चौधरी साहब, क़िबला, हाथ मिलाइए। हम दोनों फिसड्डी घोड़े हैं। इस दौड़ में सिर्फ़ वही कामयाब होगा, जिसके ज़ेहन में सिर्फ़ एक ही चीज़ हो कि उसे दौड़ना है। यह नहीं कि काम और वक़्त का सवाल हल करने बैठ जाए—इतने क़दमों में इतना फ़ासला तय होता है तो उतने क़दमों में कितना फ़ासला तय होगा। इश्क़ ज्योमेट्री है न अलजबरा, बस बकवास है; इसलिए उसमें फँसने वाले को बकवास ही से मदद लेनी चाहिए।"

चौधरी ने ऊबे हुए स्वर में कहा—"क्या बकवास करते हो!"

"तो सुनो," प्रकाश जमकर बैठ गया, "मैं तुम्हें एक सच्चा वाक़या सुनाता हूँ। मेरा एक दोस्त है। मैं उसका नाम नहीं बताऊँगा। दो बरस हुए, वह एक ज़रूरी काम से चम्बा गया। दो दिन के बाद लौटकर, वह डलहौज़ी आने वाला था। उसके फ़ौरन बाद अमृतसर पहुँचना था, पर वह तीन महीने तक लापता रहा। न उसने घर ख़त लिखा, न मुझे। जब लौटा तो उसने बताया कि वह तीन महीने चम्बा ही में रहा। वहाँ की एक हसीन लड़की से उसे इश्क़ हो गया था।"

चौधरी ने पूछा—"नाकाम रहा होगा?"

प्रकाश के होंठों पर एक अर्थपूर्ण मुस्कराहट उभरी—"नहीं-नहीं, वह कामयाब रहा। ज़िंदगी में उसे एक शानदार तजुर्बा हासिल हुआ। तीन महीने वह चम्बा की सर्दी में ठिठुरता और लड़की से इश्क़ करता रहा। वापस डलहौज़ी आने वाला था कि पहाड़ी की एक पगडंडी पर उस काफ़िर जमाल हसीना

से उसकी मुठभेड़ हुई। सारी दुनिया परछा गयी। उसको इश्क़ हो गया था। क़िबला चौधरी साहब, सुनिए। पंद्रह दिनों तक लगातार वह बेचारा, अपने इश्क़ को चम्बा की जमा देने वाली फ़िज़ा में, दिल के अंदर दबाए, छिप-छिपकर दूर से उस लड़की को देखता रहा, पर उसके पास जाकर उससे बात करने की हिम्मत न कर सका। दिन बीत जाने पर वह सोचता कि दूरी कितनी अच्छी चीज़ है। ऊँची पहाड़ी पर वह बकरियाँ चरा रही है, नीचे सड़क पर इसका दिल धड़क रहा है। आँखों के सामने यह शायराना नज़ारा जाइए और दाद दीजिए। इस पहाड़ी पर सच्चा आशिक़ खड़ा है। दूसरी पहाड़ी पर उसकी हसीन महबूबा...बीच में पानी का नाला बह रहा है। सुबहान अल्लाह कैसा दिलकश नज़ारा है। चौधरी साहब, क़िबला...।"

चौधरी ने टोका–"बकवास मत करो। जो वाक़या है, उसे बयान कर दो।" प्रकाश मुस्कराया–"तो सुनिए। पंद्रह दिन तक मेरा दोस्त इश्क़ के जोरदार हमले के असर को दूर करने में लगा रहा और सोचता रहा कि उसे जल्दी वापस चला जाना चाहिए। इन पंद्रह दिनों में उसने कागज-पेंसिल लेकर तो नहीं, पर दिमाग़ ही दिमाग़ में उस लड़की से अपनी मुहब्बत का जायज़ा कई बार लिया। लड़की के जिस्म की हर चीज़ उसे पसंद थी, लेकिन सवाल यह था कि उसे हासिल कैसे करे? क्या एकदम, बिना जान-पहचान के, यह उससे बातें करना शुरू कर दे?–बिलकुल नहीं। यह कैसे हो सकता था? क्यों, हो कैसे नहीं सकता पर मान लिया जाए कि उसने मुँह फेर लिया, जवाब दिए बिना, अपनी, बकरियों को हाँकती, पास से गुजर गयी। जल्दबाजी कभी फलती नहीं–लेकिन उससे बात किए बिना उसे हासिल कैसे किया जा सकता है? एक तरक़ीब है। वह यह कि उसके मन में अपने लिए प्यार पैदा किया जाए। उसको अपनी ओर खींचा जाए। हाँ-हाँ, ठीक है। पर सवाल यह कि खींचा ऐसे जाए–हाथ से इशारा?–नहीं, बिलकुल पोच है...सो किबला चौधरी साहब, हमारा हीरो उन पंद्रह दिनों में यही सोचता रहा। सोलहवें दिन अचानक, बावली पर उस लड़की ने उसकी ओर देखा और मुस्करा दी–हमारे हीरो के दिल की बाछें खिल गयी, लेकिन टाँगें!–आपने अब टाँगों के बारे में सोचना शुरू किया, लेकिन जब मुस्कराहट का ख़याल आया तो अपनी टाँगें अलग कर दीं और उस लड़की की पिंडलियों के बारे में सोचने लगा, जो उठी हुई घघरी में से उसे दिखायी

पड़ी थीं। कितनी सुडौल थीं। लेकिन वह दिन दूर नहीं, जब वह उन पर बहुत हौले-हौले हाथ फेर सकेगा।...पंद्रह दिन और बीत गए।–इधर वह मुस्कराकर पास से गुज़रती रही, उधर हमारे हीरो साहब, जवाबी मुस्कराहट की रिहर्सल करते रहे... सवा महीना हो गया और उनका इश्क़ सिर्फ़ होंठों ही पर मुस्कराता रहा। आख़िर एक दिन, ख़ुद उस लड़की ने ख़ामोशी की मुहर तोड़ी और बड़ी अदा से एक सिगरेट माँगा। आपने सारी डिब्बी भेंट कर दी और घर आकर, सारी रात कँपकँपाहट पैदा करने वाले सपने देखते रहे। दूसरे दिन एक आदमी को डलहौज़ी भेजा और वहाँ सिगरेटों के पंद्रह पैकेट मँगवाकर एक छोटे-से लड़के के हाथ, अपनी महबूबा को भिजवा दिए। जब उसने अपनी झोली में डाले तो आपके दिल को, दूर खड़े-खड़े ही बड़ी ख़ुशी महसूस हुई। होते-होते वह दिन भी आ गया, जब दोनों पास-पास बैठकर बातें करने लगे क़िबला चौधरी साहब बताइए, हमारा हीरो क्या बातें करता था उससे?"

चौधरी ने उसी उकताए हुए स्वर में जवाब दिया–"मुझे क्या पता।"

प्रकाश मुस्कराया, "मुझे पता है क़िबला चौधरी साहब! घर से चलते समय वह बातों की एक बहुत लंबी-चौड़ी सूची तैयार करता। मैं उससे यह कहूँगा, मैं उससे वह कहूँगा। जब वह नाले के पास कपड़े धोती होगी तो मैं आहिस्ता-आहिस्ता जाकर उसकी आँखें मींच लूँगा; फिर उसकी बग़लों में गुदगुदी करूँगा। लेकिन जब उसके पास पहुँचता और आँखें मींचते और गुदगुदी करने का ख़याल आता तो उसे शर्म आ जाती–क्या बचपना है और वह उससे कुछ दूर हट कर बैठ जाता और भेड़-बकरियों की बातें करता रहता। कई बार उसे ख़याल आया, कब तक ये भेड़-बकरियाँ उसकी मुहब्बत चरती रहेंगी?–दो महीने से कुछ दिन ऊपर हो गए हैं और अभी तक वह उसको हाथ तक नहीं लगा सका। लेकिन वह फिर सोचता कि हाथ लगाए कैसे? कोई बहाना तो होना चाहिए। फिर उसे ख़याल आता, बहाने से हाथ लगाना बिलकुल बकवास है। लड़की की तरफ से उसे ख़ामोश इजाज़त मिलनी चाहिए कि वह उसके जिस्म के जिस हिस्से को भी चाहे, हाथ लगा सकता है। अब ख़ामोश इजाज़त का सवाल आ जाता। उसे कैसे पता चल सकता है कि उसने इजाज़त दे दी है? क़िबला चौधरी साहब, इसको खोज लगाते-लगाते, पंद्रह दिन और बीत गए।"

प्रकाश ने सिगरेट सुलगाया और मुँह से धुआँ निकालते हुए बहने लगा। इस बीच वे काफ़ी घुल-मिल गए थे। लेकिन इसका असर हमारे हीरो पर बुरा

हुआ। बातचीत के बीच उसने लड़की से अपने ऊँचे खानदान की चर्चा कई बार की थी। अपने यारबाश दोस्तों पर कई बार लानत भेजी थी, जो पहाड़ों देहातों में जाकर ग़रीब लड़कियों को ख़राब करते थे। कभी दबे स्वर में, कभी ऊँचे स्वर में, अपनी तारीफ़ भी की थी। अब वह कैसे उस लड़की पर अपनी ख़्वाहिश ज़ाहिर करता। ज़ाहिर है कि मामला बहुत टेढ़ा और पेचदार हो गया, पर उसके इश्क़ का जज़्बा सलामत था, इसलिए उसे उम्मीद थी कि एक दिन ख़ुद लड़की ही अपने आपको थाली में डालकर उसे सौंप देगी।...इस उम्मीद में कुछ दिन और बीत गए। एक दिन कपड़े धोते-धोते लड़की ने, जिसके हाथ साबुन से भरे थे, उससे कहा–"तुम्हारी माचिस ख़त्म हो गयी है, मेरी जेब से निकाल लो..." यह जेब, ठीक उसकी छाती के उभार के ऊपर थी। हमारा हीरो झेंप गया। लड़की ने कहा–"निकाल लो न।" थोड़ी-सी हिम्मत पैदा करके, उसने अपना काँपता हुआ हाथ बढ़ाया और दो उँगलियाँ, बड़ी एहतियात से उसकी जेब में डालीं। माचिस बहुत नीचे नहीं थी। घबराया, कहीं और न जा टकराएँ, इसलिए बाहर निकाल लीं और अपनी ख़ाली माचिस से एक तीली निकालकर सिगरेट सुलगाया और लड़की से कहा–"तुम्हारी जेब से माचिस फिर कभी निकालूँगा। यह सुनकर लड़की ने चंचल नज़रों से उसकी तरफ देखा और मुस्करा दी। हमारे हीरो ने आधा मैदान मार लिया। दूसरा आधा मारने के लिए, वह स्कीमें सोचने लगा। एक दिन सुबह-सबेरे, नाले के इस तरफ़ बैठा, दूसरी बुलंदी पर उस लड़की को बकरियाँ चराते देख रहा था। और उसकी उभरी हुई जेब के माल पर गौर कर रहा था कि नीचे सड़क पर, बावली के पास, लॉरी रुकी। सिक्ख ड्राइवर ने बाहर निकलकर पानी पिया और ऊपर, उस लड़की की तरफ़ देखा। हीरो के दिल में एक जलन-सी पैदा हुई। बावली की मुंडेरी पर खड़े होकर, मोबिल आयल से लिथड़े उस सिक्ख ड्राइवर ने फिर एक बार सावित्री की ओर देखा और अपना गंदा हाथ उठाकर उसे इशारा किया। मेरे हीरो के मन में आयी, पास पड़ा हुआ पत्थर उस पर लुढ़का दे...इशारा करने के बाद, उसने दोनों हाथ मुँह के इधर-उधर रखकर, बड़े ही भोंडे स्वर में पुकारा–"जानी...मैं सदके...आऊँ? मेरे तन-बदन में आग लग गयी।...सिक्ख ड्राइवर ने ऊपर चढ़ना शुरू किया। मेरा दिल घुटने लगा।...चंद मिनटों में ही वह हरामज़ादा उसके पास खड़ा था। पर मुझे

यक़ीन था कि अगर उसने कोई बदतमीज़ी की तो वह छड़ी से उसकी ऐसी मरम्मत करेगी कि वह सारी उम्र याद रखेगा।...मैं उधर से निगाह हटाकर, इस मरम्मत के बारे में सोच ही रहा था कि एकदम दोनों मेरी आँखों से ओझल हो गए।...मैं नीचे सड़क की तरफ़ भागा। बावली के पास पहुँचकर सोचा, क्या हिमाक़त है, फ़िक्र कैसी? लेकिन फिर ख़याल आया, कहीं वह उल्लू का पट्ठा ज़बरदस्ती न कर बैठे, इसलिए पहाड़ी पर तेज़ी से चढ़ना शुरू किया—बड़ी मुश्किल चढ़ाई थी। जगह-जगह कँटीली झाड़ियाँ थीं। उनको पकड़-पकड़ कर बढ़ना पड़ता था। बहुत दूर-ऊपर चला गया, पर वे दोनों कहीं न मिले। हाँफते-हाँफते मैंने अपने सामने की झाड़ी पकड़कर खड़े होने की कोशिश की—क्या देखता हूँ, झाड़ी की दूसरी तरफ़ पत्थरों पर सावित्री लेटी है और उस गंदे ड्राइवर की दाढ़ी उसके चेहरे पर बिखरी हुई है। मेरे जिस्म के सारे बाल जल गए। एक करोड़ गालियाँ उन दोनों के लिए मेरे मन में पैदा हुई, लेकिन पल भर के लिए सोचा तो लगा कि दुनिया का सबसे बड़ा चुग़द मैं हूँ। उसी वक़्त नीचे उतरा और सीधा बस के अड्डे की तरफ़ चल पड़ा।”

प्रकाश के माथे पर पसीने की नन्ही-नन्ही बूँदें चमकने लगीं।

❑

मंत्र

चौधरी मौजू बूढ़े बरगद की घनी छाँव के नीचे खुर्री चारपाई पर बड़े इत्मीनान से बैठा अपना चमोड़ा पी रहा था। धुएँ के हलके-हलके बक्के उसके मुँह से निकलते थे और दोपहर की ठहरी हुई हवा में हौले-हौले गुम हो जाते थे।

वह सुबह से अपने छोटे-से खेत में हल चला रहा था और अब थक गया था। धूप इतनी तेज़ थी कि चील भी अपना अंडा छोड़ दे। मगर अब वह चैन से बैठा अपने चमोड़े का मज़ा ले रहा था, जो चुटकियों में उसकी थकान दूर कर देता था।

उसका पसीना चुंबक हो गया था, इसलिए ठहरी हुई हवा उसे कोई ठंडक नहीं पहुँचा रही थी। लेकिन चमोड़े का ठंडा-ठंडा स्वादिष्ट धुआँ उसके दिल व दिमाग़ में अनूठे नशे की लहरें पैदा कर रहा था।

अब समय हो चुका था कि घर से उसकी इकलौती लड़की जीनाँ रोटी-लस्सी लेकर आ जाए। वह ठीक वक़्त पर पहुँच जाती थी, हालाँकि घर में उसका हाथ बँटाने वाला और कोई भी नहीं था। उसकी माँ थी, जिसको दो साल हुए मौजू ने एक लंबे झगड़े के बाद सख़्त गुस्से में तलाक़ दे दी थी।

उसकी जवान इकलौती बेटी जीनाँ बड़ी फ़रमाँबरदार लड़की थी। वह अपने बाप का बहुत ख़याल रखती थी। घर का कामकाज, जो इतना ज़्यादा नहीं था, बड़ी मुस्तैदी से करती थी कि जो ख़ाली वक़्त मिले उसमें चरखा चलाए और पूनियाँ काते या अपनी सहेलियों के साथ जो गिनती की थीं इधर-उधर की गप्प में गुज़र दे।

चौधरी मौजू की ज़मीन वाजबी थी, मगर उसके गुज़ारे के लिए काफ़ी थी। गाँव बहुत छोटा था। एक दूर गिरी-पड़ी जगह पर जहाँ से रेल का गुज़र नहीं था, एक कच्ची सड़क थी जो उसे दूर एक बड़े गाँव के साथ मिलाती थी। चौधरी मौजू हर महीने दो बार अपनी घोड़ी पर सवार होकर गाँव में जाता था, जिसमें दो-तीन दुकानें थीं और वहाँ से ज़रूरत की चीज़ें ले आया करता था।

पहले वह बहुत ख़ुश था, उसे कोई ग़म नहीं था। दो-तीन साल उसे इस ख़याल ने अलबत्ता ज़रूर सताया था कि उसके कोई नर संतान नहीं होती लेकिन फिर वह यह सोचकर संतुष्ट हो गया था कि जो अल्लाह को मंज़ूर होता है, वही होता है। पर अब जिस दिन से उसने अपनी बीवी को तलाक़ देकर मैके भेज दिया था, उसकी ज़िंदगी सूखा हुआ नैचा-सा बनकर रह गयी थी। सारी ताज़गी जैसे उसकी बीवी अपने साथ ले गयी थी।

चौधरी मौजू मज़हबी आदमी था, हालाँकि उसे अपने मज़हब के बारे में सिर्फ़ दो-तीन चीज़ों की ही जानकारी थी कि ख़ुदा एक है जिसकी बंदगी लाज़िमी है। मुहम्मद उसके रसूल हैं जिनके हुक्मों का पालन करना फ़र्ज़ है। और क़ुरान-पाक ख़ुदा का कलाम है जो मुहम्मद पर उतरा और बस।

नमाज़-रोज़े से वह बेख़बर था। गाँव बहुत छोटा था जिसमें कोई मस्जिद नहीं थी, सिर्फ़ दस-पंद्रह घर थे। वे भी एक-दूसरे से दूर-दूर। लोग अल्लाह-अल्लाह करते थे, उनके दिल में उस पाक ज़ात का ख़ौफ़ था मगर उससे ज़्यादा और कुछ नहीं था। क़रीब-क़रीब हर घर में क़ुरान मौजूद था, मगर पढ़ना कोई भी नहीं जानता था। सबने उसे धार्मिक आस्था के तौर पर जुज़दान लपेटकर किसी ऊँचे ताक में रख छोड़ा था। उसकी ज़रूरत सिर्फ़ उसी वक़्त पेश आती थी जब किसी से कोई सच्ची बात कहलवानी होती थी, या किसी काम के लिए क़ुरान उठवाना होता था।

गाँव में मौलवी की शक्ल उसी वक़्त दिखायी देती थी जब किसी लड़के या लड़की की शादी होती थी। मौत पर जनाज़े की नमाज़ वग़ैरा वे ख़ुद ही पढ़ लेते थे—अपनी ज़बान में।

चौधरी मौजू ऐसे मौकों पर ज़्यादा काम आता था, उसकी ज़बान में असर था। जिस अंदाज़ से वह मरने वाले की ख़ूबियाँ बयान करता था और उसकी मगफिरत के लिए दुआ करता था, वह कुछ उसी का हिस्सा था।

पिछले बरस जब उसके दोस्त दीनू का जवान लड़का मर गया तो उसको क़ब्र में उतारकर उसने बड़े प्रभावशाली ढंग से यह कहा था, "हाय, क्या हसीन जवान लड़का था! थूक फेंकता था तो बीस ग़ज़ दूर जाकर गिरता था।

उसकी पेशाब की धार का तो आसपास किया गाँव–खेड़े में भी मुक़ाबला करने वाला मौजूद नहीं था और बेनी पकड़ने में तो जवाब नहीं था उसका। हे घिसनी का नारा मारता और दो उँगलियों से यों बेनी खोलता जैसे कुरते का बटन खोलते हैं। दीनू यार, तुझ पर आज क़यामत का दिन है...तू कभी यह सदमा बर्दाश्त नहीं कर सकेगा। यारो, इसे मर जाना चाहिए था। ऐसा हसीन जवान लड़का, ऐसा ख़ूबसूरत गबरू जवान! नेतीसियारी जैसी सुंदर और हटीली नारी उसको काबू में करने के लिए तावीज़-धागे कराती रही, मगर भाई महरवा है दीनू! तेरा लड़का लँगोट का पक्का रहा! ख़ुदा करे उसको जन्नत में सबसे ख़ूबसूरत हूर मिले और वहाँ भी लँगोट का पक्का रहे। अल्लाह मियाँ ख़ुश होकर उस पर और रहमतें उतारेगा–आमीन!”

यह छोटा-सा भाषण सुनकर दस-बीस आदमी, जिनमें दीनू भी शामिल था, दहाड़ें मारकर रो पड़े थे। ख़ुद चौधरी मौजू की आँखों से आँसू बह रहे थे।

मौजू ने जब अपनी बीवी फाताँ, को तलाक़ देना चाहा था तो उसने मौलवी बुलाने की ज़रूरत नहीं समझी थी। उसने बड़े-बूढ़ों से सुन रखा था कि, तीन बार ‘तलाक़, तलाक़, तलाक़’ कह दो तो क़िस्सा ख़त्म हो जाता है। चुनाँचे उसने वह क़िस्सा इस तरह ख़त्म किया था। मगर दूसरे ही दिन उसे बहुत अफ़सोस हुआ था, बड़ा पश्चाताप हुआ था कि उसने यह क्या ग़लती की। मियाँ-बीवी में झगड़े होते ही रहते हैं; मगर तलाक़ तक नौबत नहीं आती, उसे ध्यान न देना चाहिए था।

फाताँ उसे पसंद थी। गो वह अब जवान नहीं थी, लेकिन फिर भी उसको उसका जिस्म पसंद था, उसकी बातें पसंद थीं और फिर वह उसकी जीनाँ की माँ थी। मगर अब तीर कमान से निकल चुका था जो वापस नहीं आ सकता था। चौधरी मौजू जब भी उसके बारे में सोचता तो उसके चहीते चमोड़े धुआँ उसके हलक में कड़ुवे घूँट बन-बनकर जाने लगता।

जीनाँ ख़ूबसूरत थी, अपनी माँ की तरह। उन दो बरसों में उसने एकदम बढ़ना शुरू कर दिया था और देखते-देखते जवान मुटियार बन गयी थी, जिसके अंग-अंग से जवानी फूट-फूटकर निकल रही थी। चौधरी मौजू को

उसके हाथ पीले करने की फ़िक्र थी। यहाँ पर उसको फ़ाताँ याद आती। यह काम वह कितनी आसानी से कर सकती थी!

खुरी खाट पर चौधरी मौजू ने अपनी सीट और अपना तहमद दुरुस्त करते हुए चमोड़े से एक लंबा कश लिया और खाँसने लगा। खाँसने के दौरान में किसी की आवाज़ आई, "अस्सलाम-अलेकुम-व-रहमत-उल्लाह-ओ-बरकातहू!"

चौधरी मौजू ने पलटकर देखा तो उसे सफ़ेद कपड़ों में एक लंबी दाढ़ी वाले बुज़ुर्ग नज़र आए। उसने सलाम का जवाब दिया और सोचने लगा कि यह शख़्स कहाँ से आ गया है?

लंबी दाढ़ी वाले बुज़ुर्ग की आँखें बड़ी-बड़ी और रोबदार थी, जिनमें सुरमा लगा हुआ था। लंबे-लंबे पटे थे उनके और दाढ़ी के बाल खिचड़ी थे–सफ़ेद ज़्यादा और काले कम। सिर पर सफ़ेद मुँडासा और कंधे पर रेशम का काढ़ा हुआ बसंती रूमाल।

हाथ में चाँदी की मूठ वाला मोटा असा (डंडा) था, पाँव में लाल खाल का नर्म व नाज़ुक जूता।

चौधरी मौजू ने जब उस बुज़ुर्ग को सिर से पैर तक गौर से देखा तो दिल में फ़ौरन ही उसके प्रति श्रद्धा पैदा हो गयी। चारपाई पर से जल्दी-जल्दी उठकर वह उससे बोला, "आप कहाँ से आए, कब आए?"

बुज़ुर्ग की कतरी हुई शरई लबों में मुस्कराहट पैदा हुई, "फ़क़ीर कहाँ से आएँगे? उनका कोई घर नहीं होता; उनके आने का कोई वक़्त मुकर्रर नहीं; उनके जाने का कोई वक़्त मुकर्रर नहीं। अल्लाह तबारक ताला ने जिधर हुक्म दिया चल पड़े जहाँ ठहरने का हुक्म हुआ वही ठहर गए।"

चौधरी मौजू पर इन शब्दों का बहुत असर हुआ। उसने आगे बढ़कर उस बुज़ुर्ग का हाथ बड़े आदर से अपने हाथों में लिया, चूमा, आँखों से लगाया और कहा–"चौधरी मौजू का घर आपका अपना घर है।"

बुज़ुर्ग मुस्कराता हुआ खाट पर बैठ गया और अपने चाँदी के मूठ वाले असा को दोनों हाथों में थामकर उस पर अपना सर झुका दिया। 'अल्लाहजल्ला शानहू' को जाने तेरी कौन-सी अदा पसंद आ गयी कि अपने इस हक़ीर (तुच्छ) और आरज़ी (नश्वर) बंदे को तेरे पास भेज दिया।

चौधरी मौजू ने खुश होकर पूछा–"तो मौलवी साहब, आप उसके हुक्म से आए हैं?"

मौलवी साहब ने अपना झुका हुआ सर उठाया और कुपित हो कहा–"तो क्या हम तेरे हुक्म से आए हैं? हम तेरे बंदे है या उसके, जिसकी इबादत से हमने पूरे चालीस बरस गुज़ारकर यह थोड़ा-बहुत रुतबा हासिल किया है?"

चौधरी मौजू काँप गया। अपने ख़ास गँवारू लेकिन ख़ुलूस-भरे अंदाज़ में उसने मौलवी साहब से अपना गुनाह माफ़ करवाया और कहा, "मौलवी साहब, हम जैसे इनसानों से जिनको नमाज़ पढ़नी भी न हीं आती, ऐसी ग़लतियाँ हो ही जाती हैं। हम गुनाहगार हैं, हमें बख़्शावाना और बख़्शाना आपका काम है।"

मौलवी साहब ने अपनी बड़ी-बड़ी सुरमा लगी आँखें बंद कीं और कहा, "हम इसीलिए आए हैं।"

चौधरी मौजू ज़मीन पर बैठ गया और मौलवी साहब के पाँव दबाने लगा। इतने में उसकी लड़की जीनाँ आ गयी। उसने मौलवी साहब को देखा तो घूँघट छोड़ लिया।

मौलवी साहब ने मुँदी आँखों से पूछा–"कौन है, चौधरी मौजू?"

"मेरी बेटी, मौलवी साहब, जीनाँ।"

मौलवी साहब ने अधखुली आँखों से जीनाँ को देखा और मौजू से कहा–

"हम फ़क़ीरों से क्या पर्दा है, इससे पूछो।"

"कोई पर्दा नहीं मौलवी साहब पर्दा कैसा होगा?" फिर मौजू जीनाँ की ओर मुड़ा और उससे बोला, "मौलवी साहब हैं जीनाँ अल्लाह के खास बंदे! इनसे पर्दा कैसा? उठा ले अपना घूँघट।"

जीनाँ ने अपना घूँघट उठा लिया। मौलवी साहब ने अपनी सुरमा लगी आँखें भरके उसे देखा और मौजू से कहा, "तेरी बेटी ख़ूबसूरत है, चौधरी मौजू!"

जीनाँ शरमा गयी। मौजू ने कहा–"अपनी माँ पर है, मौलवी साहब!"

"कहाँ है इसकी माँ?" मौलवी साहब ने एक बार फिर जीनाँ की जबानी की तरफ़ देखा।

चौधरी मौजू सिटपिटा गया कि जवाब क्या दे!

मौलवी साहब ने फिर पूछा–"इसकी माँ कहाँ है चौधरी मौजू?"

मौजू ने जल्दी से कहा–"मर चुकी है जी।"

मौलवी साहब की नज़रें जीनाँ पर गड़ी थीं। उसकी प्रतिक्रिया भाँपकर उन्होंने मौजू से कड़ककर कहा–"तू झूठ बोलता है।"

मौजू ने मौलवी साहब के पाँव पकड़ लिये और लज्जापूर्ण स्वर में कहा, "जी हाँ...जी हाँ...मैंने झूठ बोला था। मुझे माफ़ कर दीजिए। मैं बड़ा झूठा आदमी हूँ। मैंने उसे तलाक़ दे दी थी, मौलवी साहब!"

मौलवी साहब ने लंबी 'हूँ' की और नज़रें जीनाँ की चदरिया से हटा लीं और मौजू को संबोधित किया–"तू बहुत बड़ा गुनाहगार है। क्या क़सूर था उस बेज़बान का?"

मौजू लज्जा से गड़ा हुआ था–"कुछ नहीं मालूम मौलवी साहब! मामूली-सी बात थी जो बढ़ते-बढ़ते तलाक़ तक पहुँच गयी। मैं वाक़यी गुनाहगार हूँ। तलाक़ देने के दूसरे दिन ही मैंने सोचा था कि मौजू, तूने यह क्या झक मारी। पर उस वक़्त क्या हो सकता था, चिड़ियाँ खेत चुग चुकी थीं। पछतावे से क्या हो सकता था, मौलवी साहब?"

मौलवी साहब ने चाँदी की मूठ वाला असा मौजू के कंधे पर रख दिया, "अल्लाह तबारक ताला की ज़ात बहुत बड़ी है। वह रहीम है, बड़ा करीम है। वह चाहे तो हर बिगड़ी बना सकता है। उसका हुक्म हुआ तो यह हक़ीर-फ़क़ीर तेरी निजात के लिए कोई रास्ता ढूँढ़ निकालेगा।"

अहसान में दबा चौधरी मौजू मौलवी साहब की टाँगों के साथ लिपट गया और रोने लगा। मौलवी साहब ने जीनाँ की तरफ़ देखा। उसकी आँखों से भी आँसू बह रहे थे। "इधर आ, लड़की!"

मौलवी साहब के स्वर में ऐसा आदेश था जिसको रद्द करना जीनाँ के लिए ना-मुमकिन था। रोटी और लस्सी एक तरफ़ रखकर वह खाट के पास चली गयी। मौलवी साहब ने उसे बाजू से पकड़ा और कहा–"बैठ जा!"

जीनाँ ज़मीन पर बैठने लगी तो मौलवी साहब ने उसका बाजू ऊपर खींचा, "इधर मेरे पास बैठ।"

जीनाँ सिमटकर मौलवी साहब के पास बैठ गयी। मौलवी साहब ने उसकी कमर में हाथ देकर उसको अपने क़रीब कर लिया और ज़रा दबाकर पूछा, "क्या लायी है तू हमारे खाने के लिए?"

जीनाँ ने एक तरफ़ हटना चाहा, मगर गिरफ़्त मज़बूत थी। उसको जवाब देना पड़ा–"जी...जी रोटियाँ, साग और लस्सी।"

मौलवी साहब ने जीनाँ की पतली, मज़बूत कमर अपने हाथ से एक बार फिर दबायी, "चल खोल खाना और हमें खिला।"

जीनाँ उठकर चली गयी तो मौलवी साहब ने मौजू के कंधे से अपना चाँदी के मूठ वाला असा नन्ही-सी थपक के बाद उठा लिया–"उठ मौजू, हमारे हाथ धुला।" मौजू फ़ौरन उठा। पास ही कुआँ था, पानी लाया और मौलवी साहब के हाथ एक मुरीद की तरह धुलाए। जीनाँ ने चारपाई पर खाना रख दिया।

मौलवी साहब सब का सब खा गए और जीनाँ को हुक्म दिया कि वह उनके हाथ धुलाए। जीनाँ नाफ़रमानी नहीं कर सकती थी, क्योंकि मौलवी साहब की शक्ल व सूरत और उनकी बातचीत का अंदाज़ ही कुछ ऐसा आदेशपूर्ण था।

मौलवी साहब ने डकार लेकर बड़े जोर से 'अलहमदुलिल्लाह' (ईश्वर बड़ा है) कहा और दाढ़ी पर गीला-गीला हाथ फेरा। एक और डकार ली और चारपाई पर लेट गए। एक आँख बन्द करके दूसरी आँख से जीनाँ की ढलकी हुई चुनरिया की तरफ देखते रहे। उसने जल्दी-जल्दी बर्तन समेटे और चली गयी। मौलवी साहब ने आँखें बंद की और मौजू से कहा, "चौधरी, अब हम सोएँगे।"

चौधरी कुछ देर उनके पाँव दबाता रहा। जब उसने देखा कि वह सो गए हैं तो एक तरफ़ जाकर उसने उपले सुलगाये और चिलम में तम्बाकू भरकर भूखे पेट चमोड़ा पीना शुरू कर दिया। मगर वह ख़ुश था। उसे ऐसा लगता था कि उसकी ज़िंदगी का कोई बहुत बड़ा बोझ दूर हो गया है। उसने दिल ही दिल में अपने ख़ास गँवारू किन्तु निष्ठापूर्ण स्वर में अल्लाहताला का शुक्र अदा किया, जिसने अपनी तरफ़ से मौलवी साहब की शक्ल में रहमत का फ़रिश्ता भेज दिया।

पहले उसने सोचा कि मौलवी साहब के पास ही बैठा रहे, क्योंकि शायद उनको किसी ख़िदमत की ज़रूरत हो। मगर जब देर हो गयी और वह सोते रहे तो वह उठकर अपने खेत में चला गया और अपने काम में जुट गया। उसे इस बात का बिलकुल ख़याल नहीं था कि वह भूखा है। उसे तो बल्कि इस बात की बेहद खुशी हुई थी कि उसका खाना मौलवी साहब ने खाया और उसे इतना बड़ा सौभाग्य प्राप्त हुआ।

शाम के पहले-पहले जब वह खेत से वापस आया तो उसे यह देखकर बड़ा दुख हुआ कि मौलवी साहब मौजूद नहीं। उसने अपने-आपको बहुत धिक्कारा कि वह क्यों चला गया। उनके हुजूर में बैठा रहता। शायद वह नाराज़ होकर चले गए हों और कोई बद्दुआ भी दे गए हों। जब चौधरी मौजू ने यह सोचा तो उसकी रूह काँप गयी, आँखों में आँसू आ गए।

उसने इधर-उधर मौलवी साहब को तलाश किया, मगर यह न मिले। गहरी शाम हो गयी फिर भी उसका कोई सुराग न मिला। थक-हारकर अपने को दिल ही दिल में कोसता और लानत-मलामत करता वह गरदन झुकाए घर की तरफ़ जा रहा था कि उसे दो जवान लड़के घबराए हुए मिले। चौधरी मौजू ने उनसे घबराहट की वजह पूछी तो पहले तो टालना चाहा, मगर फिर असल बात बता दी कि वे घूरे में दबा हुआ शराब का घड़ा निकालकर पीने वाले थे कि एक नूरानी सूरत वाले बुजुर्ग एकदम वहाँ प्रकट हुए और बड़ी गजबनाक निगाहों से उनको देखकर यह पूछा कि वे यह क्या हरामकारी कर रहे हैं। जिस चीज़ को अल्लाह तबारक ताला ने हराम करार दिया है वे उसे पीकर इतना बड़ा गुनाह कर रहे हैं जिसका कोई क़फ्फ़ारा (प्रायश्चित) नहीं। उन लोगों को इतनी जुरअत न हुई कि कुछ बोलें, बस सिर पर पाँव रखकर भागे और यहाँ आकर दम लिया।

चौधरी मौजू ने उन दोनों को बताया कि वह नूरानी सूरत वाले वाक़यी अल्लाह के पहुँचे हुए बुजुर्ग थे। फिर उसने अंदेशा ज़ाहिर किया कि अब जाने उस गाँव पर क्या क़हर (प्रकोप) नाज़िल होगा! एक उसने उनको छोड़कर चले जाने की पूरी हरकत की, एक उन्होंने कि हराम चीज़ निकालकर पी रहे थे।

'अब अल्लाह ही बचाए! अब अल्ला ही बचाए मेरे बच्चो!' यह बड़बड़ाता चौधरी मौजू घर की ओर रवाना हुआ। जीनाँ मौजूद थी, पर उसने उससे कोई बात न की और खाट पर बैठकर ख़ामोश हो हुक्का पीने लगा। उसके दिल व दिमाग़ में एक तूफ़ान बरपा था। उसको यक़ीन था कि उस पर और गाँव पर ज़रूर खुदा की कोई आफ़त आएगी।

शाम का खाना तैयार था। जीनाँ ने मौलवी साहब के लिए भी पका रखा था। जब उसने अपने बाप से पूछा कि मौलवी साहब कहाँ हैं तो उसने बड़े दुख-भरे स्वर में कहा, "गए, चले गए। उनका हम गुनाहगारों के यहाँ क्या काम?"

जीनाँ को अफ़सोस हुआ, क्योंकि मौलवी साहब ने कहा था कि कोई ऐसा रास्ता ढूँढ़ निकालेंगे जिससे उसकी माँ वापस आ जाएगी। पर वह जा चुके थे। अब वह रास्ता ढूँढ़ने वाला कौन था? जीनाँ ख़ामोशी से सीढ़ी पर बैठ गयी; खाना ठंडा होता रहा। थोड़ी देर के बाद ड्योढ़ी में आहट हुई। बाप-बेटी दोनों चौंके। मौजू उठकर बाहर गया और कुछ क्षण में वह और मौलवी साहब दोनों अंदर आँगन में थे। दीये की धुँधली रोशनी में जीनाँ ने देखा कि मौलवी साहब लड़खड़ा रहे हैं। उनके हाथ में एक छोटा-सा मटका है।

मौजू ने उनको सहारा देकर चारपाई पर बिठाया। मौलवी साहब ने घड़ा मौजू को दिया और लड़खड़ाते स्वर में कहा, "आज खुदा ने हमारा बहुत बड़ा इम्तहान लिया। तुम्हारे गाँव के दो लड़के शराब का घड़ा निकालकर पीने वाले थे कि हम पहुँच गए। वे हमें देखते ही भाग गए। हमको बहुत सदमा हुआ कि इतनी छोटी उम्र और इतना बड़ा गुनाह! लेकिन हमने सोचा कि इसी उम्र में तो इनसान रास्ते से भटकता है। चुनाँचे हमने उनके लिए अल्लाह तबारक ताला के हुज़ूर में गिड़गिड़ाकर दुआ माँगी कि उनका गुनाह माफ़ किया जाए। जवाब मिला—जानते हो क्या जवाब मिला?..."

मौजू ने काँपते हुए कहा—"जी नहीं।"

"जवाब मिला, क्या तू उनका गुनाह अपने सर लेता है?" मैंने अर्ज़ की "हाँ, बारी तआला!" आवाज़ आयी—"तो जा, यह सारा घड़ा शराब का तू पी! हमने उन लड़कों को बख़्शा?"

मौजू एक ऐसी दुनिया में चला गया जो उसकी अपनी कल्पना की उपज थी। उसके रोंगटे खड़े हो गए–"तो आपने पी?"

मौलवी साहब का स्वर और अधिक लड़खड़ाने लगा, "हाँ पी। पी, उनका गुनाह अपने सिर लेने के लिए पी। रब-उल-इज़्ज़त की आँखों में कामयाब होने के लिए पी। घड़े में और भी पड़ी है। यह भी हमें पीनी है। रख दे इसे सँभालकर और देख उसकी एक बूँद इधर-उधर न हो।"

मौजू ने बड़ा उठाकर अंदर कोठरी में रख दिया और उसके मुँह पर कपड़ा बाँध दिया। वापस सहन में आया तो मौलवी साहब जीनाँ से अपना सर दबवा रहे थे और उससे कह रहे थे–"जो आदमी दूसरों के लिए कुछ करता है, अल्लाह जल्ला शानहू उससे बहुत ख़ुश होता है। वह इस वक़्त तुझसे भी ख़ुश है। हम भी तुझसे ख़ुश हैं।"

और इसी ख़ुशी में मौलवी साहब ने जीनाँ को अपने पास बिठाकर उसकी पेशानी चूम ली। उसने उठना चाहा, मगर उनकी पकड़ मज़बूत थी। मौलवी साहब ने उसे अपने गले से लगा लिया और मौजू से कहा, "चौधरी, तेरी बेटी का नसीब जाग उठा है।

चौधरी सर से पैर तक उनका आभारी था। "यह सब आपकी दुआ है, आपकी मेहरबानी है।"

मौलवी साहब ने जीनाँ को एक बार फिर अपने सीने के साथ भींचा, "अल्लाह मेहरबान, सो कुल मेहरबान। जीनाँ, हम तुझे एक वज़ीफ़ा (मंत्र) बताएँगे, वह पढ़ा करना। अल्ला हमेशा मेहरबान रहेगा।

दूसरे दिन मौलवी साहब बहुत देर से उठे। मौजू डर के मारे खेतों पर न गया। सहन में उनकी चारपाई के पास बैठा रहा। जब वह उठे तो उनको दातून करवायी, नहलाया-धुलाया और उनके आदेशानुसार शराब का घड़ा लाकर उनके पास रख दिया। मौलवी साहब ने कुछ पढ़ा, घड़े का मुँह खोलकर उसमें तीन बार फूँका और दो-तीन कटोरे चढ़ा गए। ऊपर आसमान की तरफ देखा, कुछ पढ़ा और बुलंद आवाज़ में कहा–"हम तेरे हर इम्तहान में पूरे उतरेंगे मौला!" फिर वह चौधरी से बोले, मौजू, जा हुक्म मिला है कि अभी जाकर अपनी बीवी को ले आ। रास्ता मिल गया है हमें।"

मौजू बहुत ख़ुश हुआ। जल्दी-जल्दी उसने घोड़ी पर ज़ीन कसी और कहा कि वह दूसरे रोज़ सुबह-सबेरे पहुँच जाएगा। फिर उसने जीनाँ से कहा कि वह मौलवी साहब की हर ख़्वाइश का ख़याल रखे और ख़िदमतगुज़ारी में क़सर उठा न रखे।

जीनाँ बर्तन माँजने में व्यस्त हो गयी। मौलवी साहब चारपाई पर बैठे उसे घूरते और शराब के कटोरे पीते रहे। उसके बाद उन्होंने जेब से मोटे-मोटे दानों वाली तसबीह उठायी और फेरना शुरू कर दी। जब जीनाँ काम से निपटी तो उन्होंने उससे कहा—"जीनाँ, देखो वज़ू करो।"

जीनाँ ने बड़े भोलेपन से जवाब दिया—"मुझे नहीं आता, मौलवी जी।"

मौलवी साहब ने बड़े प्यार से उसे झिड़की दी, "वज़ू करना नहीं आता, क्या जवाब देगी अल्लाह को?" यह कहकर वह उठे और उसे वज़ू कराया और साथ-साथ इस ढंग से समझाते रहे कि वह उसके बदन के एक-एक कोने-खदरे को झाँक-झाँककर देख सके।

वज़ू कराने के बाद मौलवी साहब ने जा नमाज़ माँगी। वह न मिली तो फिर डाँटा। मगर उसी अंदाज़ में गिलास मँगवाया, उसे अंदर की कोठरी में छिपाया और जीनाँ से कहा कि बाहर की कुंडी लगा दे। जब कुंडी लग गयी तो उससे कहा कि घड़ा और कटोरा उठाकर अंदर ले आए; वह ले आयी। मौलवी साहब ने आधा कटोरा दिया और आधा अपने सामने रख लिया और तसबीह फेरना शुरू कर दी। जीनाँ उनके पास ख़ामोश बैठी रही। बहुत देर तक मौलवी साहब आँखें बंद किए उसी तरह वज़ीफ़ा करते रहे। फिर उन्होंने आँखें खोलीं, कटोरा जो आधा भरा था उसमें तीन फूँके मारीं और जीनाँ की तरफ़ बढ़ा दिया—"पी जाओ इसे!"

जीनाँ ने कटोरा पकड़ लिया, मगर उसके हाथ काँपने लगे। मौलवी साहब ने बड़े जलाल-भरे अंदाज़ में उसकी तरफ देखा—"हम कहते हैं, पी जाओ। तुम्हारे सारे दलिद्दर दूर हो जाएँगे।"

जीनाँ पी गयी। मौलवी साहब अपने पतले होंठों में मुस्कराए और उससे बोले—"हम फिर अपना वज़ीफ़ा शुरू करते हैं, जब शहादत की उँगली

(तर्जनी) से इशारा करें तो आधा कटोरा घड़े में से निकालकर फ़ौरन पी जाना। समझ गयीं?"

मौलवी साहब ने उसे जवाब का मौका ही न दिया और आँखें बन्द करके खुदा के ध्यान में लीन हो गए। जीनाँ के मुँह का जायका बेहद खराब हो गया था, ऐसा लगता था कि सीने में आग-सी लग गयी है। वह चाहती थी कि उठकर ठंडा-ठंडा पानी पिए, पर वह कैसे उठ सकती थी? जलन को हलक और सीने में लिये देर तक बैठी रही। उसके बाद एकदम मौलवी साहब की शहादत की उंगली ज़ोर से उठी। जीनाँ को जैसे किसी ने हिप्नोटाइज़ कर दिया था। फ़ौरन उसने आधा कटोरा भरा और पी गयी। थूकना चाहा मगर उठ न सकी।

मौलवी साहब उसी तरह आँखें बंद किए तसबीह के दाने खटाखट फेरते रहे। जीनाँ ने महसूस किया कि उसका सर चकरा रहा है और जैसे उसको नींद आ रही है। फिर उसने नीम बेहोशी की स्थिति में यों महसूस किया कि वह किसी बेदाढ़ी-मूँछ वाले जवान मर्द की गोद में है और वह उसे जन्नत दिखाने ले जा रहा है।

जीनाँ ने जब आँखें खोली तो वह खेस पर लेटी थी। उसने अधखुली, खुमार भरी आँखों से इधर-उधर देखा और वहाँ क्यों लेटी थी, इसके बारे में सोचना शुरू किया तो उसे सब कुछ धुँध में लिपटा हुआ नज़र आया। वह फिर सोने लगी, लेकिन एकदम उठ बैठी–मौलवी साहब कहाँ थे–और वह जन्नत!

कोई भी नहीं था। वह बाहर आँगन में निकली तो देखा कि दिन ढल रहा है और मौलवी साहब घड़े के पास बैठे वजू कर रहे हैं। आहट सुनकर उन्होंने पलटकर जीनाँ की तरफ़ देखा और मुस्कराए। जीनाँ वापस कोठरी में चली गयी और खेस पर बैठकर अपनी माँ के बारे में सोचने लगी, जिसको लाने उसका बाप गया हुआ था। पूरी एक रात बाक़ी थी उनकी वापसी में।

और उसे सख़्त भूख लग रही थी। उसने कुछ पकाया-रींधा नहीं था, उसके छोटे-से बेचैन मस्तिष्क में बेशुमार बातें आ रही थीं। कुछ देर के बाद मौलवी साहब आए और यह कहकर चले गए—

"मुझे तुम्हारे बाप के लिए एक वज़ीफ़ा करना है। सारी रात किसी क़ब्र के पास बैठना होगा, सुबह आ जाऊँगा। तुम्हारे लिए भी दुआ माँगूँगा।"

मौलवी साहब सुबह-सबेरे प्रकट हुए। उनकी बड़ी-बड़ी आँखें जिनमें से सुरमे की लकीर ग़ायब थी, बेहद सुख़ें थीं। उनके स्वर और कदमों में लड़खड़ाहट थी। आँगन में आते ही उन्होंने मुस्कराकर जीनाँ की तरफ देखा और आगे बढ़कर उसे गले लगाया, उसे चूमा और चारपाई पर बैठ गए। जीनाँ एक तरफ़ कोने में पीढ़ी पर बैठ गयी और गत धुँधली घटनाओं के बारे में सोचने लगी। उसे अपने बाप का भी इंतज़ार था जिसे उस वक़्त तक पहुँच जान चाहिए था। माँ से बिछड़े हुए उसे दो बरस हो चुके थे।... और जन्नत...वह जन्नत...कैसी थी वह जन्नत! क्या वह मौलवी साहब थे? मगर उसको धुँधला-सा ख़याल था कि वह आदमी दाढ़ी वाला नहीं था, कोई जवान था।

मौलवी साहब थोड़ी देर के बाद उससे मुखातिब हुए, "जीनाँ, अभी तक मौजू नहीं आया?"

जीनाँ ख़ामोश रही।

मौलवी साहब फिर उससे मुखातिब हुए—"और मैं सारी रात एक टूटी-फूटी क़ब्र पर सर न्योढ़ाये सुनसान रात में उसके लिए वज़ीफ़ा पढ़ता रहा...कब आएगा वह? क्या वह ले आएगा तुम्हारी माँ को?"

जीनाँ ने सिर्फ़ इतना कहा—"जी मालूम नहीं। शायद आते ही हों। आ जाएँगे, अम्मा भी आ जाएँगी, पर ठीक पता नहीं।"

इतने में आहट हुई, जीनाँ उठी। उसकी माँ दिखायी दी। वह उसे देखते ही उससे लिपट गयी और रोने लगी। मौजू आया तो उसने मौलवी साहब को बड़े अदब के साथ सलाम किया। फिर उसने अपनी बीवी से कहा—"फ़ाताँ, सलाम करो मौलवी साहब को।"

फ़ाताँ अपनी बेटी से अलग हुई, आँसू पोंछते हुए आगे बढ़ी और मौलवी साहब को उसने सलाम किया। मौलवी साहब ने अपनी लाल-लाल आँखों से उसे घूरकर देखा और मौजू से कहा–"सारी रात क़ब्र के पास तुम्हारे लिए वज़ीफ़ा करता रहा, अभी-अभी उठकर आया हूँ। अल्लाह ने मेरी सुन ली है। सब ठीक हो जाएगा।"

चौधरी मौजू ने फ़र्श पर बैठकर मौलवी साहब के पाँव दबाने शुरू कर दिए। वह इतना आभारी था उनका कि कुछ कह न सका। अलबत्ता बीवी से मुख़ातिब होकर उसने आँसुओं-भरी आवाज़ में कहा–"इधर आ फ़ाताँ, तू ही मौलवी साहब का शुक्रिया अदा कर, मुझे तो नहीं आता।"

फ़ाताँ अपने पति के पास बैठ गयी, पर वह सिर्फ़ इतना कह सकी, "हम ग़रीब क्या अदा कर सकते हैं?"

मौलवी साहब ने गौर से फ़ाताँ को देखा, मौजू चौधरी, तुम ठीक कहते थे। तुम्हारी बीवी ख़ूबसूरत है। इस उम्र में भी जवान मालूम होती है, बिलकुल दूसरी जीनाँ–उससे भी अच्छी। हम सब ठीक कर देंगे, फ़ाताँ। "अल्लाह का फ़ज़्ल-ओ-करम हो गया है।"

मियाँ-बीवी दोनों ख़ामोश रहे। मौजू मौलवी साहब के पाँव दबाता रहा। जीनाँ चूल्हा सुलगाने में व्यस्त हो गयी थी।

थोड़ी देर बाद मौलवी साहब उठे। फ़ाताँ के सर पर हाथ से प्यार किया और मौजू से मुख़ातिब हुए, "अल्लाह ताला का हुक्म है कि जब कोई आदमी अपनी बीवी को तलाक़ दे और फिर उसके अपने घर बसाना चाहे तो उसकी सज़ा यह है कि पहले वह औरत किसी और मर्द से शादी करे, उससे तलाक़ ले, फिर जायज़ है।"

मौजू ने हौले से कहा–"यह मैं सुन चुका हूँ, मौलवी साहब!"

मौलवी साहब ने मौजू को उठाया और उसके कंधे पर हाथ रखा, "लेकिन हमने ख़ुदा के हुज़ूर में गिड़गिड़ाकर दुआ माँगी कि ऐसी कड़ी सज़ा न दी जाए ग़रीब को। उससे भूल हो गयी है। आवाज़ आयी–हम

हर रोज़ तेरी सिफारिशें कब तक सुनेंगे? तू अपने लिए चाहे जो भी माँग, हम देने के लिए तैयार हैं। मैंने अर्ज़ की, मेरे शहंशाह बहर-ओ-वर (जल व थल) के मालिक! मैं अपने लिए कुछ नहीं माँगता। तेरा दिया मेरे पास बहुत कुछ है। मौजू चौधरी को अपनी बीवी से मुहब्बत है। हुक्म मिला, तो हम उसकी मुहब्बत और तेरे ईमान का इम्तहान लेना चाहते हैं, एक दिन के लिए तू उससे निकाह कर ले, दूसरे दिन तलाक देकर मौजू के हवाले कर दे। हम तेरे लिए बस यही कर सकते हैं कि तूने चालीस बरस दिल से हमारी इबादत की है।"

मौजू ख़ुश हुआ, "मुझे मंजूर है, मौलवी साहब! मुझे मंजूर है।" और फाताँ की तरफ़ उसने तमन्नाई आँखों से देखा, "क्यों फाताँ?" मगर उसने फाताँ के जवाब का इंतज़ार न किया, "हम दोनों को मंजूर है।"

मौलवी साहब ने आँखें बंद कीं, कुछ पढ़ा, दोनों के फूँक मारी और आसमान की तरफ़ नज़रें उठायीं–"अल्लाह तबारक ताला हम सबको इस इम्तहान में पूरा उतारे।" फिर वह मौजू से मुख़ातिब हुए–"अच्छा मौजू, मैं अब चलता हूँ। तुम और जीनाँ आज की रात कहीं चले जाना। सुबह-सबेरे आ जाना।" यह कहकर मौलवी साहब चले गए।

जीनाँ और मौजू तैयार थे। जब शाम को मौलवी साहब वापस आए तो उन्होंने उनसे बहुत थोड़ी-सी बातें कीं। वह कुछ पढ़ रहे थे। आख़िर में उन्होंने इशारा किया, जीनाँ और मौजू फ़ौरन चले गए।

मौलवी साहब ने कुंडी बन्द कर दी और फाताँ से कहा, "तुम आज की रात मेरी बीवी हो जाओ। जाओ, अंदर से बिस्तर लाओ और मेरी चारपाई बिछाओ। हम सोयेंगे।"

फाताँ ने अंदर कोठरी से बिस्तर लाकर चारपाई पर बड़े सलीके से लगा दिया। मौलवी साहब ने कहा, "बीवी, तुम बैठो, हम अभी आते हैं।"

यह कहकर वह कोठरी में चले गए। अंदर दीया जल रहा था। कोने में बर्तनों के मनारे के पास उनका घड़ा रखा था। उन्होंने उसे हिलाकर देखा, थोड़ी-सी बाक़ी थी। घड़े के साथ ही मुँह लगाकर उन्होंने कई बड़े-बड़े घूँट

पिए। कंधे से रेशमी फूलों वाला वसंती रूमाल उतारकर मूँछें और होंठ साफ़ किए और दरवाज़ा भेड़ दिया।

फाताँ चारपाई पर बैठी थी। काफ़ी देर के बाद मौलवी साहब निकले। उनके हाथ में कटोरा था। उसमें तीन दफ़ा फूँककर उन्होंने फाताँ को पेश किया, “लो इसे पी जाओ।”

फाताँ पी गयी। कै आने लगी तो मौलवी साहब ने उसकी पीठ थपथपायी और कहा–“ठीक हो जाओ फ़ौरन।”

फाताँ ने कोशिश की और कसी क़दर ठीक हो गयी। मौलवी साहब लेट गए। सुबह-सबेरे जीनाँ और मौजू आए तो उन्होंने देखा कि सहन में फाताँ सो रही है, मगर मौलवी साहब मौजूद नहीं। मौजू ने सोचा, बाहर गए होंगे खेतों में। उसने फाताँ को जगाया। फाताँ ने हूँ-हूँ करके आहिस्ता-आहिस्ता आँखें खोलीं फिर बड़बड़ायी–“जन्नत-जन्नत!” लेकिन जब उसने मौजू को देखा तो पूरी आँखें खोलकर बिस्तर में बैठ गयी।

मौजू ने पूछा–“मौलवी साहब कहाँ है?”

फाताँ अभी तक पूरे होश में नहीं थी–“मौलवी साहब? कौन मौलवी साहब?...वह तो...पता नहीं कहाँ गए? यहाँ नहीं हैं?”

“नहीं,” मौजू ने कहा, “मैं देखता हूँ उन्हें बाहर।”

वह जा रहा था कि उसे फाताँ की हलकी-सी चीख सुनायी दी। पलटकर उसने देखा तकिये के नीचे से वह कोई काली-काली चीज़ निकाल रही है। जब पूरी निकल आयी तो उसने कहा–“यह क्या है?”

मौजू ने कहा–“बाल।”

फाताँ ने बालों का वह गुच्छा फ़र्श पर फेंक दिया। मौजू ने उसे उठा लिया और गौर से देखा–“दाढ़ी और पट्टे।”

जीनाँ पास ही खड़ी थी, वह बोली–“मौलवी साहब की दाढ़ी और पट्टे।”

फाताँ ने वहीं चारपाई से कहा–“हाँ-मौलवी साहब की दाढ़ी और पट्टे।”

मौजू अजीब चक्कर में पड़ गया, “और मौलवी साहब कहाँ है?” लेकिन

फ़ौरन ही उसके सरल और निःस्वार्थ मस्तिष्क में एक ख़याल आया–“जीनाँ, फ़ाताँ तुम नहीं समझी। वह कोई करामात बुजुर्ग थे, हमारा काम कर गए और यह निशानी छोड़ गए।”

उसने उन बालों को चूमा, आँखों से लगाया और उनको जीनाँ के हवाले करके कहा–“जाओ, इनको किसी साफ़ कपड़े में लपेटकर संदूक में रख दो। ख़ुदा के हुक्म से घर में बरकत ही बरकत रहेगी।”

जीनाँ अंदर कोठरी में गयी तो वह फ़ाताँ के पास बैठ गया और बड़े प्यार से कहने लगा–“मैं अब नमाज़ पढ़ना सीखूँगा और बुजुर्ग के लिए दुआ किया करूँगा, जिसने हम दोनों को फिर से मिला दिया।”

फ़ाताँ ख़ामोश रही।

❑

मम्मद भाई

फ़ारस रोड पर आप उस गली में चले जाइए जो सफ़ेद गली कहलाती है तो इसके आख़िरी सिरे पर आपको चंद होटल मिलेंगे। यूँ तो बंबई में क़दम-क़दम पर होटल और रेस्तराँ होते हैं, मगर वे रेस्तराँ इस दृष्टि से बहुत दिलचस्प और विशेष हैं कि ये उस इलाके में स्थित हैं, जहाँ भाँति-भाँति की लौंडियाँ बसती हैं।

एक ज़माना गुज़र चुका है। बस आप यूँ समझिए कि बीस वर्ष के क़रीब, जब मैं इन रेस्तोरानों में जाया करता था और खाना खाया करता था। सफ़ेद गली के आगे निकल 'प्ले-हाउस' आता है। उधर दिन-भर हाव-हू रहती है। सिनेमा के शो दिन-भर चलते रहते थे। चंपियाँ चलती थीं। सिनेमाघर लगभग चार थे। इनके बाहर घंटियाँ बजा-बजाकर बड़े ऊँचे स्वर में लोगों को आमंत्रण देते थे–"आओ, आओ... दो आने में फर्स्ट क्लास खेल...दो आने में।"

कई बार ये घंटियाँ बजाने वाले ज़बरदस्ती लोगों को अंदर धकेल देते थे। बाहर कुर्सियों पर चम्पी करने वाले लोग बैठे होते थे, जिनकी खोपड़ियों की मरम्मत बड़े साइंटिफ़िक ढंग से की जाती थी। मालिश अच्छी चीज़ है, लेकिन मेरी समझ में नहीं आता कि बंबई के रहने वाले इसके इतने शौक़ीन क्यों हैं। दिन को, रात को हर वक़्त इन्हें मालिश की ज़रूरत होती है। आप अगर चाहें तो रात के तीन बजे बड़ी आसानी से तेल-मालिशिया बुला सकते हैं। यूँ भी सारी रात आप भले ही बंबई के किसी कोने में हों यह आवाज़ आप यक़ीनन सुनते रहेंगे, "पी...पी...पी...।"

यह 'पी' चम्पी का बोलने का संक्षिप्त है।

फ़ारस रोड यूँ तो एक सड़क का नाम है, लेकिन दरअसल यह पूरे इलाके से संबंधित है, जहाँ वेश्याएँ बसती हैं। यह बहुत बड़ा इलाका है। इसमें कई गलियाँ हैं, जिनके अलग-अलग नाम हैं, लेकिन सहूलत के रूप में इसकी हर गली को फ़ारस रोड या सफ़ेद गली कहा जाता है। इसमें सैकड़ों जंगला लगी दुकानें हैं, जिनमें विभिन्न रंग और आयु की औरतें बैठकर अपना जिस्म

बेचती हैं। विभिन्न दामों पर, आठ आने से आठ रुपये तक, आठ रुपये से सौ रुपये तक—हर दाम की औरत आपको इस इलाके में मिल सकती है।

यहूदी, पंजाबी, मरहठी, कश्मीरी, गुजराती, बंगाली, ऐंग्लो-इंडियन, फ्रांसीसी, चीनी, जापानी अर्थात् हर क़िस्म की औरत आपको यहाँ उपलब्ध हो सकती है—ये औरतें कैसी होती हैं—माफ़ कीजिएगा इसके विषय में आप मुझ से कुछ न पूछिए,...बस औरतें होती हैं और उनको ग्राहक मिल ही जाते हैं।

इस इलाके में बहुत-से चीनी भी आबाद हैं। मालूम नहीं ये क्या कारोबार करते हैं, मगर रहते इस इलाके में हैं। कुछ रेस्तराँ चलाते हैं, जिनके बाहर बोर्डों पर ऊपर-नीचे कीड़े-मकोड़ों की शक्ल में कुछ लिखा होता हैं—मालूम नहीं क्या।

इस इलाके में बिजनेस मैन और हर क़ौम के लोग आबाद हैं। एक गली है, जिसका नाम अरब सेन है। वहाँ के लोग इसे अरब गली कहते हैं। उस ज़माने में, जिसकी मैं बात कर रहा हूँ, इस गली में लगभग बीस-पच्चीस अरब रहते थे जो स्वयं को मोतियों के व्यापारी कहते थे। बाक़ी आबादी पंजाबियों और रामपुरियों की थी। इस गली में मुझे एक कमरा मिल गया था, जिसमें सूरज की रोशनी का दाख़िला बंद था। हर वक़्त बिजली का बल्ब रोशन रहता था। इसका किराया साढ़े नौ रुपये माहवार था।

आपका अगर बंबई में वास नहीं रहा तो आप मुश्किल से यक़ीन करेंगे कि वहाँ किसी को किसी और से सरोकार नहीं होता। अगर आप अपनी खोली में मर रहे हैं, तो आपको कोई नहीं पूछेगा। आपके पड़ोस में क़त्ल हो जाए, मजाल है जो आपको इसकी ख़बर हो जाए। मगर वहाँ अरब गली में सिर्फ़ एक शख़्स ऐसा था, जिसको अड़ोस-पड़ोस के हर शख़्स से दिलचस्पी थी और उसका नाम था, मम्मद भाई।

मम्मद भाई रामपुर का रहने वाला था। अव्वल दर्जे का फकेत, गतके और बनोट की कला में अद्वितीय। मैं जब अरब गली में आया तो होटलों में अकसर उसका नाम सुनने में आया, लेकिन एक अरसे उससे मुलाक़ात न हो सकी।

मैं सुबह-सवेर अपनी खोली से निकल जाता था और बहुत रात गए लौटता था, लेकिन मुझे मम्मद भाई से मिलने की बहुत लालसा थी, क्योंकि उनके

विषय में अरब गली में असंख्य दास्तानें मशहूर थीं कि अगर बीस-पच्चीस आदमी लाठियों से हथियारबंद होकर उस पर टूट पड़ें तो वे उसका बाल तक बांका नहीं कर सकते। एक मिनट के अंदर-अंदर वह सबको चित्त कर देता है और यह कि उस जैसा छुरीमार सारी बंबई में नहीं मिल सकता। ऐसे छुरी मारता है कि जिसको लगती है, उसे पता नहीं चलता। सौ क़दम बिना अहसास के चलता रहता है और आख़िर एकदम ढेर हो जाता है। लोग कहते हैं कि उसके हाथ की सफ़ाई है।

उसके हाथ की यह सफ़ाई देखने की मुझे इच्छा नहीं थी, लेकिन उसके बारे में और बातें सुन-सुनकर मेरे दिल में यह इच्छा ज़रूर पैदा हो चुकी थी कि मैं उसे देखूँ। उससे बातें न करूँ, लेकिन क़रीब से देख लूँ कि वह कैसा है। इस तमाम इलाक़े पर उसका व्यक्तित्व छाया हुआ था। वह बहुत बड़ा दादा यानी बदमाश था। लेकिन इसके बावजूद लोग कहते हैं कि उसने किसी की बहू-बेटी की तरफ़ आँख उठाकर भी नहीं देखा। लंगोट का बहुत पक्का था। ग़रीबों के दु:ख-दर्द में शरीक़ था। अरब गली सिर्फ़ गली ही नहीं आसपास जितनी गलियाँ थीं, उनमें जितनी ग़रीब औरतें थीं, सब मम्मद भाई को जानती थीं, क्योंकि वह अकसर उनकी माली इमदाद करता रहता था? लेकिन वह स्वयं उनके पास कभी नहीं जाता था। अपने किसी विश्वस्त शार्गिद को भेज देता और उनकी कुशलता का पता कर लिया करता था।

मुझे नहीं मालूम कि उसकी आमदनी के साधन क्या थे। अच्छा खाता था, अच्छा पीता था। उसके पास एक छोटा-सा ताँगा था, जिसमें बड़ा तंदुरुस्त टट्टू जुता होता था। उसको वह स्वयं चलाता था। साथ-साथ दो या तीन शागिर्द होते थे, बड़े बाअदब... भिंडी बाज़ार का एक चक्कर लगाकर या किसी दरगाह में होकर वह उस ताँगे पर अरब गली वापस आ जाता था और किसी ईरानी के होटल में बैठकर गतके और बनोट की बातों में लिप्त हो जाता था।

मेरी खोली के साथ एक और खोली थी जिसमें मारवाड़ का एक मशहूर नर्तक रहता था। उसने मुझे बताया कि मम्मद भाई एक लाख रुपये का आदमी है। उसको एक बार हैज़ा हो गया था। मम्मद भाई को पता चला तो उसने फ़ारस रोड के तमाम डॉक्टर उसकी खोली में इकट्ठे कर दिए और उनसे कहा—"देखो, अगर आशिक़ हुसैन को कुछ हो गया तो मैं सबका सफ़ाया

कर दूँगा।" आशिक़ हुसैन ने बड़े श्रद्धापूर्ण लहज़े में मुझसे कहा, "मंटो साहब, मम्मद भाई फ़रिश्ता है, फ़रिश्ता...जब उसने डॉक्टरों को धमकी दी तो वे सब काँपने लगे। ऐसा लगकर इलाज किया कि वह दो दिन में ठीक-ठाक हो गया।"

मम्मद भाई के बारे में अरब गली के गंदे और वाहियात रेस्तोरानों में और भी बहुत कुछ सुन चुका था। एक शख़्स ने, जो शायद उसका शागिर्द था और स्वयं को बहुत बड़ा फकेत समझता था, मुझसे यह कहा कि मम्मद दादा अपने नेफ़े में एक ऐसा आबदार तेज़ धार वाला ख़ंजर हमेशा उड़सकर रखता है, जो उस्तरे की तरह शेव भी कर सकता है और यह ख़ंजर म्यान में नहीं होता। खुला रहता है, बिलकुल नंगा और वह भी उसके पेट के साथ। उसकी नोक इतनी तीखी है कि अगर बातें करते हुए, झुकते हुए उससे ज़रा-सी ग़लती हो जाए तो मम्मद भाई का एकदम काम तमाम होकर रह जाए।

ज़हिर है कि उसको देखने और उससे मिलने की इच्छा दिन-ब-दिन मेरे मन-मस्तिष्क में बढ़ती गयी। मालूम नहीं मैंने अपनी कल्पना में उसकी शक्ल-व-सूरत का क्या नक़्शा तैयार किया था। जो भी हो, इतनी मुद्दत के बाद मुझे इतना याद है कि मैं एक भीमकाय इनसान को अपनी आँखों के सामने देखता था, जिसका नाम मम्मद भाई था।

इस क़िस्म का आदमी जो हरकुलस साइकिलों पर इश्तहार के रूप में दिया जाता है।

मैं सुबह-सवेर अपने काम पर निकल जाता था और रात को दस बजे के क़रीब खाने-वाने से निपट वापिस आकर फ़ौरन सो जाता था। इस दौरान मेरी मम्मद भाई से कैसे मुलाक़ात हो सकती थी। मैंने कई बार सोचा कि काम पर न जाऊँ और सारा दिन अरब गली में गुज़ार कर मम्मद भाई को देखने की कोशिश करूँ, मगर अफ़सोस कि मैं ऐसा न कर सका। इसलिए कि मेरी नौकरी ही बड़ी वाहियात क़िस्म की थी।

मम्मद भाई से मुलाक़ात करने की सोच ही रहा था कि अचानक इंफ़्लुएंज़ा ने मुझ पर ज़बरदस्त हमला किया। ऐसा हमला कि मैं बौखला गया। ख़तरा था कि वह बिगड़कर निमोनिया में बदल जाएगा क्योंकि अरब गली के एक डॉक्टर ने यही कहा था। मैं बिलकुल अकेला था। मेरे साथ एक

आदमी रहता था। उसको पूना में नौकरी मिल गयी थी इसलिए उसकी संगत भी नसीब नहीं थी! मैं बुखार में फुंका जा रहा था। इतनी प्यास थी कि जो पानी खोली में रखा था, वह मेरे लिए नाकाफ़ी था और दोस्त-यार कोई पास नहीं था जो मेरी देखभाल करता।

मैं बहुत सख़्त जान हूँ। देखभाल की मुझे प्राय: ज़रूरत नहीं हुआ करती, मगर पता नहीं वह किस क़िस्म का बुखार था—इंफ्लुएंज़ा था, मलेरिया था या और क्या था, लेकिन उसने मेरी रीढ़ की हड्डी तोड़ दी। मैं बलबलाने लगा। मेरे दिल में पहली बार इच्छा हुई कि मेरे पास कोई हो जो मुझे दिलासा दे। दिलासा न दे तो कम से कम एक सेकंड के लिए अपनी शक्ल दिखाकर चला जाए ताकि मुझे यह प्रसन्नतादायक अहसास हो कि मुझे पूछने वाला भी कोई है।

दो दिन तक मैं बिस्तर में पड़ा कष्टभरी करवटें लेता रहा, मगर कोई न आया। आना भी किसे था...मेरी जान-पहचान के आदमी ही कितने थे—दो, तीन या चार और वे इतनी दूर थे कि उनको मेरी मौत का भी पता नहीं हो सकता था—और फिर बंबई में कौन किसको पूछता है—कोई मरे, कोई जिए ...उनकी बला से।

मेरी बहुत बुरी हालत थी। आशिक़ हुसैन डांसर की बीवी बीमार थी, इसलिए वह अपने वतन जा चुकी थी, यह मुझे होटल के छोकरे ने बताया था। अब मैं किसको बुलाता? बड़ी निढाल हालत में था और सोच रहा था कि स्वयं नीचे उतरूँ और किसी डॉक्टर के पास जाऊँ कि दरवाज़े पर दस्तक हुई। मैंने ख़याल किया कि होटल का छोकरा, जिसे बंबई की ज़बान में 'बाहर वाला' कहते हैं, होगा। बड़ी मरियल आवाज़ में कहा—"आ जाओ।"

दरवाज़ा खुला और एक छरहरे बदन का आदमी, जिसकी मूँछें मुझे सबसे पहले दिखाई दीं, अंदर दाखिल हुआ।

उसकी मूँछें ही सब कुछ थीं। मेरा मतलब यह है कि अगर उसकी मूँछें न होतीं तो बहुत संभव है कि वह कुछ भी न होता। उसकी मूँछों ही से ऐसा मालूम होता था कि उन्होंने उसके सारे अस्तित्व को ज़िन्दगी बख़्श रखी है।

वह अंदर आया और अपनी क़ैसर विलियम जैसी मूँछों को अँगुली में ठीक करते हुए मेरी खाट के क़रीब आया। उसके पीछे-पीछे तीन-चार आदमी थे। अजीबोगरीब आकार-प्रकार के। मैं बहुत हैरान था कि ये कौन हैं और मेरे पास क्यों आए हैं।

क़ैसर विलियम जैसी मूँछों और छरहरे बदन वाले आदमी ने मुझसे बड़ी नर्म और नाज़ुक आवाज़ में कहा, "बंटो साहब, आपने हद कर दी। साला मुझे इत्तिला क्यों न दी?" मंटो का बंटो बन जाना मेरे लिए कोई नयी बात नहीं थी। इसके अलावा मैं इस मूड में भी नहीं था कि मैं उसकी इस्लाह करता। मैंने अपनी मरी आवाज़ में उस मूँछों वाले आदमी से केवल इतना कहा—"आप कौन हैं?"

उसने संक्षिप्त-सा जवाब दिया—"मम्मद भाई!"

मैं उठकर बैठ गया—"मम्मद भाई...तो...तो आप मम्मद भाई है...मशहूर दादा..."

मैंने यह कह तो दिया, लेकिन फ़ौरन मुझे अपने बेंडेपन का अहसास हुआ और रुक गया। मम्मद भाई ने अपनी छोटी अँगुली से अपनी मूँछों के कड़े बाल ज़रा ऊपर किए और मुस्कराया—"हाँ बंटो भाई...मैं मम्मद हूँ...यहाँ का मशहूर दादा...मुझे बाहर वाले से मालूम हुआ कि तुम बीमार हो—साला, यह भी कोई बात है कि तुमने मुझे ख़बर न की। मम्मद भाई का मस्तक फिर जाता है, जब कोई ऐसी बात होती है।" मैं जवाब में कुछ कहने वाला था कि उसने अपने साथियों में से एक से मुख़ातिब होकर कहा—"ओ, क्या नाम है तेरा...जा, भागकर जा। और क्या नाम है उस डॉक्टर का...समझ गए न! उससे कह कि मम्मद भाई तुझे बुलाता है। एकदम जल्द आ...एकदम...सब काम छोड़ दे और जल्दी आ और देख, साले से कहना, सब दवाएँ लेता आए।"

मम्मद भाई ने हुक्म दिया ही था वह एकदम चला गया। मैं सोच रहा था, मैं उसको देख रहा था और वे तमाम दास्तानें मेरे बुखारग्रस्त दिमाग़ में चल-फिर रही थीं, जो मैं उसके बारे में लोगों से सुन चुका था—लेकिन गड-मड सूरत में, क्योंकि बार-बार उसको देखने के कारण उसकी मूँछें सब पर छा जाती थीं। बड़ी ख़ौफ़नाक, मगर बड़ी ख़ूबसूरत मूँछें थीं, लेकिन ऐसा

महसूस होता था कि उस चेहरे को, जिसके नैन-नक्श बड़े मुलायम, नर्म व नाज़ुक हैं, सिर्फ़ भयानक बनाने के लिए ये मूँछें रखी गयी हैं। मैंने अपने बुखारग्रस्त दिमाग़ में सोचा कि यह शख़्स वास्तव में इतना भयानक नहीं जितना कि इसने स्वयं को प्रकट कर रखा है।

खोली में कोई कुर्सी नहीं थी। मैंने मम्मद भाई से कहा, वह मेरी चारपाई पर बैठ जाए मगर उसने इनकार कर दिया और बड़े रूखे-से लहज़े में कहा–"ठीक है, हम खड़े रहेंगे।"

फिर उसने टहलते हुए हालाँकि उस खोली में इस अय्याशी की कोई गुंजाइश नहीं थी, कुर्ते का दामन उठाकर पायजामे के नेफ़े से एक ख़ंजर निकाला–मैं समझा चाँदी का है। इतना चमक रहा था कि मैं आपसे क्या कहूँ। वह ख़ंजर निकालकर उसने पहले कलाई पर फेरा। जो-जो बाल उसकी ज़द में आए, सब साफ़ हो गए। उसने इस पर अपनी तसल्ली प्रकट की और नाख़ून तराशने लगा।

उसकी आमद ही से मेरा बुखार कई दर्जे नीचे उतर गया था। मैंने अब किसी प्रकार चेतन आवाज़ में उससे कहा–"मम्मद भाई, यह छुरी तुम अपने नेफ़े में यानी बिलकुल पेट के साथ रखते हो। इतनी तेज़ है, तुम्हें भय महसूस नहीं होता?"

मम्मद ने अपने नाख़ून का एक कतरन बड़ी सफ़ाई से उड़ाते हुए जवाब दिया, "बंटो भाई, यह छुरी दूसरों के लिए है। यह अच्छी तरह जानती है। साली अपनी चीज़ है। मुझे नुकसान कैसे पहुँचाएगी?"

छुरी से जो रिश्ता उसने क़ायम किया था वह कुछ ऐसा ही था जैसे कोई माँ या बाप कहे कि यह मेरा बेटा है या बेटी। उसका हाथ मुझ पर कैसे उठ सकता है?

डॉक्टर आ गया। उसका नाम पिंटू था और मैं बंटो...उसने मम्मद भाई को अपने क्रिश्चियन अंदाज़ में सलाम किया और पूछा, क्या मामला है? जो मामला था वह मम्मद भाई ने बयान कर दिया। संक्षिप्त लेकिन कड़े शब्दों में, जिनमें आदेश था कि देखो, अगर तुमने बंटो भाई का इलाज अच्छी तरह न किया तो तुम्हारी ख़ैर नहीं।

डॉक्टर पिंटू ने आज्ञाकारी लड़के की तरह अपना काम किया। मेरी नब्ज़ देखी... स्टेथेस्कोप लगाकर मेरे सीने और पीठ का मुआयना किया। ब्लडप्रैशर देखा। मुझसे बीमारी की तमाम तफ़सील पूछी। इसके बाद उसने मुझसे नहीं मम्मद भाई से कहा—"कोई फ़िक्र की बात नहीं है। मलेरिया है...मैं इंजेक्शन लगा देता हूँ...।"

मम्मद भाई मुझसे कुछ फ़ासले पर खड़ा था। उसने डॉक्टर पिंटू की बात सुनी और ख़ंजर से अपनी कलाई के बाल उड़ाते हुए कहा—"मैं कुछ नहीं जानता। इंजेक्शन देना है तो दे दो, लेकिन अगर उसे कुछ हो गया तो...।"

डॉक्टर काँप गया—"नहीं मम्मद भाई, सब ठीक हो जाएगा।"

मम्मद भाई ने खंजर अपने नेफे में उड़स लिया—"ठीक है।"

"तो मैं इंजेक्शन लगाता हूँ।" डॉक्टर ने अपना बैग खोला और सिरिंज निकाली।

"ठहरो-ठहरो।"

मम्मद भाई घबरा गया था। डॉक्टर ने सिरिंज फ़ौरन बैग में वापस रख दी और मिमियाते हुए मम्मद भाई से मुख़ातिब हुआ—"क्यों?"

"बस, मैं किसी को सुई लगते नहीं देख सकता।" यह कहकर वह खोली से बाहर चला गया। उसके साथ ही उसके साथी भी चले गए। डॉक्टर पिंटू ने मुझे कुनैन का इंजेक्शन लगाया। बड़े सलीक़े से वरना मलेरिया का यह इंजेक्शन बड़ा तकलीफ़देह होता है। जब वह फ़ारिग हुआ तो मैंने उससे फ़ीस पूछी। उसने कहा—"दस रुपये।" मैं तकिये के नीचे से अपना बटुआ निकाल रहा था कि मम्मद भाई अंदर आ गया। उस वक़्त मैं दस रुपये का नोट डॉक्टर को दे रहा था।

मम्मद भाई ने गजबनाक निगाहों से मुझे और डॉक्टर को देखा और गरजकर कहा—"यह क्या हो रहा है।"

मैंने कहा—"फ़ीस दे रहा हूँ।"

मम्मद भाई डॉक्टर पिंटू से मुख़ातिब हुआ—"साले, यह फ़ीस कैसी ले रहे हो?"

डॉक्टर पिंटू बौखला गया–"मैं कब ले रहा हूँ। यह ख़ुद दे रहे हैं!"

"साला...हमसे फ़ीस लेते हो...वापस करो यह नोट।" मम्मद भाई के लहज़े में ख़ंजर जैसी तेज़ी थी।

डॉक्टर पिंटू ने मुझे नोट वापस कर दिया और बैग बंद करके मम्मद भाई से आज्ञा लेते हुए चला गया।

मम्मद भाई ने अपनी एक अंगुली से अपनी काँटों जैसी मूँछों को तान दिया, "बंटो भाई। यह भी कोई बात है कि इस इलाके का डॉक्टर तुमसे फ़ीस ले। तुम्हारी क़सम, अपनी मूँछें मुँडवा देता, अगर इस साले ने फ़ीस ली होती। ये सब तुम्हारे गुलाम हैं।"

थोड़ा रुकने के बाद मैंने उससे पूछा–"मम्मद भाई! तुम मुझे कैसे जानते हो?"

मम्मद भाई की मूँछें थरथरायीं, "मम्मद भाई किसे नहीं जानता...हम अपनी रियाया का ख़्याल रखते हैं। हमारी सी० आई० डी० है। हमें बताती रहती है...कौन आया है कौन गया है, कौन अच्छी हालत में है, कौन बुरी हालत में...तुम्हारे मुताल्लिक़ हम सब कुछ जानते हैं?"

मैंने मज़ा लेकर पूछा–"क्या जानते हैं आप?"

"साला...हम क्या नहीं जानते...तुम अमृतसर का रहने वाला है। कश्मीरी है...अख़बारों में काम करता है...तुमने बिस्मिल्ला होटल के दस रुपये देने हैं, इसलिए तुम उधर से नहीं गुज़रते। भिंडी बाज़ार में एक पान वाला तुम्हारी जान को रोता है। उससे तुम बीस रुपये दस आने के सिगरेट लेकर फूँक चुके हो।"

मैं पानी-पानी हो गया।

मम्मद भाई ने अपनी कड़ी मूँछों पर बारीक अँगुली फेरी और मुस्कराकर कहा, बंटो भाई, कुछ फ़िक्र न करो। तुम्हारे सब क़र्ज़ चुका दिए गए। अब तुम नये सिरे से मामला शुरू कर सकते हो। मैंने इन सालों से कह दिया है कि ख़बरदार, अगर बंटो भाई को तुमने तंग किया–और मम्मद भाई तुमसे कहता है कि इंशा अल्लाह तुम्हें कोई तंग नहीं करेगा।"

मेरी समझ में नहीं आया कि उससे क्या कहूँ। बीमार था। कुनैन का टीका लग चुका था, जिसके कारण कानों में साँय-साँय हो रही थी। इसके अलावा उसके व्यवहार के नीचे मैं इतना दब चुका था कि कोई अगर मुझे निकालने की कोशिश करता तो उसे बहुत मेहनत करनी पड़ती। मैं सिर्फ़ इतना कह सका–"मम्मद भाई, ख़ुदा तुम्हें जिंदा रखे–तुम ख़ुश रहो।"

मम्मद भाई ने अपनी मूँछों के बाल ज़रा ऊपर किए और कुछ कहे बगैर चला गया।

डॉक्टर पिंटू हर रोज़ सुबह-शाम आता रहा। मैंने कई बार फ़ीस का ज़िक्र किया, मगर उसने कानों को हाथ लगाकर कहा–"नहीं, मिस्टर बंटो। मम्मद भाई का मामला है। मैं एक पैसा भी नहीं ले सकता।"

मैंने सोचा, यह मम्मद भाई कोई बहुत बड़ा आदमी है, यानी ख़ौफ़नाक क़िस्म का, जिससे डॉक्टर पिंटू, जो बड़ा कंजूस क़िस्म का आदमी है, डरता है, मुझसे फ़ीस लेने की जुर्रत नहीं करता। हालाँकि वह अपनी जेब से इंजेक्शनों पर ख़र्च कर रहा है।

बीमारी के दौरान मम्मद भाई भी लगातार आते रहे। कभी सुबह, कभी शाम को। अपने छह-सात शागिर्दों के साथ आता और मुझे हर संभव तरीक़े से ढाढ़स देता कि मामूली मलेरिया है। तुम डॉक्टर पिंटू के इलाज से इंशा अल्लाह बहुत जल्द ठीक-ठाक हो जाओगे।

पन्द्रह रोज़ के बाद मैं ठीक-ठाक हो गया। इस दौरान मैं मम्मद भाई के प्रत्येक नैन-नक्श को अच्छी तरह देख चुका था।

जैसाकि मैं पहले कह चुका हूँ, वह छरहरे बदन का आदमी था। उम्र भी पच्चीस-तीस के बीच होगी। पतली-पतली बाँहें, टाँगें भी ऐसी ही थीं। हाथ बला के फुर्तीले थे। इनसे वह छोटा-सा तेज़ धार वाला चाकू किसी दुश्मन पर फेंकता था तो वह सीधा उसके दिल में घुसता था। यह मुझे अरब गली के लोगों ने बताया था।

उसके विषय में अनंत बातें मशहूर थीं। उसने किसी को क़त्ल किया था। उसके विषय में निश्चित रूप से कुछ नहीं कह सकता। छुरीमार वह अव्वल दर्जे का था। वनोट और गतके का माहिर! यूँ सब कहते थे कि वह सैकड़ों क़त्ल कर चुका है, मगर मैं यह अभी मानने को तैयार नहीं।

लेकिन जब मैं उसके ख़ंजर के विषय में सोचता हूँ तो मेरे तन-बदन में झुरझुरी-सी छा जाती है। यह भयंकर हथियार वह क्यों हर समय अपनी सलवार के नेफ़े में उड़से रहता है।

मैं जब अच्छा हो गया तो एक दिन अरब गली के एक थर्ड क्लास चीनी रेस्तराँ में उससे मेरी मुलाक़ात हुई। वह अपना भयानक ख़ंजर निकालकर अपने नाख़ून काट रहा था। मैंने उससे पूछा–"मम्मद भाई, आजकल बंदूक-पिस्तौल का ज़माना है। तुम यह ख़ंजर लिये क्यों फिरते हो?"

मम्मद भाई ने अपनी सख़्त मूँछों पर एक अँगुली फेरी और कहा–"बंटो भाई, बंदूक-पिस्तौल में कोई मज़ा नहीं। इन्हें कोई बच्चा भी चला सकता है। घोड़ा दबाया और ठाँ...इसमें क्या है? यह चीज़, यह ख़ंजर, यह छुरी, यह चाकू मज़ा आता है न। ख़ुदा की क़सम, यह वह है...तुम क्या कहा करते हो, हाँ, आर्ट, इसमें आर्ट आता है। मेरी जान, जिसको चाकू-छुरी चलाने का आर्ट न आता हो वह एकदम कंडप है। पिस्तौल क्या है...खिलौना है, जो नुकसान पहुँचा सकता है...पर इसमें क्या लुत्फ़ आता है–कुछ भी नहीं, तुम यह ख़ंजर देखो–इसकी तेज़ धार को देखो।" यह कहते हुए उसने अँगूठे पर लब लगाया और उसकी धार पर फेरा–"इससे कोई धमाका नहीं होता–बस, यूँ पेट के अंदर दाख़िल कर दो–इस सफ़ाई से कि उस साले को मालूम तक न हो...बन्दूक-पिस्तौल सब बकवास हैं।"

मम्मद भाई से अब हर रोज़ किसी न किसी वक़्त मुलाक़ात हो जाती थी। मैं उसका कृतज्ञ था। लेकिन मैं जब उसका ज़िक्र करता तो वह नाराज़ हो जाता, कहता था कि मैंने तुम पर कोई अहसान नहीं किया। यह तो मेरा फ़र्ज़ था। जब मैंने कुछ जाँच-पड़ताल की तो मुझे मालूम हुआ कि फ़ारस रोड के इलाके का वह एक क़िस्म का हाकिम था। एक हाकिम जो हर शख़्स की ख़बरगीरी करता था। कोई बीमार हो, किसी को कोई तकलीफ़ हो, मम्मद भाई उसके पास पहुँच जाता था और यह उसकी सी० आई० डी० का काम था कि उसको हर चीज़ से बाख़बर रखती थी।

वह दादा था यानी एक ख़तरनाक गुंडा, लेकिन मेरी समझ में अब भी नहीं आता कि वह किस लिहाज़ से गुंडा था। ख़ुदा गवाह है कि मैंने उसमें कोई गुंडापन नहीं देखा। एक सिर्फ़ उसकी मूँछें थीं, जो उसे भयावह बनाए

रखती थीं, लेकिन उसको उनसे प्यार था। वह उनकी इस तरह परवरिश करता था, जिस तरह कोई अपने बच्चे की करे।

उसकी मूँछों का एक-एक बाल खड़ा था, जैसे साही का। मुझे किसी ने बताया था कि मम्मद भाई हर रोज़ अपनी मूँछों को मलाई खिलाता है। जब खाना खाता है तो सालन-भरी अँगुलियों से अपनी मूँछें ज़रूर मरोड़ता है कि बुज़ुर्गों के कथनानुसार, यूँ बालों में ताक़त आती है।

मैं इसके पूर्व लगभग कई बार कह चुका हूँ कि उसकी मूँछें बड़ी भयावह थीं। वास्तव में मूँछों का नाम ही मम्मद भाई था या उस ख़ंजर का जो उसकी तंग घेरे की सलवार के नेफ़े में हर वक़्त मौजूद रहता था। मुझे इन दोनों चीज़ों से डर लगता था, न मालूम क्यों?

मम्मद भाई यूँ तो इस इलाके का बहुत बड़ा दादा था, लेकिन वह सबका हमदर्द था। पता नहीं उसकी आमदनी के कौन से साधन थे पर वह प्रत्येक ज़रूरतमंद की वक़्त पड़ने पर मदद करता था। उस इलाके की तमाम लौंडियाँ उसको अपना पीर मानती थीं। चूँकि वह एक माना हुआ गुंडा था, इसलिए ज़रूरी था कि उसका संबंध वहाँ की किसी वेश्या से होता, मगर मुझे मालूम हुआ कि इस तरह के सिलसिले से उसका दूर का भी संबंध नहीं रहा था।

मेरी उसकी बड़ी दोस्ती हो गयी थी। अनपढ़ था, लेकिन जाने क्यों वह मेरी इतनी इज़्ज़त करता था कि अरब गली के तमाम आदमी ईर्ष्या करते थे। एक दिन सुबह-सवेर दफ़्तर जाते वक़्त मैंने चीनी होटल में किसी से सुना कि मम्मद भाई गिरफ़्तार कर लिया गया है। मुझे बहुत ताज्जुब हुआ, कि तमाम थाने वाले उसके दोस्त थे। इसलिए क्या वजह हो सकती थी?

मैंने उस आदमी से पूछा कि क्या बात हुई, जो मम्मद भाई गिरफ़्तार हो गया। उसने मुझसे कहा कि इस अरब गली में एक औरत रहती है जिसका नाम शीरीं बाई है। उसकी एक जवान लड़की है। उसको कल एक आदमी ने खराब कर दिया। यानी उसके साथ बलात्कार किया। शीरीं बाई रोती हुई मम्मद भाई के पास आई और कहा—"तुम यहाँ के दादा हो। मेरी बेटी से फलां आदमी ने यह बुरा काम किया है—लानत है तुम पर कि तुम घर में बैठे हो।" मम्मद भाई ने एक मोटी गाली उस बुढ़िया को दी और कहा—"तुम

क्या चाहती हो?" उसने कहा–"मैं यह चाहती हूँ कि तुम उस हरामज़ादे का पेट चाक कर दो।"

मम्मद भाई उस वक़्त होटल में सेस पाव के साथ क़ीमा खा रहा था। यह सुनकर उसने अपने नेफ़े में से ख़ंजर निकाला। उस पर अँगूठा फेरकर उसकी धार देखी और बुढ़िया से कहा–"जा, तेरा काम हो जाएगा।"

और उसका काम हो गया–दूसरे शब्दों में जिस व्यक्ति ने इस बुढ़िया की लड़की के साथ बलात्कार किया था, आधे घंटे के अंदर-अंदर उसका काम तमाम हो गया।

मम्मद भाई गिरफ़्तार हो गया था, मगर काम इतनी होशियारी और सफ़ाई से किया था कि उसके ख़िलाफ़ कोई शहादत नहीं थी। इसके अलावा अगर कोई मौके पर गवाह मौजूद भी होता तो वह कभी अदालत में बयान न देता। नतीजा यह हुआ कि उसको ज़मानत पर रिहा कर दिया गया।

दो दिन हवालात में रहा था, मगर उसको वहाँ कोई तकलीफ़ न थी। पुलिस के सिपाही-इंस्पेक्टर सब उसको जानते थे। लेकिन जब वह ज़मानत पर रिहा होकर बाहर आया तो उसने महसूस किया कि उसे अपनी ज़िंदगी का सबसे बड़ा धक्का पहुँचा है। उसकी मूँछें जो ख़ौफ़नाक तौर पर उठी हुई थीं–अब किसी क़दर झुकी हुई थीं।

चीनी के होटल में उससे मेरी मुलाक़ात हुई। उसके कपड़े जो हमेशा उजले होते थे, मैले थे। मैंने उससे क़त्ल के बारे में कोई बात न की, लेकिन उसने ख़ुद कहा–"बंटो साहब, मुझे इस बात का अफ़सोस है कि साला देर से मरा–छुरी मारने में मुझसे गलती हो गयी। हाथ टेढ़ा पड़ा। लेकिन वह भी उस साले का क़सूर था–एकदम मुड़ गया। इस वजह से सारा मामला कंडप हो गया; लेकिन मर गया–ज़रा तकलीफ़ के साथ, जिसका मुझे अफ़सोस है।"

आप ख़ुद सोच सकते हैं कि यह सुनकर मेरी प्रतिक्रिया क्या होगी। यानी इसका अफ़सोस था कि वह उसे एक झटके से क़त्ल न कर सका और यह कि मरने में उसे ज़रा तकलीफ़ हुई है।

मुक़दमा चलता था और मम्मद भाई उससे बहुत घबराता था। उसने अपनी ज़िंदगी में अदालत की शक्ल कभी नहीं देखी थी। मालूम नहीं उसने इससे

पहले भी क़त्ल किए थे कि नहीं, लेकिन जहाँ तक मेरी सूचना का संबंध है, वह मजिस्ट्रेट, वकील और गवाह के बारे में कुछ नहीं जानता था। इसलिए कि उसका वास्ता इन लोगों से कभी पड़ा ही नहीं था।

वह बहुत फ़िक्रमंद था। पुलिस ने जब केस पेश करना चाहा और तारीख़ मुकर्रर हो गयी तो मम्मद भाई बहुत परेशान हो गया। अदालत में मजिस्ट्रेट के सामने केस हाज़िर हुआ जाता है, इस विषय में उसे बिलकुल पता नहीं था। बार-बार वह अपनी सख़्त मूँछों पर अँगुलियाँ फेरता था और मुझसे कहता था, "बंटो साहब, मैं मर जाऊँगा पर कोर्ट में नहीं जाऊँगा। साली मालूम नहीं कैसी जगह है।"

अरब गली में उसके कई दोस्त थे। उन्होंने उसको ढाढ़स दी कि मामला संगीन नहीं है। कोई गवाह मौजूद नहीं। एक सिर्फ़ उसकी मूँछें हैं, जो मजिस्ट्रेट के मन में उसके ख़िलाफ़ यक़ीनी तौर पर विरोधी भावना पैदा कर सकती हैं।

जैसाकि मैं इसके पहले कह चुका हूँ, उसकी केवल मूँछें ही थीं जो उसको भयावह बनाती थीं। अगर ये न होतीं तो हरगिज़...'दादा' दिखाई न देता।

उसने बहुत गौर किया। उसकी ज़मानत थाने में ही हो गयी थी। अब उसे अदालत में पेश होना था। मजिस्ट्रेट से वह बहुत घबराता था। ईरान के होटल में जब मेरी उसकी मुलाक़ात हुई तो मैंने महसूस किया कि वह बहुत परेशान है। उसको अपनी मूँछों के विषय में बड़ी चिंता थी। वह सोचता था कि उनके साथ अगर वह अदालत में पेश हुआ तो बहुत मुमकिन है कि उसको सज़ा हो जाए।

आप समझते है कि यह कहानी है, मगर यह एक घटना है कि वह बहुत परेशान था। उसके तमाम शागिर्द हैरान थे। इसलिए कि वह ख़ुद कभी हैरान व परेशान नहीं हुआ था। उसको सिर्फ़ मूँछों की फ़िक्र थी क्योंकि उसके कुछ नज़दीकी दोस्तों ने कहा था-

"मम्मद भाई, कोर्ट में जाना है तो इन मूँछों के साथ कभी न जाना। मजिस्ट्रेट तुमको अंदर कर देगा।"

और वह सोचता था। हर वक़्त सोचता था कि उसकी मूँछों ने उस आदमी का क़त्ल किया है या उसने...लेकिन किसी नतीजे पर नहीं पहुँच सकता था।

उसने अपना ख़ंजर, पता नहीं जो पहली बार रक्त-रंजित हुआ था या इसके पहले कई बार हो चुका था, अपने नेफ़े से निकाला और होटल के बाहर गली में फेंक दिया। मैंने हैरतभरे लहजे में उससे पूछा—"मम्मद भाई, यह क्या?"

"कुछ नहीं, बंटो भाई, बहुत घोटाला हो गया है। कोर्ट में जाना है। यार-दोस्त कहते हैं, तुम्हारी मूँछें देखकर वह तुमको ज़रूर सज़ा देगा। अब बोलो मैं क्या करूँ?"

मैं क्या बोल सकता था। मैंने उसकी मूँछों की तरफ़ देखा जो वाक़यी बड़ी ख़ौफ़नाक थीं। मैंने उससे सिर्फ़ इतना कहा—"मम्मद भाई, बात तो ठीक है—तुम्हारी मूँछें मजिस्ट्रेट के फैसले पर प्रभाव डालेगी—सच पूछो तो जो कुछ होगा, तुम्हारे ख़िलाफ़ नहीं मूँछों के ख़िलाफ़ होगा।"

"तो मैं मुँडवा दूँ?" मम्मद भाई ने अपनी चहेती मूँछों पर बड़े प्यार से अँगुली फेरी।

मैंने उससे पूछा—"तुम्हारा क्या ख़याल है?"

"मेरा ख़याल जो कुछ भी है वह तुम न पूछो—लेकिन यहाँ हर शख़्स का यही ख़याल है कि मैं उन्हें मुँडवा दूँ ताकि वह साला मजिस्ट्रेट मेहरबान हो जाए। तो मुँडवा दूँ, बंटो भाई?"

मैंने कुछ समझने के बाद उससे कहा—"हाँ, अगर तुम मुनासिब समझते हो तो मुँडवा दो—अदालत का सवाल है, और तुम्हारी मूँछें वाक़यी बड़ी ख़ौफ़नाक हैं।"

दूसरे दिन मम्मद भाई ने अपनी मूँछें—अपनी जान से प्रिय मूँछें—मुँडवा डालीं, क्योंकि उसकी इज्ज़त खतरे में थी, लेकिन सिर्फ़ दूसरों की सलाह पर।

मिस्टर एफ़० एच० टेल की अदालत में उसका मुक़दमा पेश हुआ। मैं भी वहाँ मौजूद था। उसके ख़िलाफ़ कोई शहादत मौजूद नहीं थी, लेकिन मजिस्ट्रेट ने उसको ख़तरनाक गुंडा क़रार देते हुए तड़ीपार यानी सूबा बाहर कर दिया। उसको सिर्फ़ एक दिन मिला था, जिसमें उसे तमाम हिसाब-किताब तय करके बंबई छोड़ देना था।

अदालत से बाहर निकलकर उसने मुझसे कोई बात न की। उसकी छोटी-बड़ी अँगुलियाँ बार-बार ऊपरी होंठ की तरफ बढ़ती थीं—मगर वहाँ कोई बाल ही न था।

शाम को उसे जब बंबई छोड़कर कहीं और जाना था, मेरी उसकी मुलाक़ात ईरानी के होटल में हुई। उसके दस-बीस शागिर्द आस-पास कुर्सियों पर बैठे चाय पी रहे थे। जब मैं उससे मिला तो उसने मुझसे कोई बात न की—मूँछों के बग़ैर वह बहुत शरीफ़ आदमी दिखाई दे रहा था, लेकिन मैंने महसूस किया कि वह बहुत ग़मगीन है।

उसके पास कुर्सी पर बैठकर मैंने उससे कहा—"क्या बात है मम्मद भाई?"

उसने जवाब में एक बहुत बड़ी गाली ख़ुदा जाने किसको दी और कहा—"साला अब मम्मद भाई ही न रहा।"

मुझे मालूम था कि वह सूबा से बाहर किया जा चुका है—"कोई बात नहीं मम्मद भाई, यहाँ नहीं तो किसी और जगह सही।"

उसने तमाम जगहों को बेशुमार गालियाँ दीं—"साला, अपने को यह ग़म नहीं—यहाँ रहें या किसी और जगह सही—ये साला मूँछें क्यों मुँडवाए।"

फिर उसने उन लोगों को जिन्होंने उसको मूँछें मुँडवाने की सलाह दी थी एक करोड़ गालियाँ दीं और कहा—"साला, अगर मुझे तड़ीपार ही होना था तो मूँछों के साथ क्यों न हुआ।"

मुझे हँसी आ गयी—वह आग-बबूला हो गया—"साला तुम कैसा आदमी है, बंटो साहब!—हम सच कहता है, ख़ुदा की कसम, हमें फाँसी लगा देते—पर, यह बेवकूफ़ी तो हमने ख़ुद की—आज तक किसी से न डरा था—साला अपनी मूँछों से डर गया।"

वह कहकर उसने दोहत्थड़ अपने मुँह पर मारा—"मम्मद भाई, लानत है तुझ पर—साला अपनी मूँछों से डर गया—अब जा अपनी माँ के...।"

और उसकी आँखों में आँसू आ गए, जो उसके बग़ैर मूँछों वाले चेहरे पर कुछ अजीब-से दिखाई देते थे।

जानकी

पूना में रेसों का मौसम शुरू होने वाला था कि पेशावर से अज़ीज़ ने लिखा–मैं अपनी एक जान-पहचान की स्त्री जानकी को तुम्हारे पास भेज रहा हूँ। उसको या तो पूना में या बंबई में किसी फ़िल्म कंपनी में नौकरी दिला दो। तुम्हारी जानकारी बहुत काफ़ी है। आशा है, तुम्हें अधिक परेशानी नहीं होगी।

परेशानी का तो इतना सवाल नहीं था, लेकिन मुसीबत यह थी कि मैंने ऐसा काम कभी किया ही नहीं था। फ़िल्म कंपनियों में वही आदमी प्राय: स्त्रियाँ लेकर आते हैं जिन्हें उनकी कमाई खानी होती है। यह स्वाभाविक ही है कि मैं बहुत घबराया। लेकिन फिर मैंने सोचा, अज़ीज़ इतना पुराना दोस्त है, न जाने किस विश्वास के साथ भेजा है। उसको निराश नहीं करना चाहिए। यह सोचकर भी कुछ शांति मिली कि उस स्त्री के लिए, यदि वह जवान हो तो हर फ़िल्म कंपनी के दरवाज़े खुले हैं। इतनी परेशानी की बात ही क्या है। मेरी सहायता के बिना ही उसे किसी न किसी फ़िल्म कंपनी में जगह मिल जाएगी।

पत्र मिलने के चौथे दिन वह पूना पहुँच गई। कितना लंबा सफ़र करके आई थी। पेशावर से बंबई और बंबई से पूना। प्लेटफार्म पर चूँकि मुझे उसको पहचानना था, इसलिए गाड़ी आने पर मैंने एक सिरे से डिब्बों के पास से गुज़रना शुरू किया।

मुझे ज़्यादा दूर न चलना पड़ा; क्योंकि सेकंड क्लास के डिब्बे से एक मध्यम क़द की स्त्री जिसके हाथ में मेरी तस्वीर थी, उतरी। मेरी ओर पीठ करके वह खड़ी हो गई और एड़ियाँ ऊँची करके मुझे भीड़ में तलाश करने लगी। मैंने पास आकर कहा–"जिसे आप ढूँढ़ रही हैं वह शायद मैं ही हूँ।"

वह पलटी–"ओह आप!" एक नज़र मेरी तस्वीर की ओर देखा और बड़े खुले तरीके से कहा–"सआदत साहब, यात्रा बहुत लंबी थी। बंबई में फ्रंटियर मेल से उतरकर इस गाड़ी के इंतज़ार में जो समय काटना पड़ा, उसने तबीयत साफ़ कर दी।"

मैंने कहा–"सामान कहाँ है आपका?"

"लाती हूँ," यह कहकर वह डिब्बे के अंदर घुसी। दो सूटकेस और एक बिस्तर निकाला। मैंने कुली बुलवाया, स्टेशन से बाहर निकलते हुए, उसने मुझसे कहा–"मैं होटल में ठहरूँगी।"

मैंने स्टेशन के सामने ही एक कमरे का इंतज़ाम कर दिया। उसे नहा-धोकर कपड़े बदलने थे और आराम करना था। इसलिए मैंने उसे अपना पता बता दिया और यह कहकर कि सुबह दस बजे मुझसे मिलो, होटल से चल दिया।

सुबह साढ़े दस बजे वह प्रभात नगर, जहाँ मैं एक मित्र के यहाँ ठहरा हुआ था, आई। जगह तलाश करते हुए उसे देर हो गई थी। मेरा मित्र उस छोटे-से फ्लैट में, जो नया-नया बना था, मौजूद नहीं था। मैं रात देर तक लिखने का काम करने के कारण सुबह देर से जागा था। इसलिए साढ़े दस बजे नहा-धोकर चाय पी रहा था कि वह अचानक अंदर आई।

प्लेटफार्म पर और होटल में थकावट के होने पर भी वह सशक्त स्त्री थी, लेकिन ज्यों ही वह उस कमरे में जहाँ मैं केवल बनियान और पायजामा पहने चाय पी रहा था, घुसी तो उसकी ओर देखकर मुझे ऐसा लगा जैसे कोई बहुत ही परेशान और खस्ताहाल स्त्री मुझसे मिलने आई है।

जब मैंने उसे प्लेटफार्म पर देखा था तो ज़िंदगी से भरपूर थी, लेकिन जब प्रभात नगर के ग्यारह नंबर फ्लैट में आई तो मुझे पता लगा कि या तो उसने दान में अपना दस-पन्द्रह औंस खून दे दिया है या उसका पतन हो गया है। जैसाकि मैं आपसे कह चुका हूँ कि घर में और कोई मौजूद नहीं था, सिवाय एक बेवकूफ़ नौकर के। मेरे मित्र का घर जिसमें एक फ़िल्मी कहानी लिखने के लिए मैं ठहरा हुआ था, बिलकुल सुनसान था और मजीद एक ऐसा नौकर था जिसकी मौजूदगी एकांतता बढ़ाती थी।

मैंने चाय की एक प्याली बनाकर जानकी को दी और कहा–"होटल से तो आप नाश्ता करके आई होंगी। फिर भी शौक़ फ़रमाइए।"

उसने लज्जा से अपने होंठ काटते हुए चाय की प्याली उठाई और पीना शुरू किया। उसकी सीधी टाँग बड़े ज़ोर से हिल रही थी। उसके होंठों की कँपकँपाहट से मुझे मालूम हुआ कि वह मुझसे कुछ कहना चाहती है, लेकिन हिचकिचाती है। मैंने सोचा, शायद होटल में रात को किसी यात्री ने छेड़ा है इसलिए मैंने कहा–"आपको कोई तकलीफ़ तो नहीं हुई होटल में?"

"जी?–जी नहीं।"

मैं एक संक्षिप्त उत्तर पाकर चुप रहा। चाय समाप्त हुई तो मैंने सोचा, अब कोई बात करनी चाहिए। इसलिए मैंने पूछा–"अज़ीज़ साहब कैसे हैं?"

उसने मेरे सवाल का जवाब न दिया। चाय की प्याली तिपाई पर रखकर उठ खड़ी हुई और शब्दों को तेज़ी से बोलते हुए कहा–"मंटो साहब, आप किसी अच्छे डॉक्टर को जानते हैं?"

मैंने जवाब दिया–"पूना में तो मैं किसी को नहीं जानता।"

"ओ!"

मैंने पूछा–"क्यों बीमार हैं आप?"

"जी हाँ।" वह कुर्सी पर बैठ गई।

मैंने पूछा–"क्या तकलीफ़ है?"

उसके थके हुए होंठ जो मुस्कराते समय सिकुड़ जाते थे या सिकोड़ लिये जाते थे, खुल गए। उसने कुछ कहना चाहा, लेकिन कह न सकी और उठ खड़ी हुई; फिर मेरा सिगरेट का डिब्बा उठाया और एक सिगरेट सुलगाकर कहा–"माफ कीजिएगा, मैं सिगरेट पिया करती हूँ।"

मुझे बाद में मालूम हुआ कि वह केवल सिगरेट पिया ही नहीं करती थी वरन फूँका करती थी। बिलकुल पुरुषों की तरह सिगरेट उँगलियों में दबाकर वह जोर-जोर से कस लेती और एक दिन में पचहत्तर सिगरेटों का डिब्बा खींचती थी।

मैंने कहा–"आप बतलाती क्यों नहीं कि आपको क्या तकलीफ़ है?"

उसने कुँवारी लड़कियों की तरह झुँझलाकर अपना एक पाँव फ़र्श पर मारा–"हाय अल्ला, मैं कैसे बताऊँ आपको," यह कहकर वह मुस्कराई। मुस्कराते हुए तीखे होंठों के धुलाव में से मुझे उसके दाँत नज़र आए, जो असाधारण रूप से साफ़ और चमकीले थे। वह बैठ गई और मेरी आँखों में अपनी डगमगाई आँखों को न डालने की कोशिश करते हुए उसने कहा–"बात यह है कि पन्द्रह-बीस दिन ऊपर हो गए हैं और मुझे डर है कि..."

पहले तो मैं मतलब न समझा लेकिन जब वह बोलते-बोलते रुक गई तो मैं किसी प्रकार समझ गया–"ऐसा अकसर होता है।"

उसने ज़ोर से कश लिया और मर्दों की तरह ज़ोर से धुएँ को बाहर निकालते हुए कहा–"नहीं, यहाँ मामला कुछ और है। मुझे डर है कि कहीं कुछ ठहर न गया हो!"

मैंने कहा–"ओह!"

उसने सिगरेट का आख़िरी कश लेकर उनको चाय की तशतरी में बुझा दिया–"यदि ऐसा हो गया तो बड़ी मुसीबत होगी। एक बार पेशावर में भी ऐसी ही गड़बड़ हो गई थी। लेकिन अज़ीज़ साहब अपने एक हकीम दोस्त से ऐसी दवा लाए थे जिससे थोड़े दिनों में सब साफ़ हो गया था।"

मैंने पूछा–"आपको बच्चे पसंद नहीं?"

वह मुस्कराई–"पसंद है, लेकिन कौन पालता फिरे।"

मैंने कहा–"आपको मालूम है इस तरह बच्चे बरबाद करना अपराध है।" वह एकदम गंभीर हो गई। फिर उसने आश्चर्य की मुद्रा में कहा–"मुझसे साहब ने भी यही कहा था, लेकिन सआदत साहब, मैं पूछती हूँ कि इसमें अपराध की कौन-सी बात है। अपनी ही तो चीज़ है। और क़ानून बनाने वालों को यह भी मालूम है कि बच्चा बरबाद कराते समय तकलीफ़ कितनी होती है–बड़ा अपराध है।"

मैं जोर से हँस पड़ा–"बड़ी विचित्र स्त्री हो तुम जानकी"–जानकी ने भी हँसना शुरू किया–"अज़ीज़ साहब भी यही कहा करते हैं।" हँसते समय उसकी आँखों में आँसू आ गए। मेरा विचार है जो आदमी दुखी होते हैं उनकी आँखों में हँसने में भी आँसू आ ही जाते हैं। उसने अपना बैग खोलकर रूमाल निकाला और आँखें सुखाकर भोले बच्चों की भाँति पूछा–"सआदत साहब, बताइए क्या मेरी बातें दिलचस्प होती है?"

मैंने कहा–"बहुत!"

"झूठ।"

उसने सिगरेट सुलगानी शुरू की–"भई, शायद ऐसा हो, मैं तो इतना जानती हूँ कि मैं कुछ-कुछ बेवकूफ़ हूँ। ज़्यादा खाती हूँ। ज़्यादा बोलती हूँ। ज़्यादा हँसती हूँ–अब आप ही देखिए न, ज़्यादा खाने से मेरा पेट कितना बढ़ गया है। अज़ीज़ साहब हमेशा कहते रहे, जानकी कम खाया करो, लेकिन मैंने उनकी एक न सुनी–सआदत साहब, बात यह है कि मैं कम खाऊँ तो हर वक़्त ऐसा लगता है कि मैं किसी से कोई बात कहना भूल गई हूँ।"

उसने फिर हँसना शुरू किया। मैं भी उसके साथ शामिल हो गया। उसकी हँसी बिलकुल दूसरी तरह की थी। बीच-बीच में घुँघरू से बजते थे।

फिर वह अपने उस गर्भ के बारे में बातचीत करने ही वाली थी कि मेरा मित्र जिसके यहाँ मैं ठहरा हुआ था, आ गया। मैंने जानकी से उसका परिचय कराया और बताया कि वह फ़िल्म लाइन में आने की इच्छा रखती हैं। मेरा दोस्त उसे स्टूडियो ले गया, क्योंकि उसे यक़ीन था कि वह डायरेक्टर जिसके साथ वह असिस्टेंट की तरह काम कर रहा था, अपनी नई फ़िल्म में जानकी को एक ख़ास रोल के लिए ज़रूर ले लेगा।

पूना में जितने स्टूडियो थे, मैंने विभिन्न जरियों से जानकी के लिए कोशिश की। किसी ने उसका साउंड टेस्ट लिया, किसी ने कैमरा टेस्ट। एक फ़िल्म कंपनी में उसको तरह-तरह की वेश-भूषा पहनाकर देखा गया। लेकिन नतीजा कुछ न निकला। एक तो जानकी वैसे ही दिन ऊपर हो जाने के कारण परेशान थी। चार-पाँच रोज़ लगातार जब उसे विभिन्न फ़िल्म कंपनियों के उकता देने वाले वातावरण में बेमतलब गुज़रना पड़ा, तो वह और ज्यादा परेशान हो गई।

बच्चा बरबाद करने के लिए वह हर रोज़ बीस-बीस ग्रेन कुनेन खाती थी, उससे भी उसकी तबीयत ठीक नहीं रहती थी। अज़ीज़ साहब के दिन पेशावर में उसके बिना कैसे गुज़रते, उसके बारे में भी उसको हर वक़्त फ़िक्र रहती थी। पूना पहुँचते ही उसने एक तार भेजा था। उसके बाद वह बिना नागा हर रोज़ एक पत्र लिख रही थी। हर पत्र में यह ताक़ीद होती थी कि वह अपनी तंदुरुस्ती का ख़याल रखें और दवा ठीक तरह से लेते रहें।

अज़ीज़ साहब को क्या बीमारी थी, उसका मुझे ज्ञान नहीं। लेकिन जानकी से मुझे इतना मालूम हुआ कि अज़ीज़ साहब को चूँकि उससे प्रेम है, इसलिए वे तुरंत उसका कहना मान लेते हैं। घर में कई बार बीवी से उनका झगड़ा हुआ कि वे दवा नहीं पीते, लेकिन जानकी से उस मामले में उन्होंने कभी चूँ भी न की।

शुरू-शुरू में मेरा ख़याल था कि जानकी अज़ीज़ के लिए इतनी चिंतित रहती है, केवल बकवास है, बनावट है। लेकिन धीमे-धीमे मैंने उसकी खुली हुई बातों से महसूस किया कि उसे अवश्य ही अज़ीज़ से प्रेम है। उसका जब

भी पत्र आया, जानकी उसे पढ़कर ज़रूर रोई। फ़िल्म कंपनियों की दौड़-धूप का कोई नतीजा न निकला। लेकिन एक दिन जानकी को यह मालूम करके बहुत ख़ुशी हुई कि उसका अंदेशा ग़लत था। दिन वाक़यी ऊपर हो गए थे लेकिन वह बात जिसका उसे खटका था, नहीं थी।

जानकी को पूना आए बीस दिन हो चुके थे। अज़ीज़ को वह पत्र पर पत्र लिख रही थी, और अज़ीज़ के भी लंबे-लंबे प्रेम-पत्र आ रहे थे। एक पत्र में अज़ीज़ ने मुझसे कहा था कि पूना में यदि जानकी के लिए कुछ नहीं होता तो मैं बंबई में कोशिश करूँ, क्योंकि वहाँ बेशुमार स्टूडियो हैं। बात भी ठीक थी, लेकिन मैं संवाद लिखने में व्यस्त था इसलिए जानकी के साथ बंबई जाना बहुत मुश्किल था। लेकिन फिर भी मैंने पूना से अपने मित्र सैयद को, जो एक फ़िल्म में हीरो का पार्ट अदा कर रहा था, टेलीफोन किया।

दुर्भाग्य से वह उस समय स्टूडियो में मौजूद नहीं था। आफ़िस में नारायण खड़ा था। उसे जब मालूम हुआ कि मैं पूना से बोल रहा हूँ तो टेलीफोन ले लिया और ज़ोर से चिल्लाया–"हलो मंटो, नारायण स्पीकिंग फ्रॉम दिस एंड... कहो, क्या बात है। सैयद इस वक़्त स्टूडियो में नहीं है। घर में बैठा रज़िया से आख़िरी हिसाब-किताब कर रहा है..."

मैंने पूछा–"क्या मतलब?" नारायण ने जवाब दिया–"खटपट हो गई है उनमें। रज़िया ने एक आदमी से टाँका मिला लिया है।"

मैंने कहा–"लेकिन यह हिसाब-किताब कैसा हो रहा है?"

नारायण बोला–"बड़ा कमीना है यार, सैयद–उससे कपड़े ले रहा है जो उसने ख़रीद के दिए थे–ख़ैर, छोड़ो इस बात को; बताओ बात क्या है?"

मैंने उससे कहा–"बात यह है कि पेशावर से मेरे एक प्रिय ने एक स्त्री यहाँ भेजी है जिसकी इच्छा फ़िल्मों में काम करने की है।"

जानकी मेरे पास ही खड़ी थी। मुझे लगा कि मैंने उचित तरीके से उचित शब्दों में अपनी बात उसके सामने नहीं रखी। मैं कुछ बोलने ही वाला था कि नारायण की ऊँची आवाज़ मेरे कानों में पड़ी–"स्त्री पेशावर की स्त्री, अच्छा, भेजो उसको जल्दी–देखो, हम भी क़ौम का पठान है।"

मैंने कहा–"बकवास न करो नारायण। सुनो, कल दक्षिणी ट्रेन से मैं इन्हें भेज रहा हूँ–सैयद या तुम कोई भी उसे स्टेशन पर लेने आ जाना–कल दक्षिणी ट्रेन से याद रहे।"

नारायण की आवाज़ आई–"पर हम उसे पहचानेंगे कैसे?"

मैंने जवाब दिया–"वह ख़ुद तुम्हें पहचान लेगी–लेकिन देखो, कोशिश करके उसे किसी न किसी जगह ज़रूर रखवा देना।"

तीन मिनट गुजर गए। मैंने टेलीफोन बन्द किया और जानकी से कहा–"कल दक्षिणी ट्रेन से तुम बंबई चली जाना, सैयद और नारायण के फोटो मैं तुम्हें दिखाता हूँ। लंबे तगड़े ख़ूबसूरत जवान हैं, तुम्हें पहचानने में दिक्क़त न होगी।"

मैंने एलबम में जानकी को सैयद और नारायण के अलग-अलग फोटो दिखलाए। वह देर तक उन्हें देखती रही। मैंने नोट किया कि सैयद का फोटो उसने ज़्यादा ध्यान से देखा।

एलबम एक ओर रखकर मेरी आँखों में आँखें न डालने की डगमगायी कोशिश करते हुए उसने मुझसे पूछा–

"दोनों कैसे आदमी हैं?"

"क्या मतलब?"

"मतलब यह है कि दोनों कैसे आदमी हैं?–मैंने सुना है कि फ़िल्मों में अकसर बुरे आदमी होते हैं।"

उसके कथन में टोह लेने वाली गंभीरता थी।

मैंने कहा–"यह तो दुरुस्त है, लेकिन फ़िल्मों में नेक आदमियों की ज़रूरत ही कहाँ होती है।"

"क्यों?"

दुनिया में दो प्रकार के आदमी हैं। एक प्रकार उन आदमियों का है जो अपने घावों से दर्द का अंदाज़ करते हैं। दूसरा प्रकार उनका है जो दूसरों के घाव देखकर दर्द का अंदाज़ करते हैं...तुम्हारा क्या ख़याल है, कौन-सी प्रकार के आदमी घाव के दर्द और उसकी जलन को सही तौर पर अनुभव करते हैं?"

उसने कुछ देर सोचने के बाद जवाब दिया—"वे जिनके घाव लगे होते हैं।" मैंने कहा—"बिलकुल ठीक, फ़िल्मों में असल की-सी नकल वही उतार सकता है जिसका असलियत से परिचय हो। असफल प्रेम में दिल कैसे टूटता है, यह असफल प्रेमी ही अच्छी तरह से बता सकता है। वह स्त्री जो ज़मीन पर कपड़ा डालकर पाँच वक़्त नमाज़ पढ़ती है और मुहब्बत-प्रेम को सूअर के बराबर समझती है, कैमरे के सामने किसी पुरुष के साथ क्या ख़ाक प्रेम प्रकट करेगी।"

उसने फिर सोचा—"इसका मतलब यह हुआ कि फ़िल्म लाइन में घुसने से पहले स्त्री को सब चीज़ें जाननी चाहिए।"

मैंने कहा—"यह ज़रूरी नहीं। फ़िल्म लाइन में आकर भी वह ये चीज़ें मान सकती हैं।"

उसने मेरी बात का ध्यान न दिया और जो पहला सवाल किया था फिर उसे दुहराया—"सैयद साहब और नारायण साहब कैसे आदमी हैं?"

"तुम विस्तार से पूछना चाहती हो?"

"विस्तार से आपका क्या मतलब?"

"यह कि दोनों में से आपके लिए कौन बेहतर रहेगा?"

जानकी को मेरी यह बात बुरी लगी।

"कैसी बातें करते हैं आप?"

"जैसी तुम चाहती हो।"

"हटाइए भी, यह कहकर वह मुस्कराई। मैं अब आपसे कुछ नहीं पूछूँगी।"

मैंने मुस्कराते हुए कहा—"जब पूछोगी तो मैं नारायण की सिफ़ारिश करूँगा।"

"क्यों?"

"इसलिए कि वह सैयद के मुकाबिले अच्छा आदमी है।" मेरा अब भी यह ख़याल है, सैयद कवि हैं—एक बहुत निर्दय क़िस्म का कवि। मुर्ग़ी पकड़ेगा तो उसे काटने की बजाय उसकी गरदन मरोड़ देगा। गरदन मरोड़कर उसके पर नोचेगा, पर नोचने के बाद उसका शोरबा निकालेगा। शोरबा पीकर, उसकी

हड्डियाँ चबाकर वह बड़े आराम और शांति से एक कोने में बैठकर उसी मुर्गी की मौत पर एक कविता लिखेगा, जो उसके आँसुओं में भीगी होगी।

शराब पीएगा तो कभी वह बहकेगा नहीं, मुझे इससे बहुत तकलीफ़ होती है, क्योंकि शराब का मतलब ही मर जाता है। प्राय: बहुत धीमे-धीमे बिस्तर से उठेगा। नौकर चाय की प्याली बनाकर लाएगा। यदि रात की बची हुई रम सिरहाने पड़ी है तो उसे चाय में उड़ेगा और उस मिक्सचर को एक-एक घूँट करके ऐसे पीएगा, जैसे उसमें स्वाद का नाम भी नहीं।

शरीर पर कोई फोड़ा निकला है और ख़तरनाक हालत में पहुँच गया है। लेकिन मजाल है जो वह उसकी ओर ध्यान दे। पीप निकल रही है, गल-सड़ रहा है, नासूर बनने का ख़तरा है, लेकिन सैयद कभी किसी डॉक्टर के पास नहीं जाएगा। आप उससे कुछ कहेंगे तो यह जवाब देगा–“अक्सर बीमारियाँ आदमी के शरीर में बैठ जाती हैं। जब मुझे यह घाव तकलीफ़ नहीं देता तो इलाज की क्या ज़रूरत है,” और वह यह कहते हुए घाव की ओर देखेगा जैसे अच्छा शेर नज़र आ गया है।

ऐक्टिंग वह सारी उम्र नहीं कर सकेगा। इसलिए कि वह कोमल भावनाओं से लगभग ख़ाली है। मैंने उसे एक फ़िल्म में देखा जो हीरोइन के गानों के कारण बहुत व्याकुल हुआ था। एक जगह उसे अपनी प्रेमिका का हाथ अपने हाथ में लेकर प्रेमालाप करना था। ख़ुदा की क़सम, उसने उसका हाथ अपने हाथ में इस प्रकार लिया जैसे कुत्ते का पंजा पकड़ा जाता है। मैं उससे कई बार कह चुका हूँ कि ऐक्टर बनने का ख़याल अपने दिल से निकाल दो। अच्छे कवि हो, घर बैठो और कविताएँ लिखा करो। लेकिन उसके दिमाग़ पर अभी तक ऐक्टिंग की धुन सवार है।

नारायण मुझे बहुत पसंद है, स्टूडियो की ज़िंदगी के जो नियम उसने अपने लिए बना रखे हैं, मुझे अच्छे लगते हैं।

(1) ऐक्टर जब तक ऐक्टर है उसे शादी नहीं करनी चाहिए। शादी करे तो तुरंत फ़िल्म को छोड़कर दूध-दही की दुकान खोल ले। यदि प्रसिद्ध ऐक्टर रहा हो तो काफ़ी आमदनी हो जाया करेगी।

(2) कोई ऐक्ट्रेस तुम्हें भैया या भाई कहे तो तुम तुरंत उसके कान में कहो कि आपकी अँगिया का क्या माप है।

(3) किसी ऐक्ट्रेस पर तुम्हारी तबीयत आ गई है तो हवाई किले बाँधने में समय बरबाद न करो। उससे एकांत में मिलो और कहो—"मैं भी मुँह में ज़बान रखता हूँ। यदि उसको यक़ीन न आए तो अपनी ज़बान निकालकर दिखा दो।"

(4) यदि कोई ऐक्ट्रेस तुम्हारे हिस्से में आ जाए तो उसकी आमदनी में से एक पैसा भी न लो। ऐक्ट्रेसों के पतियों और भाइयों के लिए यह पैसा हलाल है।

(5) इस बात का ख़्याल रखना कि ऐक्ट्रेस के गर्भ से तुम्हारे कोई संतान न हो। हाँ, स्वराज मिलने के बाद तुम उस क़िस्म की संतान पैदा कर सकते हो।

(6) याद रखो, ऐक्टर की भी आदत होती है। उसे रेजर और कंघी से सँवारने के बजाय कभी-कभी धर्म-रहित तरीक़े से भी सँवारने की कोशिश किया करो। उदाहरण के लिए कोई नेक काम करके।

(7) स्टूडियो में सबसे ज़्यादा इज़्ज़त पठान चौकीदार की करो। सुबह स्टूडियो में आते समय उसे सलाम करना लाभदायक होगा, यहाँ नहीं तो दूसरी दुनिया में जहाँ फ़िल्म कंपनियाँ नहीं होंगी।

(8) शराब और ऐक्ट्रेसों की आदत न डालो। बहुत संभव है किसी दिन कांग्रेस गवर्नमेंट लहर में आकर दोनों चीज़ें वर्जित कर दे।

(9) सौदागर-मुसलमान सौदागर हो सकता है लेकिन ऐक्टर-हिन्दू ऐक्टर या मुस्लिम ऐक्टर नहीं हो सकता।

(10) झूठ न बोलो।

ये सब बातें नारायण के दस नियमों में हैं और ये उसने अपनी नोट-बुक में लिख रखी हैं, जिनसे उसके कैरेक्टर का अच्छी तरह अनुमान हो सकता है। लोग कहते हैं कि वह उन सब पर अमल नहीं करता, लेकिन यह सच्चाई नहीं।

सैयद और नारायण के बारे में जो मेरे विचार थे, मैंने जानकी के पूछे बग़ैर सब बता दिए और अंत में उससे साफ़ शब्दों में कह दिया—"यदि तुम इस लाइन में आ गईं तो किसी न किसी पुरुष का सहारा तुम्हें लेना ही पड़ेगा। नारायण के बारे में मेरा विचार है कि वह अच्छा दोस्त साबित होगा।"

मेरी राय उसने सुन ली और बंबई चली गई। दूसरे दिन प्रसन्न चित्त वापस आई क्योंकि नारायण ने अपने स्टूडियो में एक साल के लिए पाँच सौ रुपये

माहवार पर उसे नौकर रख लिया था। यह नौकरी उसे कैसे मिली, देर तक उसके बारे में बातचीत होती रही।

जब और कुछ सुनने को न रहा तो मैंने उससे पूछा–"सैयद और नारायण दोनों से तुम्हारी मुलाक़ात हुई, उनमें से किसको तुमने ज़्यादा पसंद किया?"

जानकी के होंठों पर हल्की मुस्कराहट पैदा हुई। अर्थपूर्ण दृष्टि से मेरी ओर देखते हुए उसने कहा–"सैयद साहब को," यह कहकर वह एकदम गंभीर हो गई–"सआदत साहब, आपने क्यों इतने पुल बाँधे थे नारायण की तारीफ़ों के?"

मैंने पूछा–"क्यों?"

बड़ा ही वाहियात है–शाम को बाहर कुर्सियाँ डालकर सैयद साहब और वह शराब पीने के लिए बैठे तो बातों-बातों में मैंने नारायण भैया कहा। अपना मुँह मेरे कान के पास लाकर उसने मुझसे पूछा–'तुम्हारी अँगिया का क्या साइज़ है?' भगवान जाने मेरे तन-बदन में आग लग गई–"कैसा लच्चर आदमी है," जानकी के माथे पर पसीना आ गया।

मैं ज़ोर-ज़ोर से हँसने लगा।

उसने तेज़ी से कहा–"आप क्यों हँस रहे हैं?"

"उसकी बेवक़ूफ़ी पर," यह कहकर मैंने हँसना बंद कर दिया। थोड़ी देर नारायण को बुरा-भला कहने के बाद जानकी ने अज़ीज़ के लिए चिंतित भाव से बातें शुरू कर दीं। कई दिनों से उसका पत्र नहीं आया था इसलिए तरह-तरह के ख़याल उसे सता रहे थे–कहीं उन्हें फिर ज़ुकाम न हो गया हो–अंधाधुंध साइकिल चलाते हैं, कहीं कोई दुर्घटना न हो गई हो, पूना ही न आ रहे हों, क्योंकि जानकी को विदा करते समय उन्होंने कहा था, एक दिन मैं चुपचाप तुम्हारे पास चला आऊँगा।

बातें करने के बाद जब उसकी भावुकता कम हुई तो उसने अज़ीज़ की तारीफ़ शुरू कर दी। घर में बच्चों का बहुत ख़याल रखते हैं। हर रोज़ सुबह उनको कसरत करवाते हैं और नहला-धुलाकर स्कूल पहुँचाने जाते हैं। बीवी बिलकुल फूहड़ है, इसलिए संबंधियों से मेल-जोल उन्हें ही रखना पड़ता है। एक बार जानकी को टाइफाइड हो गया था तो बीस दिन तक लगातार...बीस दिन तक उसकी सेवा करते रहे, आदि-आदि।

दूसरे दिन उचित तरीके और शब्दों में मुझे धन्यवाद देकर वह बंबई चली गई जहाँ उसके लिए एक नई और चमकीली दुनिया के दरवाज़े खुल गए थे।

पूना में मुझे लगभग दो महीने कहानी के संवाद लिखने में लग गए। अपना पैसा वसूल करके मैंने बंबई का रुख़ किया जहाँ मुझे एक नया कंट्रेक्ट मिल रहा था। मैं सुबह पाँच बजे के लगभग अँधेरी पहुँचा, जहाँ एक मामूली बंगले में सैयद और नारायण दोनों इकट्ठे रहते थे। बरामदे में पहुँचा तो दरवाज़ा बंद पाया। मैंने सोचा, सो रहे होंगे तकलीफ़ नहीं देनी चाहिए। पिछली ओर एक दरवाज़ा है जो नौकरों के लिए अकसर खुला रहता है। मैं उसमें होकर अंदर घुसा। रसोईघर और साथ वाला कमरा जिसमें खाना खाया जाता है, बहुत ही गंदा था। सामने वाला कमरा मेहमानों के लिए सुरक्षित था। मैंने उसका दरवाज़ा खोला और अंदर घुसा। कमरे में दो पलंग थे, एक पर सैयद, उसके साथ कोई और रजाई ओढ़े सो रहा था।

मुझे भारी नींद आ रही थी। दूसरे पलंग पर मैं कपड़े उतारे बिना लेट गया। पायंती पर कंबल पड़ा था, वह मैंने टाँगों पर डाल लिया। सोने का इरादा कर ही रहा था कि सैयद के पीछे से एक चूड़ियों वाला हाथ निकला और पलंग के पास रखी हुई कुर्सी की ओर बढ़ने लगा। कुर्सी पर लड़की की सफ़ेद सलवार लटक रही थी।

मैं उठकर बैठ गया–सैयद के साथ जानकी लेटी थी, मैंने कुर्सी से सलवार उठाई और उसकी ओर फेंक दी। नारायण के कमरे में जाकर मैंने उसे जगाया। रात के दो बजे उसकी शूटिंग ख़त्म हुई थी। मुझे दुःख हुआ कि व्यर्थ ही उस बेचारे को जगाया लेकिन वह मुझसे बातें करना चाहता था। किसी ख़ास समस्या पर नहीं। बस यही कुछ बेहूदा बातों के लिए। इसलिए सुबह नौ बजे तक हम बेहूदा बकवास में लगे रहे, जिसमें जानकी का भी नाम बार-बार आता था।

मैंने जब अँगिया वाली बात छेड़ी तो नारायण बहुत हँसा। हँसते-हँसते उसने कहा–"सबसे मज़ेदार बात तो यह है कि जब मैंने उसके कान के पास मुँह लगाकर पूछा–तुम्हारी अँगिया का क्या साइज़ है तो उसने बता दिया और कहा, चौबीस। इसके बाद अचानक मेरे सवाल की बेहूदगी का अनुभव हुआ

और मुझे कोसना शुरू कर दिया–बिलकुल बच्ची है। लेकिन मंटो, वह बड़ी वफ़ादार स्त्री है।"

मैंने पूछा–"यह तुमने कैसे जाना?"

नारायण मुस्कराया–"स्त्री जो एक बिलकुल अजनबी आदमी को अपनी अँगिया का साइज़ बता दे, धोखेबाज बिलकुल नहीं हो सकती।"

विचित्र बात थी, लेकिन नारायण ने बड़ी गंभीरता के साथ यक़ीन दिलाया कि जानकी बड़ी अच्छी स्त्री है। उसने कहा–"मंटो, तुम्हें मालूम नहीं वह सैयद की कितनी सेवा कर रही है। ऐसे आदमी की देखभाल जो पहले दर्जे का बेपरवाह हो, आसान काम नहीं, लेकिन मैं जानता हूँ कि जानकी उस मुश्किल को बड़ी आसानी से निभा रही है–स्त्री होने के साथ-साथ वह एक सहृदय आया भी है। सुबह उठकर उस लापरवाह को आधा घंटा जगाने में बिताती है, उसके दाँत साफ़ कराती है, कपड़े पहनाती है, नाश्ता कराती है और रात को जब वह रम पीकर बिस्तर पर लेटता है तो सब दरवाज़े बंद करके उसके साथ लेट जाती है–और जब स्टूडियो में किसी से मिलती है तो केवल सैयद की बातें करती है। 'सैयद साहब बड़े अच्छे आदमी हैं। सैयद साहब का पुलओवर तैयार हो गया है। सैयद साहब के लिए पेशावर से पोठोहारी सैंडल मँगवाई हैं। सैयद साहब के सिर में आज हलका-हलका दर्द है, एस्प्रो लेने जा रही हूँ। सैयद साहब ने आज मुझ पर एक और शेर कहा...' और जब मुझसे मुठभेड़ होती है तो अँगिया वाली बात याद करके त्यौरी चढ़ा लेती है।"

मैं लगभग दस दिन सैयद और नारायण का मेहमान रहा। उस बीच सैयद ने जानकी के बारे में मुझसे कोई बातचीत न की। शायद इसलिए कि उसका मामला काफ़ी पुराना हो चुका था। हाँ, जानकी से काफ़ी बातें हुई। वह सैयद से बहुत ख़ुश थी। लेकिन उसे उसकी बेपरवाह तबीयत का बहुत दु:ख था। "सआदत साहब अपनी सेहत का बिलकुल ख़्याल नहीं रखते, बहुत बेपरवाह हैं। हर वक़्त सोचना जो हुआ, इसलिए किसी बात का ख़्याल ही नहीं रहता। आप हँसेंगे, लेकिन मुझे हर रोज़ उनसे पूछना पड़ता है कि आप संडास गए थे या नहीं।"

नारायण ने मुझसे जो कुछ कहा था, ठीक निकला। जानकी हर वक़्त सैयद की देखभाल में व्यस्त रहती थी। मैं दस दिन अँधेरी के बंगले में रहा। उन दस दिनों में जानकी की भारी सेवा ने मुझे बहुत प्रभावित किया। लेकिन यह ख़याल बार-बार आता रहा कि अज़ीज़ का क्या हुआ–जानकी को उसका भी तो बहुत ख़याल रहता था, क्या सैयद को पाकर वह उसको भूल चुकी थी? मैंने उस सवाल का जवाब जानकी ही से पूछ लिया होता, यदि कुछ दिन और मैं वहाँ ठहरता। जिस कंपनी से मेरा कंट्रेक्ट होने वाला था उसके मालिक से मेरी किसी बात पर बिगड़ गई थी और मैं दिमाग़ी परेशानी दूर करने के लिए पूना चला गया।

दो ही दिन गुज़रे होंगे कि बंबई से अज़ीज़ का तार आया कि मैं आ रहा हूँ–पाँच-छह घंटे के बाद वह मेरे पास था और दूसरे रोज़ सवेरे जानकी मेरे कमरे पर दस्तक दे रही थी।

अज़ीज़ और जानकी अब एक-दूसरे से मिले तो उन्होंने देर से बिछड़े हुए प्रेमी-प्रेमिकाओं की-सी भावुकता प्रकट न की। मेरे और अज़ीज़ के संबंध प्रारंभ से ही बहुत गंभीर व अच्छे रहे। शायद इसी वजह से वे दोनों चुप रहे।

अज़ीज़ का ख़याल था होटल में जम जाए, लेकिन मेरा दोस्त जिसके यहाँ में ठहरा था, आउटडोर शूटिंग के लिए कोल्हापुर गया हुआ था। इसलिए मैंने अज़ीज़ और जानकी को अपने साथ ही रखा। तीन कमरे थे। एक में जानकी सो सकती थी, दूसरे में अज़ीज़। यों तो मुझे उन दोनों को एक ही कमरा देना चाहिए था, लेकिन अज़ीज़ से मैं इतना खुला नहीं था। इसके अलावा उसने जानकी से अपने संबंध को मुझ पर प्रकट भी नहीं किया था।

रात को दोनों सिनेमा देखने चले गए। मैं साथ न गया इसलिए कि मैं फ़िल्म के लिए एक नई कहानी शुरू करना चाहता था। दो बजे तक मैं जागता रहा, उसके बाद सो गया। एक चाबी मैंने अज़ीज़ को दे दी थी। इसलिए मैं उनकी ओर से निश्चिंत था।

रात को चाहे मैं बहुत देर तक काम करूँ, साढ़े तीन और चार बजे के बीच एक बार ज़रूर जागता हूँ और उठकर पानी पीता हूँ। आदत के अनुसार उस रात को भी पानी पीने के लिए उठा। संयोगवश जो कमरा मेरा था यानी

जिसमें मैंने अपना बिस्तर जमाया हुआ था, अज़ीज़ के पास था और उसमें मेरी सुराही पड़ी थी।

यदि मुझे ज़ोर से प्यास न लगी होती तो अज़ीज़ को तकलीफ़ नहीं देता। लेकिन ज्यादा व्हिस्की पीने के कारण मेरा गला बिलकुल सूख रहा था, इसलिए पुकारना ही पड़ा। थोड़ी देर के बाद दरवाज़ा खुला। जानकी ने आँखें मलते-मलते दरवाज़ा खोला और कहा–“सआदत साहब।” और जब मुझे देखा तो एक हल्की-सी ‘ओह’ उसके मुँह से निकल गई। अंदर पलंग पर अज़ीज़ सो रहा था। मैं ज़ोरों से मुस्करा दिया, जानकी भी मुस्कराई और उसके तीखे होंठ एक कोने की ओर सिकुड़ गए। मैंने पानी की सुराही ली और चला आया।

सुबह उठा तो कमरे में धुआँ जमा था। बावर्चीख़ाने में जाकर देखा तो जानकी काग़ज़ जला-जलाकर अज़ीज़ के नहाने के लिए पानी गरम कर रही थी। आँखों से पानी बह रहा था, मुझे देखकर वह मुस्कराई और अँगीठी में फूँक मारती हुई कहने लगी–“अज़ीज़ साहब ठंडे पानी से नहाएँ तो उन्हें जुकाम हो जाता है। मैं पेशावर में नहीं थी तो एक महीना बीमार रहे और रहते भी क्यों नहीं, जब दवा ही पीनी छोड़ दी थी। आपने नहीं देखा, कितने दुबले हो गए हैं!”

और अज़ीज़ नहा-धोकर जब किसी काम के लिए बाहर गया तो जानकी ने मुझसे सैयद के नाम तार लिखने को कहा–“मुझे कल यहाँ पहुँचते ही उन्हें तार भेजना था–कितनी ग़लती हुई मुझसे, उन्हें बहुत परेशानी हो रही होगी।”

चार दिन बीत गए। जानकी ने सैयद को पाँच तार भेजे पर उसकी ओर से कोई जवाब न आया। वह बंबई जाने का इरादा कर रही थी कि अचानक शाम को अज़ीज़ की तबीयत ख़राब हो गई। मुझसे सैयद के नाम एक और तार लिखवाकर वह सारी रात अज़ीज़ की सेवा-सुश्रूषा में व्यस्त रही। मामूली बुखार था लेकिन जानकी को बेहद परेशानी थी। मेरा ख़याल है कि उस परेशानी के कारणों में सैयद की चुप्पी भी एक थी। वह मुझसे उस बीच कई बार कह चुकी थी–“सआदत साहब, मेरा ख़याल है सैयद साहब ज़रूर बीमार हैं नहीं तो मुझे मेरे तारों और पत्रों का जवाब ज़रूर लिखते।”

पाँचवें दिन शाम को अज़ीज़ की मौजूदगी में सैयद का तार आया, जिसमें लिखा था, "मैं बहुत बीमार हूँ, फ़ौरन चली आओ।" तार आने से पहले जानकी मेरी किसी बात पर ज़ोर-ज़ोर से हँस रही थी लेकिन जब उसने सैयद की बीमारी की ख़बर सुनी तो एकदम चुप हो गई। अज़ीज़ को यह चुप्पी बहुत बुरी लगी क्योंकि जब उसने जानकी से कुछ कहा तो उसके कहने में कड़वाहट थी। मैं उठकर चला गया।

शाम को जब वापस आया तो जानकी और अज़ीज़ कुछ इस तरह अलग-अलग बैठे थे जैसे उनमें काफ़ी झगड़ा हो चुका है। जानकी के गालों पर आँसू की धारा का निशान था। मैं जब घर में घुसा तो इधर-उधर की बातों के बाद जानकी ने अपना हैंडबैग उठाया और अज़ीज़ से कहा, "मैं जाती हूँ लेकिन बहुत जल्दी वापस आ जाऊँगी।" फिर मेरी ओर मुड़ कर कहा, "सआदत साहब, इनका ख़याल रखिएगा, अभी तक बुखार दूर नहीं हुआ है।"

मैं स्टेशन तक उसके साथ गया। यही नहीं पॉकेट से टिकट ख़रीदकर उसे गाड़ी में बिठाया और घर चला आया। अज़ीज़ को हलका-हलका बुखार था। हम दोनों देर तक बातें करते रहे लेकिन जानकी का ज़िक्र न आया।

तीसरे दिन सुबह साढ़े पाँच बजे के क़रीब मुझे बाहर का दरवाज़ा खुलने की आवाज़ आई, उसके बाद जानकी की। जल्दी-जल्दी शब्दों को ऊपर-नीचे करती हुई वह अज़ीज़ से पूछ रही थी कि उसकी तबीयत अब कैसी है और उसकी ग़ैरमौजूदगी में उसने बाक़ायदा दवा ली थी या नहीं। अज़ीज़ की आवाज़ मेरे कानों तक न पहुँची लेकिन आधे घंटे के बाद जबकि नींद से मेरी आँखें मुँद रही थीं तो अज़ीज़ की दबी-दबी क्रोधपूर्ण बातों का ज़ोर सुनाई दिया। समझ में तो कुछ न आया लेकिन इतना पता चल गया कि वह जानकी से अपनी नाराज़गी दिखला रहा था।

प्रातः दस बजे अज़ीज़ ने ठंडे पानी से स्नान किया और जानकी का गरम किया हुआ पानी वैसे ही ग़ुसलख़ाने में पड़ा रहा। जब मैंने जानकी से इस बात का ज़िक्र किया, तो उसकी आँखों में आँसू आ गए।

नहा-धोकर अज़ीज़ बाहर चल गया। जानकी कमरे में पलंग पर लेटी रही। दोपहर के तीन बजे के क़रीब जब मैं उसके पास गया तो मालूम हुआ

कि उसे बहुत तेज़ बुखार है। डॉक्टर बुलाने के लिए बाहर निकला तो अज़ीज़ इक्के में सामान रखवा रहा था। मैंने पूछा–"कहाँ जा रहे हो," तो उसने मेरे साथ हाथ मिलाया और कहा.."बंबई, इंशा अल्लाह फिर मुलाक़ात होगी," यह कहकर वह इक्के में बैठा और चला गया। मुझे यह बताने का मौका न मिला कि जानकी को बहुत तेज़ बुखार है।

डॉक्टर ने जानकी को अच्छी तरह देखा और मुझे बताया कि उसे ब्रोंकायटिस है; यदि सावधानी न रखी तो निमोनिया हो जाने का डर है। डॉक्टर नुस्खा देकर चला गया और जानकी ने अज़ीज़ के बारे में पूछा। पहले तो मैंने सोचा कि उसे न बताऊँ लेकिन छिपाने से कुछ फ़ायदा नहीं था इसलिए मैंने कह दिया कि वह चला गया। यह सुनकर उसे बहुत दु:ख हुआ। देर तक वह तकिये में सिर देकर रोती रही।

दूसरे दिन सुबह ग्यारह बजे के क़रीब जबकि जानकी का बुखार एक डिग्री कम था और तबीयत भी कुछ अच्छी थी तो बंबई से सैयद का तार आया जिसमें बड़े साफ़ शब्दों में लिखा था–"याद रहे कि तुमने अपना वादा पूरा नहीं किया।" मैं बहुत मना करता रहा लेकिन वह तेज़ बुखार ही में पूना एक्सप्रेस से बंबई रवाना हो गई।

पाँच-छह दिन बाद नारायण का तार आया–"एक ज़रूरी काम है, तुरंत बंबई चले आओ।" मेरा ख़याल था कि किसी प्रोड्यूसर से उसने मेरे कंट्रेक्ट की बात की होगी, लेकिन बंबई पहुँचकर मालूम हुआ कि जानकी की हालत नाज़ुक है। ब्रोंकायटिस बिगड़कर निमोनिया में बदल गया था। इसके अलावा वह जब पूना से बंबई पहुँची थी तो अँधेरी जाने के लिए चलती ट्रेन में चढ़ने की कोशिश करते हुए गिर पड़ी थी, जिसके कारण उसकी दोनों जाँघें बुरी तरह छिल गई थीं।

जानकी ने उस शारीरिक कष्ट को बड़ी बहादुरी से सहा लेकिन जब वह अँधेरी में पहुँची और सैयद ने उसके बँधे हुए सामान की ओर इशारा करते हुए कहा–"मेहरबानी करके यहाँ से चली जाओ," तो उसे बहुत ही आत्मिक क्षोभ हुआ। नारायण ने मुझे बताया, "सैयद के मुँह से ये बर्फ़ जैसे शब्द सुनकर वह एक क्षण के लिए बिलकुल पत्थर हो गई। मेरा ख़याल है

कि उसने थोड़ी देर यह ज़रूर सोचा होगा कि मैं गाड़ी के नीचे आकर क्यों न मर गई।...सआदत, तुम कुछ भी कहो, सैयद स्त्री से जैसा व्यवहार करता है वह बिलकुल कापुरुषों जैसा है...बेचारी को बुखार था। चलती ट्रेन से गिर पड़ी थी और वह भी उस शहज़ादे के पास जल्दी पहुँचने के कारण...लेकिन उसने इन बातों का विचार ही नहीं किया और एक बार फिर उसने कहा—मेहरबानी करके यहाँ से चली जाओ...उसके कथन में मंटो किसी भावुकता का नाम भी न था—बस ऐसा था जैसे मोनोटाइप मशीन से अख़बार की एक लाइन ढलकर बाहर निकल आए। मुझे बहुत दु:ख हुआ। इसलिए मैं वहाँ से उठकर चला गया—शाम को जब वापस आया तो जानकी मौजूद नहीं थी, लेकिन सैयद पलंग पर बैठा रम का गिलास सामने रखे एक कविता लिखने में व्यस्त था—मैंने उससे कोई बात न की और अपने कमरे में चला गया। दूसरे दिन स्टूडियो से मालूम हुआ कि जानकी एक अन्य लड़की के घर खतरनाक हालत में पड़ी हुई है...मैंने स्टूडियो के मालिक से बात की और उसे हॉस्पिटल भिजवा दिया। कल से वहीं है। बताओ अब क्या किया जाए। मैं तो उसे देखने जा नहीं सकता इसलिए कि वह मुझसे घृणा करती है। तुम जाओ, और देख आओ कि किस हालत में है।"

मैं हॉस्पिटल गया तो उसने सबसे पहले अज़ीज़ और सैयद के बारे में पूछा, जो व्यवहार उन दोनों ने उसके साथ किया था उसको देखते हुए उसके पवित्र हृदय ने मुझे बहुत प्रभावित किया था। उसकी हालत नाज़ुक थी। डॉक्टर ने मुझे बताया कि दोनों फेफड़ों में सूजन है और जान का खतरा है। लेकिन मुझे आश्चर्य है कि जानकी इतनी बड़ी तकलीफ़ हिम्मत से सह रही है।

हॉस्पिटल से लौटा और स्टूडियो में नारायण का तलाश किया तो मालूम हुआ कि वह सुबह ही से कहीं ग़ायब है। शाम को जब वह घर वापस आया तो उसने मुझे तीन छोटी-छोटी शीशियाँ दिखाई, जिनका मुँह रबड़ से बन्द था—"जानते हो यह क्या है?"

मैंने कहा—"मालूम नहीं-इंजेक्शन-से लगते हैं।"

नारायण मुस्कराया—"इंजेक्शन ही हैं। लेकिन पेंसिलिन के।" मुझे बड़ा आश्चर्य हुआ क्योंकि पेंसिलिन उस समय बहुत ही कम तादाद में बनती थी। अमरीका और इंग्लैंड में ही प्रयोग होती थी और थोड़ी-थोड़ी मिलिट्री

हॉस्पिटलों को बाँट दी जाती थी। इसलिए मैंने नारायण से पूछा–"यह तो बड़ा दुर्लभ पदार्थ है, तुम्हें कैसे प्राप्त हो गई?"

उसने मुस्कराकर जवाब दिया–"बचपन में घर की तिजोरी खोलकर रुपये चुराना मेरे बायें हाथ का खेल था–आज सीधे हाथ से मिलिट्री हॉस्पिटल का रेफ्रीजरेटर खोलकर मैंने ये तीन बल्ब चुराये हैं...चलो, जल्दी करो, जानकी को हॉस्पिटल से होटल में ले चलें।"

टैक्सी लेकर में हॉस्पिटल गया और जानकी को उस होटल में ले गया जिसमें नारायण दो कमरों का पहले ही बंदोबस्त कर चुका था।

जानकी ने कई बार धीमी आवाज़ में पूछा कि मैं उसे हॉस्पिटल से होटल में क्यों लाया हूँ। हर बार मैंने यही जवाब दिया–"तुम्हें मालूम हो जाएगा।"

और जब उसे मालूम हुआ यानी नारायण सिरिंज हाथ में लिये उसे टीका लगाने के लिए कमरे में आया तो उसने घृणा से एक ओर मुँह फेर लिया और मुझसे कहा–"सआदत साहब, इससे कहिए कि चला जाए यहाँ से।"

नारायण मुस्कराया–"जानेमन, गुस्सा थूक दो–यहाँ तुम्हारी जान का सवाल है।"

जानकी को तैश आ गया। कमज़ोरी होने पर भी उठकर बैठ गई। "सआदत साहब, मैं जाती हूँ यहाँ से या आप इस हरामज़ादे को बाहर निकालिए।"

नारायण ने उसे धक्का देकर लिटा लिया और मुस्कराते हुए कहा–"यह हरामज़ादा तुम्हें इंजेक्शन लगाकर ही रहेगा–ख़बरदार जो तुमने ची-चपड़ की।"

यह कहकर उसने एक हाथ से मज़बूती के साथ जानकी की बाँह पकड़ी, सिरिंज मुझे देकर उसने स्पिरट में सुई भिगोई और उसकी बाँह साफ़ की। उसके बाद रुई मुझे देकर उसने सिरिंज की सूई उसकी बाँह की नाड़ी में घुसा दी। वह चीखी, लेकिन पेंसिलिन उसके शरीर में जा चुकी थी।

जब नारायण ने जानकी की बाँह अपने मज़बूत हाथों से अलग की तो उसने रोना शुरू कर दिया। नारायण ने उसकी बिलकुल परवाह न की और स्पिरट लगी हुई रुई से इंजेक्शन वाला हिस्सा पोंछकर दूसरे कमरे में चला गया।

पहला इंजेक्शन रात के नौ बजे दिया था, दूसरा तीन घंटे के बाद देना था। नारायण ने मुझे बताया, अगर तीन-साढ़े तीन घंटे हो गए तो पेंसिलिन

का असर बिलकुल बेकार हो जाएगा, इसलिए वह जागता रहा। लगभग साढ़े ग्यारह बजे स्टोव जलाया, सिरिंज उबाली और उसमें दवा भरी।

जानकी खरखराहट भरे साँस ले रही थी। आँखें बंद थी। नारायण ने दूसरी बाँह को स्प्रिट से साफ़ किया और सिरिंज की सुई अंदर घुसा दी। जानकी के होठों से पतली-सी चीख निकली। नारायण ने दवा जिस्म के अंदर भेजकर सुई बाहर निकाली और स्प्रिट से ही इंजेक्शन वाली जगह साफ़ करते हुए मुझसे कहा–"अब तीसरा तीन बजे।" मुझे मालूम नहीं तीसरा और चौथा इंजेक्शन कब दिया, लेकिन जब नींद खुली तो स्टोव जलने की आवाज़ आ रही थी और नारायण होटल के बैरें से बर्फ़ के लिए कह रहा था क्योंकि उसे पेंसिलिन को ठंडा रखना था।

नौ बजे पाँचवाँ इंजेक्शन देने के लिए जब हम दोनों जानकी के कमरे में गए तो वह आँखें खोले लेटी थी। उसने नफ़रत भरी निगाहों से नारायण की ओर देखा, लेकिन मुँह से कुछ नहीं कहा। नारायण मुस्कराया–"क्यों जानेमन, क्या हाल है?"

जानकी चुप रही। नारायण उसके पास खड़ा हो गया। "ये इंजेक्शन जो तुम्हें दे रहा हूँ, इश्क़ के इंजेक्शन नहीं, तुम्हारा निमोनिया दूर करने के इंजेक्शन हैं जो मैंने मिलिट्री हॉस्पिटल से बड़ी सफ़ाई से चुराए हैं–लो, अब ज़रा जल्दी लेट जाओ और कूल्हे पर से सलवार ज़रा नीचे सरका दो–कभी लिया है यहाँ इंजेक्शन?" ये कहकर उसने जानकी के कूल्हे पर एक जगह गोश्त के अंदर अंगुली गड़ाई। जानकी की आँखों में मूक घृणा पैदा हुई।

जब उसने करवट बदली तो नारायण ने कहा–"शाबाश!" इसके पहले कि जानकी कोई ची-चपड़ करे, नारायण ने एक हाथ से उसकी सलवार नीचे खिसकाई और मुझसे कहा–"स्प्रिट लगाओ।"

जानकी ने टाँगें चलानी शुरू कीं तो नारायण ने कहा–"जानकी, टाँगें-याँगें मत चलाओ–मैं इंजेक्शन लगाके रहूँगा।"

मतलब यह कि पाँचवाँ इंजेक्शन दे दिया गया, पन्द्रह और शेष थे जो नारायण को हर तीन घंटे के बाद देने थे और यह पैंतालीस घंटे का काम था।

यद्यपि पाँच इंजेक्शनों से जानकी को कोई प्रत्यक्ष लाभ दिखाई नहीं देता था, लेकिन नारायण को पेंसिलिन के गुण का पूरा भरोसा था और उसे पूरी-पूरी आशा थी कि वह बच जाएगी। हम दोनों बहुत देर तक उस नई दवा के बारे में बातचीत करते रहे। ग्यारह बजे के लगभग नारायण का नौकर मेरे नाम एक तार लेकर आया। वह पूना से आया था। एक फ़िल्म कंपनी ने मुझे तुरंत बुलाया था इसलिए मुझे जाना पड़ा।

दस-पन्द्रह दिनों के बाद कंपनी ही के काम से मैं बंबई आया। काम ख़त्म करके जब मैं अँधेरी पहुँचा तो सैयद से मालूम हुआ कि नारायण अभी तक होटल ही में है। होटल बहुत दूर शहर में था इसलिए रात को वहीं अँधेरी में रहा।

सुबह आठ बजे वहाँ पहुँचा। नारायण के कमरे का दरवाज़ा खोला तो एकदम आँखों के सामने कुछ हुआ, जानकी मुझे देखते ही रजाई के अंदर घुस गई और नारायण ने जो उसके साथ लेटा था, मुझे वापस जाते देखकर कहा—"आओ मंटो...मैं हमेशा दरवाज़ा बंद करना भूल जाता हूँ...आओ यार आओ...बैठो इस कुर्सी पर—लेकिन वह जानकी की सलवार दे देना।"

❑

मुसटेन वाला

मैं अपने सफ़ेद जूतों पर पालिश कर रहा था कि मेरी बीवी ने कहा, "ज़ैदी साहब आए हैं।"

मैंने जूते अपनी बीवी को दिए और हाथ धोकर, दूसरे कमरे में चला आया, जहाँ ज़ैदी बैठा था। मैंने उसकी तरफ़ गौर से देखा–"अरे, क्या हो गया हैं तुम्हें?"

ज़ैदी ने अपने चेहरे पर चमक और खुशी लाने की नाकाम कोशिश करते हुए जवाब दिया–"बहुत बीमार रहा।"

मैं उसके पास कुर्सी पर बैठ गया–"बहुत दुबले हो गए हो, यार। मैंने तो पहले पहचाना नहीं था तुम्हें...क्या बीमारी थी?"

"मालूम नहीं..."

"क्या मतलब?"

ज़ैदी ने अपने खुश्क होंठों पर ज़बान फेरी–"कुछ समझ में नहीं आता, क्या बीमारी है।"

"तो इसका यह मतलब है कि तुम अभी तक बीमार हो।"

"हाँ, कुछ ऐसा ही हे।"

"किसी अच्छे डॉक्टर को दिखाना था।"

ज़ैदी चुप रहा तो मैंने फिर उससे कहा–"किसी अच्छे डॉक्टर से सलाह ली?"

"नहीं।"

"क्यों?"

ज़ैदी फिर चुप रहा। जवाब देने की बजाय, उसने जेब से सिगरेट केस निकाला। उसकी उँगलियाँ काँप रही थीं।

"मेरा ख़याल है ज़ैदी, तुम्हारा नर्वस सिस्टम खराब हो गया है। विटामिन-बी के इंजेक्शन लगवाना शुरू कर दो, बिलकुल ठीक हो जाओगे। पिछले बरस ज़्यादा व्हिस्की पीने से मेरा भी यही हाल हो गया था, लेकिन बारह इंजेक्शन

लेने से कमज़ोरी दूर हो गयी थी। मगर तुम किसी अच्छे डॉक्टर से सलाह क्यों नहीं लेते?"

ज़ैदी ने अपना चश्मा उतारकर रूमाल से साफ़ करना शुरू कर दिया। उसकी आँखों के नीचे स्याह धब्बे पड़े हुए थे। मैंने पूछा–"क्या रात को नींद नहीं आती?"

"बहुत कम।"

"दिमाग़ में ख़ुश्की होगी।"

"जाने क्या है।" यह कहकर, वह एकदम संजीदा हो गया, "देखो सआदत, मैं तुम्हें एक अजीबोगरीब बात बताने आया हूँ। मुझे बीमारी-वीमारी कुछ नहीं। रात को नींद इसलिए नहीं आती कि मैं डरता रहता हूँ।"

"डरते रहते हो...क्यों?"

"बताता हूँ।" यह कहकर, उसने काँपते हाथों से सिगरेट सुलगाया और बुझी हुई तीली को तोड़ना शुरू कर दिया, "मुझे पता नहीं, सुनकर तुम क्या कहोगे, मगर यह सच है कि मैं डरता हूँ और वह भी एक बिल्ले से।"

"बिल्ले से?"

मैं शायद मुस्करा दिया था, क्योंकि ज़ैदी ने जल्द ही बड़ी संजीदगी से कहा, "हँसो नहीं...यह हक़ीक़त है। मैं तुम्हारे पास इसलिए आया हूँ कि साइकोलॉजी से तुम्हें काफ़ी दिलचस्पी है। शायद तुम मेरे डर की वजह बता सको।"

मैंने कहा–"लेकिन यहाँ तो सवाल एक जानवर का है।"

ज़ैदी खफ़ा हो गया–"तुम मज़ाक़ उड़ाते हो तो मैं कुछ नहीं कहूँगा।"

"नहीं-नहीं ज़ैदी, मुझे माफ़ कर दो।...जो तुम कहोगे, मैं पूरे ध्यान से सुनूँगा।" थोड़ी देर चुप रहने और नया सिगरेट सुलगाने के बाद, उसने कहना शुरू किया–"तुम्हें पता है, जहाँ मैं रहता हूँ, दो कमरे हैं, पहले कमरे के इस तरफ़ छोटी-सी बालकनी है, जिसके कठघरे में लोहे की सलाख़ें लगी हैं। मार्च और मई के दो महीने चूँकि बहुत गर्म होते हैं, इसलिए फ़र्श पर बिस्तर बिछाकर मैं इस बालकनी में ही सोया करता हूँ। यह जून का महीना है। मैं मार्च की बात कर रहा हूँ। मैं सुबह नाश्ता करके दफ़्तर जाने के लिए बाहर

निकला। दरवाज़ा खोला तो दहलीज़ के पास एक मोटा बिल्ला, आँखें बंद किए लेटा नज़र आया। मैंने जूते से उसे ठोकर दिया। उसने पल भर के लिए आँखें खोलीं, मेरी तरफ़ बड़ी बेपरवाहों से, जैसे मैं कुछ भी नहीं, देखा और बंद कर लीं। मुझे बड़ा ताज्जुब हुआ, चुनाँचे मैंने बड़े ज़ोर से उसको ठोकर मारी। उसने आँखें खोलीं, मेरी तरफ़ फिर उसी नज़र से देखा और उठकर कुछ दूर सीढ़ियों के पास लेट गया। जिस अंदाज़ से उसने चंद क़दम उठाए थे, उससे यह लगता था कि उस पर मेरा कुछ भी रोब नहीं पड़ा। मुझे सख़्त गुस्सा आया। आगे बढ़कर अब की मैंने ज़ोर से ठोकर मारी। दस-पन्द्रह जीनों से लुढ़कता हुआ वह चला गया। जब चार पैरों पर सँभला तो उसने नीचे से अपनी पीली-पीली आँखों से मेरी तरफ़ देखा और गर्दन मोड़कर, कोई आवाज़ पैदा किए बिना, एक तरफ़ चला गया–तुम दिलचस्पी ले रहे हो या नहीं?"

"हाँ-हाँ, क्यों नहीं।"

जैदी ने सिगरेट की राख झाड़ी और फिर कहने लगा–"दफ़्तर पहुँचकर, मैं सब कुछ भूल गया। लेकिन शाम को जब घर लौटा और कमरे की दहलीज़ के पास पहुँचा, जहाँ वह बिल्ला लेटा हुआ था तो सुबह वाली बात दिमाग़ में ताज़ा हो गयी। नहाते, चाय पीते, रात का खाना खाते, कई बार मैंने सोचा–तीन बार मैंने उसकी पसलियों में ज़ोर से ठोकर मारी, मुझसे वह डरा क्यों नहीं? 'म्याऊँ' तक भी न की उसने? और फिर क्या अंदाज़ था उसके चलने, आँखें बंद करने और खोलने का। ऐसा लगता था, जैसे उसे कुछ परवाह ही नहीं। जब मैं ज़रूरत से ज़्यादा उस बिल्ले के बारे में सोचने लगा तो बड़ी उलझन हुई! एक मामूली-से जानवर को इतनी अहमियत आख़िर मैं क्यों दे रहा था?...इसका जवाब न मुझे उस वक़्त मिला और न अब, हालाँकि पूरे तीन महीने बीत चुके हैं।"

इतना कहकर जैदी चुप हो गया।

मैंने पूछा–"बस?"

"नहीं," जैदी ने सिगरेट को ऐश-ट्रे पर रखते हुए कहा–"मैं तुमसे सिर्फ़ यह कह रहा था कि उस बिल्ले को मैंने इतनी अहमियत क्यों दी है? मैं

उससे इतना क्यों डरता हूँ?...यह पहेली अभी तक मुझसे हल नहीं हो सकी। शायद तुम मुझसे बेहतर सोच सको।"

मैंने कहा–"मुझे पूरे वाक़यात मालूम होने चाहिए।"

ज़ैदी ने ऐश-ट्रे पर से सिगरेट उठाया और एक कश लेकर कहा–"मैं बता रहा हूँ।...उस दिन के बाद कई दिन बीत गए, पर वह बिल्ला नहीं दिखा। शायद शनिवार की रात थी। मैं बाहर बालकनी में सो रहा था। दो बजे के क़रीब, कमरे में कुछ शोर हुआ, जिससे मेरी नींद खुल गयी। उठकर रोशनी की तो मैंने देखा, वही बिल्ला खाने वाली मेज़ पर चढ़ा, डिश का ढक्कन उतारकर, पुडिंग खा रहा है। मैंने 'शी-शी' की, वह अपने काम में लगा रहा। मेरी तरफ़ उसने बिलकुल न देखा। मैंने एक चप्पल उठायी और निशाना तानकर ज़ोर से मारा। चप्पल उसके पेट पर लगी, पर वह उस चोट से बेपरवाह, पुडिंग खाता रहा। मैंने गुस्से में आकर मसहरी का डंडा उठाया और पास जाकर उसकी पीठ पर मारा। उसने और ज़्यादा बेपरवाही से मेरी तरफ़ देखा, बड़े आराम से कुर्सी पर कूदा, आवाज़ पैदा किए बिना, फ़र्श पर उतरा और धीरे-धीरे टहलता, बालकनी के कठघरे की सलाखों में से निकलकर, छज्जे पर कूद गया। मैं हैरान वहाँ खड़ा रहा और सोचने लगा, यह कैसा जानवर है, जिस पर मार का कुछ असर ही नहीं होता। सआदत, मैं तुमसे सच कहता हूँ, बड़ा डरावना बिल्ला है। यह मोटा सर, रंग सफ़ेद है, लेकिन अकसर मैला रहता है। मैंने ऐसा गंदा बिल्ला अपनी ज़िंदगी में नहीं देखा।"

ज़ैदी ने ऐश-ट्रे में सिगरेट बुझायी और ख़ामोश हो गया।

मैंने कहा–"बिल्ले-बिल्लियाँ तो ख़ुद को बहुत साफ़-सुथरा रखते हैं।"

"रखते हैं," ज़ैदी उठ खड़ा हुआ–"लेकिन यह बिल्ला शायद जान-बूझकर अपने को गंदा रखता है। लेटता है कूड़े-कर्कट के पास। कान से लहु बहा रहा है, पर मजाल है उसे चाट कर साफ़ करे...सर फटा है, पर उसे कुछ होश नहीं। बस, सारा-सारा दिन मारा-मारा फिरता है।"

मैंने पूछा–"लेकिन इसमें डरने की क्या बात है?" डर की यों तो एक वजह हो भी सकती है। वह यह कि दस-पन्द्रह रातें लगातार वह मुझे जगाता रहा। मुझसे हर बार उसने मार खायी, बहुत बुरी तरह पिटा। चाहिए तो यह

था कि मेरे घर का रुख़ न करता, क्योंकि आख़िर जानवरों में भी समझ होती है। मैं सोचने लगा, किसी दिन ऐसा न हो कि वह मुझ पर झपट पड़े और आँख-बाँख नोच ले। सुनने में आया है कि अगर किसी बिल्ले या बिल्ली को घेरकर मारा जाए तो वो ज़रूर हमला करते हैं। मैंने कहा–"डरने की यह वजह तो माक़ूल है।"

ज़ैदी फिर उठ खड़ा हुआ–"लेकिन इससे मेरी तसल्ली नहीं होती।"

मेरे दिमाग़ में एक ख़याल आया–"तुम उसके साथ प्यार का बर्ताव करके तो देखो।"

"मैं ऐसा कर चुका हूँ। मेरा ख़याल था, इतना पिटने पर वह मुझे हाथ भी नहीं लगाने देगा। लेकिन मामला बिलकुल इससे उलटा निकला। उलटा भी नहीं कहना चाहिए, क्योंकि उसने मेरे प्यार की बिलकुल परवाह नहीं की। एक दिन मैं सोफ़े पर बैठा हुआ था कि वह पास आकर फ़र्श पर बैठ गया। मैंने डरते-डरते उसकी तरफ़ हाथ बढ़ाया। उसने आँख मीच लीं। बढ़े हुए हाथ से मैंने उसकी पीठ को धीरे-धीरे सहलाना शुरू किया।...सआदत! तुम यक़ीन करो कि वह वैसा-का-वैसा आँखें बंद किए, बैठा रहा। प्यार का जवाब बिल्ले-बिल्लियाँ अकसर दुम हिलाकर देते हैं। लेकिन उस कमबख़्त की दुम का एक बाल भी न हिला। मैंने तंग आकर उसके सर पर किताब मारी। चोट मारी। चोट खाकर वह उठा। बड़ी बेपरवाही, एक बहुत ही दिल तोड़ने वाली बेपरवाही से उसने मेरी तरफ पीली-पीली आँखों से देखा और बालकनी के कठघरे की सलाख़ों में से निकलकर, छज्जे पर कूद गया। बस, उस दिन से चौबीस घंटे वह मेरे दिमाग़ में रहने लगा।" यह कहकर ज़ैदी मेरे सामने वाली कुर्सी पर बैठ गया और जोर-जोर से अपनी टाँग हिलाने लगा।

मैंने सिर्फ़ इतना कहा–"कुछ समझ में नहीं आता।"

लेकिन इतना ज़रूर समझ में आता था कि ज़ैदी का डर बेबुनियाद नहीं है। ज़ैदी दाँतों से नाख़ून काटने लगा–"मेरी समझ में भी कुछ नहीं आता। यही वजह है कि मैं तुम्हारे पास आया हूँ।" यह कहकर वह उठा और कमरे में टहलने लगा। थोड़ी देर के बाद रुका और ऐश-ट्रे में से बुझी हुई दियासलाई

उठाकर, उसके टुकड़े करने लगा। "अब यह हालत हो गयी हैं कि रात भर जागता रहता हूँ। ज़रा-भी आहट होती है तो समझता हूँ वही बिल्ला है, लेकिन आठ दिनों में वह कहीं ग़ायब है। मालूम नहीं, किसी ने मार डाला है, बीमार है या कहीं और चला गया है।"

मैंने कहा–"तुम क्यों सोचते हो। अच्छा है जो ग़ायब हो गया है।"

"पता नहीं क्यों सोचता हूँ। कोशिश करता हूँ कि उस कमबख़्त को भूल जाऊँ, पर दिमाग़ से निकलता ही नहीं।" यह कहकर यह सोफ़े पर सिर के नीचे गद्दी रखकर लेट गया–"अजीब ही क़िस्सा है। कोई और सुने तो हँसे कि एक बिल्ले ने मेरी यह हालत कर दी है। कभी-कभी मुझे ख़ुद हँसी आती है।...लेकिन यह हँसी कितनी तकलीफ़देह होती है।"

ज़ैदी ने यह कहा और मुझे अहसास हुआ कि सचमुच उसे अपनी बेबसी पर हँसते हुए बहुत तकलीफ़ होती होगी। जो कुछ उसने बयान किया था, ज़ाहिर तौर पर हँसी के क़ाबिल था, लेकिन यह बिलकुल साफ़ था कि उस बिल्ले के वजूद से ज़ैदी की ज़िंदगी का कोई बहुत तकलीफ़देह लम्हा जुड़ा हुआ था। ऐसा लम्हा, जो उसे अब बिलकुल याद नहीं था। चुनाँचे मैंने उससे कहा–"ज़ैदी, तुम्हारी पिछली ज़िंदगी में कोई ऐसा हादसा तो नहीं, जिससे तुम उस बिल्ले को जोड़ सको...मेरा मतलब है कोई ऐसी चीज़, कोई ऐसा वाक़्या, जिससे तुम डरे हो और उस चीज़ या वाक़्ये का रूप उस बिल्ले से मिलता हो।" यह कहकर मैंने सोचा कि वाक़्ये का रूप उस बिल्ले से भला कैसे मिल सकता है।

ज़ैदी ने जवाब दिया–"मैं इस पर भी गौर कर चुका हूँ। मेरी याद में ऐसा कोई वाक़्या या ऐसी कोई चीज़ नहीं।"

मैंने कहा–"हो सकता है कभी याद आ आए।"

"ऐसा हो सकता है।" यह कहकर ज़ैदी सोफ़े पर से उठा। चंद मिनट इधर-उधर की बातें कीं और मुझे और मेरी बीवी को इतवार की दावत देकर चला गया।

इतवार को मैं और मेरी बीवी सांताक्रुज गए। मैंने शायद आपको पहले नहीं बताया, ज़ैदी मेरा बहुत पुराना दोस्त है। मैट्रिक तक हम दोनों एक ही स्कूल में थे। कॉलेज में भी हम दो बरस एक साथ रहे। मैं फ़ेल हो गया और यह इंटर करके, अमृतसर छोड़कर, लाहौर चला गया, वहाँ उसने एम०

ए० किया और चार-पाँच बरस बेकार रहने के बाद बंबई चला आया। यहाँ वह एक बरस से जहाज़ों की एक कंपनी में नौकर था।

दोपहर का खाना खाने के बाद हम देर तक, नयी और पुरानी फ़िल्मों के बारे में बातें करते रहे। ज़ैदी की बीवी और मेरी बीवी, दोनों बहुत फ़िल्म-देखू क़िस्म की औरतें हैं। इसलिए उस बातचीत में ज़्यादा हिस्सा उन्हीं का था। दोनों उठकर दूसरे कमरे में आने ही वाली थीं कि बालकनी के कठघरे की सलाख़ों से एक मोटा-बिल्ला अंदर दाख़िल हुआ। मैंने और ज़ैदी ने एक साथ उसकी तरफ़ देखा। ज़ैदी के चेहरे से मुझे मालूम हो गया कि यही वह बिल्ला है।

मैंने गौर से उसकी तरफ़ देखा। सिर पर, कानों के पास, एक गहरा घाव था, उस पर हल्दी लगी हुई थी। बाल बेहद मैले थे। चाल में, जैसा कि ज़ैदी ने कहा था, एक अजीब क़िस्म की बेपरवाही थी। हम चार आदमी कमरे में मौजूद थे, पर उसने किसी की तरफ़ आँख उठाकर न देखा। जब यह मेरी बीवी के पास से गुजरा तो वह चीख़ उठी–"यह कैसा बिल्ला है, सआदत साहब!"

मैंने पूछा–"क्या मतलब?"

मेरी बीवी ने जवाब दिया–"पूरा बदमाश लगता है।"

ज़ैदी ने बौखलाकर कहा–"बदमाश?"

मेरी बीवी शरमा गयी–"जी हाँ...ऐसा ही लगता है।"

ज़ैदी कुछ सोचने लगा। दोनों औरतें दूसरे कमरे में चली गयीं। थोड़ी देर के बाद ज़ैदी उठा–"सआदत, ज़रा इधर आओ।"

मुझे बालकनी में ले जाकर उसने कहा–"पहेली हल हो गयी है।"

"कैसे?"

"तुम्हारी बीवी ने हल कर दी है...तुम भी सोचो, क्या इस बिल्ले की शक्ल मुसटेन वाले से नहीं मिलती?"

"मुसटेन वाले से?"

"हाँ-हाँ, उस बदमाश से, जो हमारे स्कूल के बाहर बैठा रहता था–मुस्तफ़ा–जिसे हम मुसटेन वाला कहा करते थे?"

मुझे याद आ गया। ज़ैदी पर, जो लड़कपन में बहुत सुंदर था, मुसटेन वाले की ख़ास नज़र थी। लेकिन मैं सोचने लगा, बिल्ले से उसकी शक्ल कैसे मिलती है? नहीं-नहीं, मिलती थी। उसकी चाल में भी कुछ ऐसी ही बेपरवाही थी। सिर अकसर फटा रहता था। कई बार हेड मास्टर साहब ने उसे लोगों से पिटवाया कि वह स्कूल के दरवाज़े के पास न खड़ा रहा करे। पर उसके कान पर जूँ तक न रेंगी। एक लड़के के बाप ने उसे हॉकी से इतना मारा, इतना मारा कि लोगों का ख़याल था, अस्पताल में मर जाएगा। पर दूसरे दिन ही, वह फिर स्कूल के गेट के बाहर मौजूद था।

ये सब बातें कुछ ही पलों के अंदर-अंदर, मेरे दिमाग़ में उभरीं। मैंने ज़ैदी से कहा–"तुम ठीक कहते हो। मुसटेन वाला ही मार खाकर चुप रहा करता था।"

ज़ैदी ने जवाब न दिया, इसलिए कि वह कुछ याद कर रहा था। कुछ लम्हे चुप रहने के बाद उसने कहा–"मैं आठवीं क्लास में था। पढ़ने के लिए एक बार अकेला कंपनी बाग़ चला गया। एक पेड़ के नीचे बैठा पढ़ रहा था कि अचानक मुसटेन वाला नमूदार हुआ। हाथ में एक ख़त था। मुझसे कहने लगा–"बाबू जी, यह ख़त पढ़ दीजिए।" मेरी जान हवा हो गयी। आसपास कोई भी नहीं था। मुसटेन वाले ने ख़त मेरी रान पर बिछा दिया। मैं उठ भागा। उसने मेरा पीछा किया। लेकिन मैं इतना तेज़ दौड़ा कि वह बहुत पीछे रह गया। पर पहुँचते ही मुझे तेज़ बुखार चढ़ा। दो दिन तक उसी में बड़बड़ाता रहा। मेरी माँ का ख़याल था कि जिस पेड़ के नीचे मैं पढ़ने के लिए बैठा था, उस पर भूत-प्रेत या जिन्नात रहते थे।"

ज़ैदी यह कह ही रहा था कि बिल्ला हमारी टाँगों में से होकर, कठघरे की सलाख़ों में से निकला और छज्जे पर कूद गया। छज्जे पर चंद क़दम चलकर उसने मुड़कर, पीली-पीली आँखों से हमारी तरफ़, अपनी उस ख़ास बेपरवाही से देखा। मैंने मुस्कराकर कहा–"मुसटेन वाला!" ज़ैदी झेंप गया।

❑

फुँदने

कोठी से लगे विशाल व विस्तृत बाग़ में झाड़ियों के पीछे एक बिल्ली ने बच्चे दिए थे, जो बिल्ला खा गया था। फिर एक कुतिया ने बच्चे दिए थे, जो बड़े-बड़े हो गए थे और दिन-रात कोठी के अंदर भौंकते और गंदगी बिखेरते रहते थे। उनको ज़हर दे दिया गया था। एक-एक करके सब मर गए थे। उनकी माँ भी। उनका बाप पता नहीं कहाँ था और होता तो उसकी मौत भी निश्चित थी।

जाने कितने वर्ष बीत गए थे–कोठी से लगे बाग़ की झाड़ियों सैकड़ों –हज़ारों बार कतरी-ब्योंती, काटी-छाँटी जा चुकी थीं। कई बिल्लियों और कुतियों ने उनके पीछे बच्चे दिए थे, जिनका नामोनिशान भी नहीं रहा था– उसकी प्राय: बद-आदत मुर्ग़ियाँ वहाँ अंडे दे दिया करती थीं, जिनको हर सुबह उठाकर वह अंदर ले जाती थी।

उस बाग़ में किसी आदमी ने उनकी नौजवान नौकरानी को बड़ी बेदर्दी से क़त्ल कर दिया था–उसके गले में उसका फुँदनों वाला सुख़ रेशमी इज़ारबंद, जो उसने दो दिन पहले फेरीवाले से आठ आने में ख़रीदा था, फँसा हुआ था। इस ज़ोर से क़ातिल ने पेच दिए थे कि उसकी आँखें बाहर निकल आई थीं।

उसको देखकर उसे इतना तेज़ बुखार चढ़ा कि बेहोश हो गई थी और शायद अभी तक बेहोश थी। लेकिन नहीं, ऐसा क्योंकर हो सकता था, इसलिए कि उस क़त्ल के देर बाद मुर्ग़ियों ने अंडे नहीं, बिल्लियों ने बच्चे दिए थे और एक शादी हुई थी–कुतिया की, जिसके गले में लाल दुपट्टा था। मुकेशी...झिलमिल-झिलमिल करता। उसकी आँखें बाहर निकली हुई नहीं थीं, अंदर धँसी हुई थीं।

बाग़ में बैंड बजा था। सुख़ वर्दियों वाले सिपाही आये थे, जो रंग-बिरंगी मुश्कें बग़लों में दबाकर मुँह से अजीब-अजीब आवाज़ें निकालते थे। उनकी वर्दियों के साथ कई फुँदने लगे थे, जिनको उठा-उठाकर लोग अपने इज़ारबंदों में लगाते जाते थे–पर जब सुबह हुई थी तो उनका नामोनिशान तक नहीं था। सबको ज़हर दे दिया गया था।

दुल्हन को जाने क्या सूझी, कमबख़्त ने झाड़ियों के पीछे नहीं, अपने बिस्तर पर सिर्फ़ एक बच्चा दिया, जो बड़ा गुल-गुथना, लाल फुँदना था। उसकी माँ मर गई, बाप भी। दोनों को बच्चे ने मारा...उसका बाप पता नहीं था। वह होता तो उसकी मौत भी उन दोनों के साथ होती।

सुख़्र वर्दियों वाले सिपाही बड़े-बड़े फुँदने लटकाए जाने कहाँ ग़ायब हुए कि फिर न आए। बाग़ में बिल्ले घूमते थे, जो उसे घूरते थे। उसको छिछड़ों से भरी हुई टोकरी समझते थे, हालाँकि टोकरी में नारंगियाँ थीं।

एक दिन उसने अपनी दो नारंगियाँ निकालकर आईने के सामने रख दीं। उसके पीछे होकर उसने उनको देखा, मगर नज़र न आईं। उसने सोचा, इसकी वजह यह है कि छोटी हैं, मगर वे उसके सोचते-सोचते ही बड़ी हो गयीं और उसने रोशनी कपड़े में लपेटकर आतिशदान पर रख दीं।

अब कुत्ते भौंकने लगे—नारंगियाँ फ़र्श पर लुढ़कने लगीं—कोठी के हरे-हरे फ़र्श पर उछलीं, हर कमरे में कूदीं और उछलती-कूदती बड़े-बड़े बाग़ों में भागने-दौड़ने लगीं—कुत्ते उनसे खेलते और आपस में लड़ते-झगड़ते रहते।

जाने क्या हुआ, उन कुत्तों में से दो ज़हर खाकर मर गए, जो बाक़ी बचे, वे उनकी अधेड़ उम्र की हट्टी-कट्टी नौकरानी खा गई। यह उस नौजवान की जगह आई थी, जिसको किसी ने क़त्ल कर दिया था, गले में उसके फुँदने वाले इज़ारबंद का फंदा डालकर।

उसकी माँ थी, अधेड़ उम्र की नौकरानी से उम्र में छह-सात वर्ष बड़ी। उसकी तरह हट्टी-कट्टी नहीं थी। प्रतिदिन सुबह-शाम मोटर में सैर को जाती थी और बद-आदत मुर्गियों की तरह दूर-दराज बाग़ों में झाड़ियों के पीछे अंडे देती थी। उनको वह ख़ुद उठाकर लाती थी, न कि ड्राइवर।

आमलेट बनाती थी, जिसके दाग़ कपड़ों पर पड़ जाते थे। सूख जाते तो उनको बाग़ में झाड़ियों के पीछे फेंक देती थी, जहाँ से चीलें उठाकर ले जाती थीं।

एक दिन उसकी सहेली आयी—पाकिस्तान से, मोटर नं० 9612 पी० एल०—बड़ी गर्मी थी। डैडी पहाड़ पर थे। मम्मी सैर करने गई हुई थीं। पसीने छूट रहे थे। उसने कमरे में दाख़िल होते ही अपना ब्लाउज़ उतारा और पंखे के नीचे खड़ी हो गई, उसके दूध उबले हुए थे, जो धीरे-धीरे ठंडे

हो गए, उसके दूध ठंडे थे, जो धीरे-धीरे उबलने लगे। आख़िर दोनों दूध हिल-मिलकर गुनगुने हो गए और खट्टी लस्सी बन गए।

उसकी सहेली का बैंड बज गया—मगर वर्दी वाले सिपाही फुँदने नचाते न आए। उनकी जगह पीतल के बर्तन थे, छोटे और बड़े, जिनसे आवाज़ें निकलती थीं। गरजदार और धीमी...धीमी और गरजदार।

एक सहेली जब फिर मिली तो उसने बताया कि वह बदल गई है। सचमुच बदल गई थी। उसके अब दो पेट थे—एक पुराना, दूसरा नया। एक के ऊपर दूसरा चढ़ा हुआ था। उसके दूध फटे हुए थे।

फिर उसके भाई का बैंड बजा...अधेड़ उम्र की हट्टी-कट्टी नौकरानी बहुत रोई। उसके भाई ने उसको बहुत दिलासा दिया। बेचारी को अपनी शादी याद आ गई थी।

रात-भर उसके भाई और उसकी दुल्हन की लड़ाई होती रही। वह रोती रही, वह हँसता रहा—सुबह हुई तो अधेड़ उम्र की हट्टी-कट्टी नौकरानी उसके भाई को दिलासा देने के लिए अपने साथ ले गई। दुल्हन को नहलाया गया। उसकी सलवार में उसका फुँदने वाला इज़ारबंद पड़ा था—पता नहीं, वह दुल्हन के गले में क्यों न बाँधा गया।

उसकी आँखें बहुत मोटी थीं। अगर गला ज़ोर से घोंटा जाता तो वे ज़िबह किए हुए बकरे की आँखों की तरह बाहर निकल आती और उसको बहुत तेज़ बुखार चढ़ता, मगर पहला तो अभी तक उतरा नहीं...हो सकता है, उतर गया हो और यह नया बुखार हो, जिसमें वह अभी तक बेहोश हो।

उसकी माँ मोटर ड्राइवरी सीख रही है। बाप होटल में रहता है। कभी-कभी आता है और अपने लड़के से मिलकर चला जाता है। लड़का कभी-कभी अपनी पत्नी को घर बुला लेता है। अधेड़ उम्र की हट्टी-कट्टी नौकरानी को दो-तीन दिन के बाद कोई याद सताती है और वह रोना शुरू कर देती है। वह उसे दिलासा देता है, वह उसे पुचकारती है और दुल्हन चली जाती है।

अब वह और दुल्हन भाभी, दोनों सैर को जाती हैं—सहेली भी, पाकिस्तान मेल मोटर नं० 9612 पी० एल०, सैर करते-करते अजंता जा निकलती है, जहाँ तस्वीरें बनाने का काम सिखाया जाता है। तस्वीरें देखकर तीनों तस्वीरें बन जाती हैं। रंग ही रंग, लाल, पीले, हरे, नीले...सबके सब चीख़ने वाले हैं। उनको रंगों

का सृजक चुप कराता है। उसके लंबे-लंबे बाल हैं। सर्दियों और गर्मियों में ओवरकोट पहनता है। अच्छी शक्ल-ब-सूरत का है। अंदर-बाहर हमेशा खड़ाऊँ इस्तेमाल करता है–अपने रंगों को चुप कराने के बाद ख़ुद चीख़ना शुरू कर देता है। उसको ये तीनों चुप कराती हैं और बाद में ख़ुद चिल्लाने लगती हैं।

तीनों अजंता में अमूर्त आर्ट के सैकड़ों नमूने बनाती रहीं। एक की हर तस्वीर में औरत के दो पेट होते हैं, विभिन्न रंगों के...दूसरी की तस्वीरों में औरत अधेड़ उम्र की होती हैं, हट्टी-कट्टी...तीसरी की तस्वीरों में फुँदने ही फुँदने, इज़ारबंद का गुच्छा।

अमूर्त तस्वीरें बनती रहीं, मगर तीनों के दूध सूखते रहे। बड़ी गर्मी थी। इतनी कि तीनों पसीने में सराबोर थीं। ख़स लगे कमरे के अंदर दाख़िल होते ही उन्होंने अपने ब्लाउज़ उतारे और पंखे के नीचे खड़ी हो गईं। पंखा चलता रहा। दूधों में ठंडक पैदा हुई न गर्मी।

उसकी मम्मी दूसरे कमरे में थी। ड्राइवर उसके बदन से मोबिल आयल पोंछ रहा था।

डैडी होटल में था, जहाँ उसकी लेडी स्टेनोग्राफर उसके माथे पर यू-डी-क्लोन मल रही थी।

एक दिन उसका भी बैंड बज गया। उजड़ा बाग़ फिर बारौनक़ हो गया। ग़मलों और दरवाज़ों की सज़ावट अजंता स्टूडियो के मालिक ने की थी। बड़ी-बड़ी गहरी लिपस्टिकें उसके बिखरे हुए रंग देखकर उड़ गईं। एक जो अधिक कालिमामय थी, इतनी उड़ी कि वहीं गिरकर उसकी शागिर्द हो गयी।

उसकी दुल्हन वाली पोशाक का डिज़ाइन भी उसने तैयार किया था। उसने उसकी हज़ारों दिशाएँ पैदा कर दी थीं। ठीक सामने देखो तो वह विभिन्न रंगों के इज़ारबंदों का बंडल मालूम होती थी। ज़रा उधर हट जाओ तो फूलों की टोकरी थी। एक तरफ़ हो जाओ, तो खिड़की पर पड़ा हुआ फुलकारी का पर्दा। पीछे चले जाओ तो कुचले हुए तरबूजों का ढेर। ज़रा कोण बदलकर देखो तो टोमेटो-सॉस से भरा हुआ मर्तबान, ऊपर से देखो तो यगाना आर्ट। नीचे से देखो तो मीर जी की दुरूह शायरी।

कला-पारखी निगाहें अंश-अंश कर उठीं–दूल्हा इतना प्रभावित हुआ था कि शादी के दूसरे दिन ही उसने निश्चय कर लिया कि वह भी अमूर्त आर्टिस्ट बन जाएगा। चुनाँचे अपनी पत्नी के साथ वह अजंता गया, जहाँ उन्हें मालूम हुआ कि उसकी शादी हो रही है और वह चंद रोज़ से अपनी होने वाली दुल्हन के ही यहाँ रहता है।

उसकी भावी दुल्हन वहीं गहरे रंग की लिपस्टिक थी, जो दूसरी लिपस्टिकों के मुक़ाबले में अधिक कालिमायुक्त थी। शुरू-शुरू में कुछ महीने तक उसके पति को उससे और अमूर्त आर्ट से दिलचस्पी रही, लेकिन जब अजंता स्टूडियो बंद हो गया और उसके मालिक की कहीं से भी सुन-गुन न मिली तो उसने नमक का कारोबार शुरू कर दिया, जो बहुत लाभप्रद था।

उस कारोबार के दौरान उसकी मुलाक़ात एक लड़की से हुई, जिसके दूध सूखे हुए नहीं थे। ये उसको पसंद आ गए। बैंड न बजा, लेकिन शादी हो गई। पहली अपने ब्रुश उठाकर ले गई और अलग रहने लगी।

यह वैमनस्य पहले तो दोनों के लिए कटुता का कारण बना, लेकिन बाद में एक अजीबोगरीब मिठास में बदल गया। उसकी सहेली ने, जो दूसरा पति बदल लेने के बाद सारे यूरोप का चक्कर लगा आई थी और अब 'दिक़' की रोगी थी, उस मिठास को क्यूबिक आर्ट में पेंट किया। साफ़-स्वच्छ चीनी के असंख्य क्यूब थे, जो थूहर के पौधों के बीच इस ढंग से ऊपर-नीचे रखे थे कि उनसे दो शक्लें बन गई थीं। उन पर शहद की मक्खियाँ बैठी रस चूस रही थीं।

उसकी दूसरी सहेली ने ज़हर खाकर ख़ुदकुशी कर ली। जब उसको यह दर्दनाक ख़बर मिली, तो वह बेहोश हो गई। पता नहीं बेहोशी नई थी या वही पुरानी, जो बड़े तेज़ बुखार के बाद प्रकट हुई थी।

उसकी मम्मी ने घर का सारा हिसाब-किताब अधेड़ उम्र की हट्टी-कट्टी नौकरानी को सौंप दिया था। अब उसको ड्राइविंग आ गई थी, मगर वह बहुत बीमार हो गई थी, फिर भी उसको ड्राइवर के बिना माँ के पिल्ले का बहुत ख़याल था। वह उसको अपना मोबिल ऑयल पिलाती थी।

उसकी भाभी और उसके भाई की ज़िंदगी बहुत अधेड़ और हट्टी-कट्टी हो गई थी। दोनों आपस में बड़े प्यार से मिलते थे कि अचानक एक रात

जबकि नौकरानी और उसका भाई घर का हिसाब कर रहे थे, उसकी भाभी प्रकट हुई। वह कुँवारी थी, उसके हाथ में क़लम था न युग, लेकिन उसने दोनों का हिसाब साफ़ कर दिया।

सुबह कमरे में से जमे हुए लहू के दो बड़े-बड़े फुँदने निकले, जो उसकी भाभी के गले में लगा दिए गए।

अब वह किंचित होश में आई। पति से वैमनस्य के कारण उसकी ज़िंदगी कटु होकर बाद में अजीबोगरीब मिठास में बदल गई थी। उसने उसको थोड़ा-सा तल्ख़ बनाने की कोशिश की और शराब पीना शुरू कर दिया, मगर नाकाम रही। इसलिए कि उसकी मात्रा कम थी। उसने मात्रा बढ़ा दी, यहाँ तक कि वह उसमें डुबकियाँ लेने लगी–लोग समझते थे कि अब ग़र्क़ हुई और अब ग़र्क़ हुई, मगर वह सतह पर उभर आती थी, मुँह से शराब पोंछती हुई और क़हक़हे लगाती हुई।

सुबह को जब उठती तो उसे महसूस होता कि रातभर उसके शरीर का ज़र्रा-ज़र्रा धाड़े, मारकर रोता रहा–उसके बाद वे सब बच्चे, जो पैदा हो सकते थे, उन क़ब्रों में, जो उनके लिए बन सकती थी, उस दूध के लिए, जो उनका हो सकता था, बिलख-बिलखकर रो रहे है–मगर उनके लिए दूध कहाँ थे...वह तो जंगली पिल्ले पी चुके थे।

वह और ज़्यादा पीती कि अथाह समुद्र में डूब जाए, मगर उसकी इच्छा पूरी नहीं होती थी। बुद्धिमान थी, पढ़ी-लिखी थी। यौन विषयों पर बिना किसी बनावट के बेतकल्लुफ़ बातचीत करती थी। मर्दों के साथ शारीरिक संबंध करने में कोई हानि नहीं समझती थी। मगर फिर भी कभी-कभी रात की तन्हाई में उसका जी चाहता था कि अपनी किसी बद-आदत मुर्गी की तरह झाड़ियों के पीछे जाए और एक अंडा दे आए।

बिलकुल खोखली हो गई, केवल हड्डियों का ढाँचा बाक़ी रह गया, तो उससे लोग दूर रहने लगे–वह समझ गई, चुनाँचे उनके पीछे न भागी और अकेली घर में रहने लगीं। सिगरेट पर सिगरेट फूँकती, शराब पीती और जाने क्या सोचती रहती...रात को बहुत कम पीती थी। कोठी के इर्द-गिर्द घूमती रहती थी।

सामने क्वार्टर में ड्राइवर का बिन माँ का बच्चा मोबिल ऑयल के लिए रोता रहता था, मगर उसकी माँ के पास ख़त्म हो गया था। ड्राइवर ने एक्सीडेंट कर दिया था। मोटर गैराज में और उसकी माँ अस्पताल में पड़ी थी, जहाँ उसकी एक टाँग काटी जा चुकी थी। दूसरी काटी जाने वाली थी।

वह कभी-कभी क्वार्टर के अंदर झाँककर देखती तो उसको महसूस होता कि उसके दूधों की तलछट में हलकी-सी लरज़िश पैदा होती है। मगर उस कुरुचिकर चीज़ से तो उसके बच्चे के होंठ भी तर न होते।

उसके भाई ने कुछ समय से बाहर रहना शुरू कर दिया था। आख़िर एक दिन उसका ख़त स्विट्ज़रलैंड से आया कि वह वहाँ अपना इलाज करा रहा है। नर्स बहुत अच्छी है। अस्पताल से निकलते ही वह उससे शादी करने वाला है।

अधेड़ उम्र की हट्टी-कट्टी नौकरानी ने थोड़ा ज़ेवर, कुछ नक़दी और बहुत-से कपड़े, जो उसकी मम्मी के थे, चुराये और कुछ रोज़ के बाद ग़ायब हो गई। उसके बाद उसकी माँ आपरेशन नाकाम होने के कारण अस्पताल में मर गयी।

उसका बाप जनाज़े में शामिल हुआ। उसके बाद उसने उसकी सूरत न देखी।

अब वह बिलकुल अकेली थी। जितने नौकर थे, उसने अलग कर दिए, ड्राइवर समेत। उसके बच्चे के लिए एक आया रख दी—कोई बोझ सिवाय उसके ख़यालों के बाक़ी न रहा था। वह चाहती थी कि धीरे-धीरे उनसे भी छुटकारा मिल जाए। कभी-कभार अगर कोई उससे मिलने आता, तो वह अंदर से चिल्ला उठती थी—“चले जाओ...जो कोई भी तुम हो, चले जाओ...मैं किसी से मिलना नहीं चाहती...।”

सेफ़ में उसको अपनी माँ के असंख्य क़ीमती ज़ेवर मिले थे। उसके अपने भी थे, जिनसे उसको कोई लगाव न था। मगर अब वह रात को घंटों आईने के सामने नंगी बैठकर ये तमाम ज़ेवर अपने बदन पर सजाती और शराब पीकर अश्लील गाने गाती थी। आसपास कोई कोठी नहीं थी, इसलिए उसे पूरी आज़ादी थी।

अपने बदन को तो वह कई तरीकों से नंगा कर चुकी थी। अब वह चाहती थी कि अपनी रूह को भी नंगा कर दे, मगर इसमें वह ज़बरदस्त शर्म महसूस करती थी। उस शर्म को दबाने के लिए सिर्फ़ एक ही तरीक़ा उसकी समझ में आता था कि पिये और ख़ूब पिये और उस हालत में अपने नंगे बदन से मदद ले—मगर यह एक बहुत बड़ी ट्रेजेडी थी कि वह अंतिम सीमा तक नंगा होकर सतर-पोश हो गयी थी।

तस्वीरें बना-बनाकर वह थक चुकी थी—एक लंबे समय से पेंटिंग का सामान सन्दूकचे में बंद पड़ा था, लेकिन एक दिन उसने सब रंग निकाले और बड़े-बड़े प्यालों में घोले। तमाम ब्रुश धो-धाकर एक तरफ़ रखे और आईने के सामने नंगी खड़ी हो गयी और अपने शरीर पर नई रेखायें बनानी शुरू कर दीं। उसकी यह कोशिश अपने अस्तित्व को सम्पूर्ण रूप में नग्न करने की थी।

वह अपना सामने वाला हिस्सा ही पेंट कर सकती थी। दिन-भर वह उसमें व्यस्त रही। बिना खाये-पिये आईने के सम्मुख खड़ी अपने बदन पर विभिन्न रंग लगाती और टेढ़ी-मेढ़ी रेखाएँ बनाती रही। उसको ब्रुश में विश्वास था—आधी रात के लगभग उसने दूर हटकर ध्यानपूर्वक निरीक्षण करके संतोष की साँस ली। उसके बाद उसने तमाम आभूषण एक-एक करके अपने रंगों से लिथड़े हुए जिस्म पर सजाए और आईने में एक बार फिर गौर से देखा कि एकदम आहट हुई।

उसने पलटकर देखा—एक आदमी छुरा हाथ में लिये, मुँह पर ढाटा बाँधे खड़ा था, जैसे हमला करना चाहता है। मगर जब वह मुड़ी तो हमलावर के हलक़ से चीख़ ऊँची हुई। छुरा उसके हाथ से गिर पड़ा। अफ़रा-तफ़री के आलम में कभी इधर का रुख़ लिया, कभी उधर का...आख़िर जो रास्ता मिला, उसमें से भाग निकला।

वह उसके पीछे भागी, चीख़ती-पुकारती—"ठहरो...ठहरो...मैं तुमसे कुछ नहीं कहूँगी...ठहरो...।"

मगर चोर ने उसकी एक न सुनी और दीवार फाँदकर ग़ायब हो गया। मायूस होकर वापस आयी। दरवाज़े की दहलीज़ के पास चोर का ख़ंजर पड़ा था। उसने उठा लिया और अंदर चली गयी—अचानक उसकी नज़रें आईने से

दो-चार हुई। जहाँ उसका दिल था, वहाँ उसने म्याननुमा चमड़े के रंग का खोल-सा बनाया हुआ था। उसने उस पर ख़ंजर रखकर देखा। खोल बहुत छोटा था। उसने ख़ंजर फेंक दिया और बोतल में से शराब के चार-पाँच घूँट पीकर इधर-उधर टहलने लगी–वह कई बोतलें ख़ाली कर चुकी थी। खाया कुछ भी नहीं था।

देर तक टहलने के बाद वह फिर आईने के सामने आई। उसके गले में इज़ारबंदनुमा गुलूबन्द था, जिसके बड़े-बड़े फुँदने थे। यह उसने ब्रुश से बनाया था।

सहसा उसको ऐसा महसूस हुआ कि यह गुलूबन्द तंग होने लगा है। धीरे-धीरे वह उसके गले में अंदर धँसता जा रहा है–वह ख़ामोश खड़ी आईने में आँखें गाड़े रही, जो उसी रफ़्तार से बाहर निकल रही थीं। थोड़ी देर के बाद उसके चेहरे की तमाम रगें फूलने लगीं। फिर एकदम उसने चीख़ मारी और औंधे मुँह फ़र्श पर गिर पड़ी।

❑

शाहदोले का चूहा

सलीमा की जब शादी हुई तो वह इक्कीस बरस की थी, पाँच बरस हो गए लेकिन उसके औलाद न हुई। उसकी माँ और सास को बहुत फ़िक्र थी। माँ को ज़्यादा फ़िक्र थी, इसलिए कि वह सोचती, कहीं सलीमा का पति नजीब दूसरी शादी न कर ले। कई डॉक्टरों से राय-मशवरा भी किया गया, लेकिन कोई बात न बनी।

सलीमा को खुद ही बहुत फ़िक्र थी। शादी के बाद बहुत कम लड़कियाँ ऐसी होती हैं जिन्हें संतान की इच्छा न हो। उसने अपनी माँ से कई बार मशविरा किया। माँ की हिदायतों पर भी अमल किया, लेकिन नतीजा कुछ न निकला।

एक दिन उसकी एक सहेली जो बाँझ क़रार दे दी गई थी, उसके पास आई। सलीमा को बड़ा आश्चर्य हुआ, क्योंकि उसकी गोद में एक थुल-थुल लड़का था। सलीमा ने उससे उसी आश्चर्य के भाव से पूछा–"फ़ातमा, तुम्हारे यह लड़का कैसे पैदा हुआ?"

फ़ातमा उससे पाँच साल बड़ी थी। उसने मुस्कराकर कहा–"यह शाहदोले साहब की कृपा है। मुझसे एक स्त्री ने कहा कि यदि तुम संतान चाहती हो तो गुजरात जाकर शाहदोले साहब के मजार पर मन्नत करो और कहो कि प्रभु! मेरे जो पहला बच्चा होगा, उसे चढ़ावे के रूप में आपकी ख़ानक़ाह पर चढ़ाऊँगी।"

उसने सलीमा को यह भी बतलाया कि जब शाहदोले साहब के मजार पर ऐसी मिन्नत की जाए तो पहला बच्चा ऐसा पैदा होता है, जिसका सिर बहुत ही छोटा होता है। फ़ातमा की यह बात सलीमा को पसंद न आई और जब इसने नजीब से कहा कि पहला बच्चा उसकी ख़ानक़ाह में छोड़ आना पड़ता है तो उसको दुःख हुआ।

उसने सोचा ऐसी कौन-सी माँ है जो अपने बच्चे से हमेशा के लिए अलग हो जाए। उसका सिर छोटा हो, नाक चपटी हो, आँखें भैंगी हों लेकिन माँ उसे घूरे पर नहीं फेंक सकती। कुछ भी सही, उसे संतान चाहिए थी इसलिए वह अपने से ज़्यादा उम्रवाली सहेली की बात मान गई। वह गुजरात की रहनेवाली

थी, जहाँ शाहदोले की मजार थी। उसने अपने पति से कहा–"फ़ातमा मज़बूर कर रही है कि मेरे साथ चलो, इसलिए आप मुझे इजाज़त दें कि उसके साथ चली जाऊँ?" उसके पति को क्या आपत्ति हो सकती थी, उसने कहा, "जाओ...लेकिन जल्दी लौट आना।"

वह फ़ातमा के साथ गुजरात चली गई।

शाहदोला का मजार जैसा कि उसका विचार था, किसी क़ीमती पत्थर की इमारत नहीं थी। अच्छी-ख़ासी जगह थी, जो सलीमा को पसंद आई। लेकिन जब उसने एक ओर भीड़ में शाहदोले के चूहे देखें, जिनके नाक से रीठ बह रहा था तो उसका दिमाग़ बिलकुल सुन्न-सा पड़ गया, तो वह सिहर-सी गई।

उसके सामने एक जवान लड़की थी जो अपने पूरे यौवन पर थी, लेकिन वह एक ऐसा व्यवहार करती थी कि गंभीर से गंभीर आदमी को भी हँसी आ सकती थी। सलीमा उसको देखकर एक क्षण के लिए हँसी लेकिन तुरंत ही उसकी आँखों में आँसू आ गए। सोचने लगी कि उस लड़की का क्या होगा। वहाँ के मालिक उसे किसी के हाथ बेच देंगे, जो बँदरिया बनाकर उसे जगह-जगह घुमाएँगे। वह बेचारी उनकी रोज़ी का सहारा बन जाएगी।

उसका सिर बहुत छोटा था। लेकिन उसने सोचा कि यदि छोटा है तो आदमी का भाग्य तो छोटा नहीं है। वह तो पागलों के साथ भी लगा है।

शाहदोला की इस चुहिया का शरीर बहुत सुंदर था। उसके सब अंग जहाँ के तहाँ दुरुस्त थे। लेकिन ऐसा लगता था कि उसकी बौद्धिक चेतना को जान-बूझकर ख़त्म कर दिया गया है। वह इस प्रकार चलती-फिरती और हँसती थी, जैसे कोई कूक-भरा खिलौना हो। सलीमा ने अनुभव किया, वह इसी अर्थ के लिए बनाई गई है।

लेकिन इन सब अनुभवों के होने पर भी उसने अपनी सहेली फ़ातमा के कहने पर शाहदोला साहब के मजार पर मन्नत माँगी कि यदि उसके बच्चा हुआ तो वह उनकी भेंट कर देगी।

डॉक्टरी इलाज सलीमा ने जारी रखा। दो महीने बाद बच्चे की पैदाइश के आसार हो गए। वह बहुत ख़ुश हुई। निश्चित समय पर उसके लड़का हुआ था जो बहुत ही सुंदर था। गर्भ के बीच में चूँकि चंद्रग्रहण हुआ था इसलिए उसके दाहिने गाल पर एक छोटा-सा तिल था, जो बुरा नहीं लगता था।

फ़ातमा आई तो उसने कहा, बच्चे को तुरंत शाहदोले साहब को भेंट कर देना चाहिए। सलीमा स्वयं यह मान चुकी थी। कई दिनों तक वह टाल-मटोल करती रही। उसकी ममता मानती नहीं थी कि वह अपनी आँखों के तारे बेटे को वहाँ फेंक आए।

उससे कहा गया कि शाहदोले साहब से जो संतान माँगता है उसके पहले बच्चे का सिर छोटा है। लेकिन उसके लड़के का सिर तो काफ़ी बड़ा था और फ़ातमा ने उससे कहा–"यह कोई ऐसी बात नहीं, जिसका तुम बहाना बना सको। तुम्हारा बच्चा शाहदोले साहब की संपत्ति है। तुम्हारा इस पर कोई हक़ नहीं। अगर तुम अपने वादे से फिर गई तो याद रखो, तुम पर ऐसा शाप पड़ेगा कि तुम ज़िंदगी-भर याद रखोगी।"

दुखी दिल से सलीमा को अपना थुल-थुल बेटा, जिसके दाहिने गाल पर तिल था, गुजरात जाकर, शाहदोले साहब के मजार पर उनके सेवकों को देना पड़ा। वह इतनी रोई, उसको इतना दुख हुआ कि बीमार हो गई। एक बरस तक ज़िंदगी और मौत के बीच उलझी रही। वह अपने बच्चे को भुला ही नहीं पाती थी। ख़ास तौर पर उसको उसके दाहिने गाल का काला तिल बार-बार याद आता था, जिसे यह अकसर चूमा करती थी, क्योंकि वह जहाँ भी था, बहुत अच्छा लगता था।

उस बीच में एक क्षण को भी उसने अपने बच्चे को अलग नहीं किया। वह विचित्र-विचित्र स्वप्न देखती। शाहदोला चूहे के रूप में परेशान-सा प्रकट होता। उसके मांस को अपने तेज़ दाँतों से कुतरता वह चीख़ उठती और अपने पति से कहती–"मुझे बचाओ। देखो, चूहा मेरा मांस खा रहा है।"

कभी उसका बेचैन दिमाग़ यह सोचता कि उसका बच्चा चूहों के बिल के अंदर दाख़िल हो रहा है। वह उसकी पूँछ खींच रही है। लेकिन बिल के अंदर जो बड़े-बड़े चूहे हैं उन्होंने उसकी थूथनी पकड़ ली है। इसलिए वह उसे बाहर नहीं निकाल सकती।

कभी उसकी नज़रों के सामने वह लड़की आती जो पूरे शबाब पर थी और जिसको उसने शाहदोले साहब के मजार के बग़ल में देखा था। सलीमा हँसना शुरू कर देती, लेकिन थोड़ी देर बाद रोने लगती। वह इतना रोती कि उसके पति नजीब की समझ में न आता कि वह उसके आँसू कैसे सुखाए।

सलीमा को हर जगह चूहे नज़र आते थे। बिस्तर पर, रसोईघर में, गुसलख़ाने में, सोफ़े पर, दिल में, कानों में। कभी-कभी तो वह यह अनुभव करती कि वह ख़ुद चुहिया है। उसकी नाक से रीठ बह रहा है। वह शाहदोले के मजार के निवासियों में अपना छोटा, बहुत ही छोटा, सिर अपने कमज़ोर कंधों पर उठाए ऐसा व्यवहार कर रही है कि देखने वाले हँस-हँसकर लोट-पोट हो रहे हैं। उसकी दयनीय स्थिति थी।

उसको सारी सृष्टि में काले तिल ही तिल नज़र आते, मानो कि वह एक बहुत बड़ा गाल है, जिस पर सूरज टुकड़े-टुकड़े होकर जगह-जगह जम गया है। बुखार हलका हुआ तो सलीमा की तबीयत कुछ सँभली। नजीब को कुछ संतोष हुआ। वह जानता था कि सलीमा की बीमारी का क्या कारण है। वह बहुत गंभीर प्रकृति का आदमी था। उसे अपनी पहली संतानें के चढ़ावे में चले जाने का कोई दुख न था। जो कुछ किया गया था वह उसे बिलकुल ठीक मानता था। वह तो यह सोचता था कि उसके जो बेटा हुआ था, वह उसका नहीं था बल्कि शाहदोले साहब का था।

जब सलीमा का बुखार उतर गया और दिलो-दिमाग़ का तूफ़ान ठंडा पड़ गया तो नजीब ने उससे कहा–"मेरी जान, अपने बच्चे को भूल जाओ, वह सदक़े का था।"

सलीमा ने बड़े दुख भरे स्वर में कहा–"मैं नहीं मानती। सारी उम्र मैं अपनी ममता पर लानत भेजती रहूँगी कि मैंने इतना बड़ा पाप क्यों किया कि अपनी आँखों का तारा बेटा मजार के नौकरों के हवाले कर दिया। ये नौकर माँ तो नहीं हो सकते।"

एक दिन वह ग़ायब हो गई। सीधी गुजरात पहुँची, सात-आठ रोज़ तक वहाँ रही। अपने बच्चे के बारे में पूछताछ की, लेकिन कोई पता-ठिकाना न मिला। निराश होकर वापस आ गई थी, और अपने पति से कहा–"मैं अब उसे याद नहीं करूँगी।"

याद तो वह करती रही, लेकिन दिल ही दिल में। उसके दाहिने गाल का तिल, उसके दिल का धब्बा बनकर रह गया था। एक बरस के बाद उसके लड़की हुई, उसकी शक्ल उसके पहलौठी के लड़के से बहुत मिलती-जुलती

थी। उसके दाहिने गाल पर दाग़ नहीं था। उसका नाम उसने मुजीबा रखा, क्योंकि अपने बेटे का नाम उसने मुजीब सोचा था। जब वह दो महीने की हुई तो उसने उसको गोद में उठाया और सुरमेदानी से थोड़ा सुरमा निकालकर उसके दाहिने गाल पर एक बड़ा-सा तिल बना दिया और मुजीब को याद करके रोने लगी। उसके आँसू गालों पर टपके तो उसने तुरंत ही दुपट्टे से पोंछे और हँसने लगी। वह कोशिश करना चाहती थी कि अपना दुःख भूल जाए।

इसके बाद सलीमा के दो लड़के पैदा हुए। उसका पति अब बहुत प्रसन्न था।

एक बार सलीमा को किसी सहेली की शादी के मौके पर गुजरात जाना पड़ा तो उसने फिर एक बार अपने मुजीब के बारे में पूछताछ की, लेकिन सफलता न मिली। उसने सोचा शायद मर गया है इसलिए उसने बृहस्पतिवार को उसकी अन्त्येष्टि-क्रिया अच्छी तरह कराई।

अड़ोस-पड़ोस की सब स्त्रियाँ आश्चर्य में थीं कि किसके बारे में वह इतना झंझट किया गया है। किसी ने सलीमा से पूछा भी, लेकिन उसने किसी को कुछ जवाब न दिया।

शाम को उसने अपनी दस बरस की लड़की मुजीबा का हाथ पकड़ा। अंदर कमरे में ले गई। सुरमे से उसके दाहिने गाल पर बड़ा-सा तिल बनाया और देर तक चूमती रही।

वह मुजीबा को ही अपना खोया हुआ बेटा मानती थी। अब उसने उसके बारे में सोचना छोड़ दिया। उसके लिए अन्त्येष्टि-क्रिया कराने के बाद उसके दिल का बोझ हलका हो गया था। उसने अपने दिल की दुनिया में क़ब्र भी बनाई थी, जिस पर यह अपने विचारों की दुनिया में फूल भी चढ़ाया करती थी।

उसके तीन बच्चे स्कूल में पढ़ते थे। उनको हर रोज़ प्रात: सलीमा तैयार करती। उनके लिए नाश्ता बनवाती। हर एक को नहलाती-सँवारती। जब वे चले जाते तो एक क्षण के लिए उसे अपने मुजीब का ख़याल आता। यद्यपि यह उसकी अन्त्येष्टि-क्रिया कर चुकी थी और उसके दिल का बोझ हलका

हो गया था, फिर भी उसको कभी-कभी ऐसा लगता कि मुजीब के दाहिने गाल का काला तिल उसके दिमाग़ में मौजूद है। एक दिन उसके तीनों बच्चे भागे-भागे आए और उससे कहने लगे–"अम्मी, हम तमाशा देखना चाहते हैं।"

उसने बड़े प्रेम से पूछा–"क्या तमाशा?"

उसकी लड़की ने जो सबसे बड़ी थी, कहा–"अम्मी जान, एक आदमी है, वह तमाशा दिखाता है।"

सलीमा ने कहा–"जाओ, उसको बुला लाओ। घर के अंदर न आए, बाहर तमाशा करे।"

बच्चे भागे हुए गए और उस आदमी को बुला लाए और तमाशा देखते रहे। जब यह ख़त्म हो गया तो मुजीबा अपनी माँ के पास गई ताकि पैसे दे दे। माँ ने अपने पर्स से चवन्नी निकाली और बाहर बरामदे में गई। बाहर दरवाज़े के पास पहुँची तो शाहदोले का एक चूहा खड़ा विचित्र मुद्रा में अपना सिर हिला रहा था। सलीमा को हँसी आ गई।

दस-बारह बच्चे उसके आसपास जमा थे। इतना शोर मचा था कि कान पर पड़ी आवाज़ सुनाई नहीं देती थी। सलीमा चवन्नी हाथ में लिये आगे बढ़ी और उसने शाहदोले के उस चूहे को देनी चाही तो उसका हाथ एकदम पीछे हट गया, मानो बिजली का करंट छू गया हो। उस चूहे के दाहिने गाल पर काला तिल था। सलीमा ने ध्यान से उसकी ओर देखा। उसकी नाक से रीठ बह रहा था। मुजीबा ने, जो उसके पास खड़ी थी, अपनी माँ से कहा–"यह चूहा अम्मी जान, इसकी शक्ल मुझसे क्यों मिलती है, मैं भी क्या चुहिया हूँ?"

सलीमा ने उस शाहदोले के चूहे का हाथ पकड़ा और अंदर ले गई। दरवाज़ा बंद करके उसको चूमा। उसकी बलाएँ लीं। वह उसका मुजीब था। लेकिन वह ऐसा विचित्र व्यवहार करता था कि सलीमा के दुख-भरे दिल में हँसी आते-आते रह जाती थी।

उसने मुजीब से कहा–"बेटे, मैं तुम्हारी माँ हूँ।"

शाहदोले का चूहा बहुत ज़ोर से हँसा। अपनी नाक की रीठ आस्तीन से पोंछकर उसने अपनी माँ के सामने हाथ फैलाया–"एक पैसा?" माँ ने अपना पर्स खोला, लेकिन उसकी आँखें अपने आँसुओं की नहर पहले ही खोल

चुकी थीं। उसने सौ रुपये का नोट निकाला और बाहर जाकर उस आदमी को दिया जो उसको तमाशा बनाए हुए था। उसने इंकार कर दिया कि इतनी कम क़ीमत पर अपनी रोज़ी के साधन को नहीं बेच सकता। अंत में सलीमा ने उसे पाँच सौ रुपये पर राज़ी कर लिया। रक़म देकर जब वह अंदर आई तो मुजीब ग़ायब था। मुजीबा ने उसको बताया कि वह पिछवाड़े से बाहर निकल गया है। सलीमा की कोख पुकारती रही कि मुजीब वापस आ जाओ, लेकिन वह ऐसा गया कि फिर वापस न आया।

❑

ख़ाली बोतलें, ख़ाली डिब्बे

यह हैरत मुझे आज भी है कि ख़ास तौर पर ख़ाली बोतलों और ख़ाली डिब्बों से कुँवारे मर्दों को इतनी दिलचस्पी क्यों होती है? मर्दों से मेरा मतलब उन मर्दों से है जिनको आम तौर पर शादी से कोई दिलचस्पी नहीं होती।

यूँ तो इस क़िस्म के मर्द आम तौर पर सनकी व अजीबोगरीब आदतों के मालिक होते हैं, लेकिन यह बात समझ में नहीं आती कि उन्हें ख़ाली बोतलों और डिब्बों से क्यों इतना प्यार होता है? परिंदे और जानवर अकसर इन लोगों के पालतू होते हैं। यह मिलान समझ में भी आ सकता है कि तन्हाई में इनका कोई तो साथी होना चाहिए। लेकिन ख़ाली बोतलें और ख़ाली डिब्बे इनकी क्या दिलजोई कर सकते हैं।

सनक और अजीबोगरीब आदतों की वजह ढूँढ़ना कोई मुश्किल नहीं कि क़ुदरती ख़्वाइशों की ख़िलाफ़त ऐसे बिगाड़ पैदा कर सकते हैं लेकिन इसकी मनोवैज्ञानिक बारीकियों में जाना अलबत्ता बहुत मुश्किल है।

मेरे एक अज़ीज़ हैं। उम्र आपकी इस वक़्त पचास के क़रीब-क़रीब है। आपको कबूतर और कुत्ते पालने का शौक़ है और इसमें कोई अजीब बात नहीं। लेकिन आपको मर्ज़ है कि बाज़ार से हर रोज़ दूध की बालाई ख़रीद लाते हैं। चूल्हे पर रखकर उसका रोग़न निकालते हैं और इस रोग़न में अपने लिए अलग से सालन तैयार करते हैं। इनका ख़याल है कि इस तरह ख़ालिस घी तैयार होता है।

पानी पीने के लिए अपना घड़ा अलग रखते हैं। उसके मुँह पर हमेशा मलमल का टुकड़ा बँधा रहता है ताकि कोई कीड़ा-मकौड़ा अंदर न चला जाए, मगर हवा बराबर दाख़िल होती रहे। पाख़ाना जाते वक़्त सब कपड़े उतारकर एक छोटा-सा तौलिया बाँध लेते हैं और लकड़ी की खड़ाऊँ पहन लेते हैं। अब कौन इनकी बालाई के रोग़न, घड़े की मलमल, अंग के तौलिये और लकड़ी की खड़ाऊँ के मनोवैज्ञानिक विश्वास को हल करने बैठे?

मेरे एक कुँवारे दोस्त हैं। देखने में बड़े ही नॉर्मल इनसान। हाईकोर्ट में रीडर हैं। आपको हर जगह से, हर वक़्त बदबू आती रहती है। चुनाँचे उनका रूमाल सदा उनकी नाक से चिपका रहता है। आपको खरगोश पालने का शौक़ है।

एक और कुँवारे हैं। आपको जब मौका मिले नमाज़ पढ़ना शुरू कर देते हैं। लेकिन इसके बावजूद आपका दिमाग़ बिलकुल सही है।

दुनिया की सियासत में आपकी नज़र बहुत गहरी है। तोतों को बातें सिखाने में महारत रखते हैं।

मिलिट्री के एक मेजर हैं–अनुभवी और दौलतमंद। आपको हुक़्क़े जमा करने का शौक है। गुड़गुड़िया, पेचवान, चमोड़े–मतलब कि हर क़िस्म का हुक़्क़ा उनके पास मौजूद है। आप कई मकानों के मालिक हैं। मगर होटलों में एक कमरा किराये पर लेकर रहते हैं। बटेरें आपकी जान हैं।

एक कर्नल साहब हैं...रिटायर्ड। बहुत बड़ी कोठी में अकेले दस-बारह छोटे-बड़े कुत्तों के साथ रहते हैं। हर ब्राण्ड की व्हिस्की इनके यहाँ मौजूद रहती है। हर रोज़ शाम को चार पेग पीते हैं और अपने साथ किसी न किसी लाडले कुत्ते को भी पिलाते हैं।

मैंने अब तक जितने मुर्जर्दों का ज़िक्र किया है, इन सबको थोड़ा बहुत ख़ाली बोतलों और डिब्बों से दिलचस्पी है। मेरे, दूध की बालाई से ख़ालिस घी तैयार करने वाले अज़ीज़ घर में जब कोई ख़ाली बोतल देखें तो उसे धो-धाकर अपनी अलमारी में सजा देते हैं कि ज़रूरत के वक़्त काम आएगी। हाईकोर्ट के रीडर जिनको हर जगह हर वक़्त बू आती रहती है, सिर्फ़ ऐसी बोतलें और डिब्बे जमा करते हैं जिनके बारे में वह अपनी पूरी तसल्ली कर लें कि अब उनसे बू आने की कोई गुंजाइश नहीं है। जब मौका मिले, नमाज़ पढ़ने वाले, ख़ाली बोतलें आब-दस्त के लिए और टीन के ख़ाली डिब्बे वजू के लिए दर्जनों की तादाद में जमा रखते हैं। उनके ख़याल के मुताबिक़ ये दोनों चीज़ें सस्ती और पाकीज़ा रहती हैं। क़िस्म-क़िस्म के हुक़्क़े जमा करने वाले मेजर साहब को ख़ाली बोतलों और ख़ाली डिब्बे जमा करके उनको बेचने का शौक़ है। और रिटायर्ड कर्नल साहब को सिर्फ़ व्हिस्की की ख़ाली बोतलें जमा करने का।

आप कर्नल साहब के घर जाएँ तो एक छोटे साफ़-सुथरे कमरे में कई शीशे की अल्मारियों में आपको व्हिस्की की ख़ाली बोतलें सजी हुई नज़र आएँगी।

पुराने से पुराने ब्राण्ड की व्हिस्की की ख़ाली बोतल भी आपको उनके इस अनुपम संग्रह में मिल जाएगी। जिस तरह लोगों को टिकट और सिक्के जमा करने का शौक़ होता है–उसी तरह उनको व्हिस्की की ख़ाली बोतलें जमा करने और उनकी नुमाइश करने का शौक़ बल्कि ख़ब्त है।

कर्नल साहब का कोई अज़ीज़-रिश्तेदार नहीं। कोई है तो इसका मुझे पता नहीं। दुनिया में एकदम अकेले हैं। लेकिन वह अकेलापन बिलकुल महसूस नहीं करते–दस-बारह कुत्ते हैं। उनकी देखभाल वह इस तरह करते हैं जिस तरह स्नेही बाप अपनी औलाद की करते हैं। सारा दिन उनका उन पालतू हैवानों के साथ गुज़र जाता है। फुर्सत के वक़्त अलमारियों में अपनी चहेती बोतलें सँवारते रहते हैं।

आप पूछेंगे ख़ाली बोतलें, ये ख़ाली डिब्बे क्यों साथ लगा दिए हैं? क्या यह ज़रूरी है कि एकांतपसंद मर्दों को ख़ाली बोतलों के साथ-साथ ख़ाली डिब्बों के साथ भी दिलचस्पी हो? और फिर डिब्बे और बोतलें, सिर्फ़ ख़ाली क्यों? भरी हुई क्यों नहीं? मैं आपसे शायद पहले भी अर्ज़ कर चुका हूँ कि मुझे ख़ुद इस बात की हैरत है। यह और इस क़िस्म के और बहुत-से सवाल अकसर मेरे दिमाग़ में पैदा हो चुके हैं। कोशिश करने पर भी मैं उनका जवाब हासिल नहीं कर सकता।

ख़ाली बोतलें और ख़ाली डिब्बे ख़ालीपन की निशानी हैं। और ख़ाली की कोई सही समानता एकांतपसंद मर्दों से शायद यही हो सकती है कि ख़ुद इनकी ज़िंदगी में रिक्तता हो सकती है, लेकिन फिर यह सवाल पैदा होता है कि क्या वे इस रिक्तता को एक और रिक्तता से पूरा करते हैं? कुत्तों, बिल्लियों, खरगोशों और बंदरों के बारे में आदमी समझ सकता है कि वे ख़ाली खोल ज़िंदगी की कमी एक हद तक पूरा कर सकते हैं, कि वे दिल बहला सकते हैं। नाज़-नख़रे कर सकते हैं। दिलचस्प कामों के उपयुक्त हो सकते हैं। प्यार का जवाब भी दे सकते हैं। लेकिन ख़ाली बोतलें और डिब्बे दिलचस्पी का क्या सामान पेश कर सकते हैं?

बहुत संभव है आपको नीचे की घटनाओं में इन सवालों का जवाब मिल जाए।

दस वर्ष पहले जब मैं बंबई गया तो वहाँ एक मशहूर फ़िल्म कंपनी की एक फ़िल्म लगभग बीस हफ़्तों से चल रही थी-हीरोइन पुरानी थी-लेकिन हीरो नया था जो इश्तहारों में छपी हुई तस्वीरों में नौजवान दिखाई देता था। अख़्बारों में उसकी ऐक्टिंग की तारीफ़ पढ़ी, तो मैंने यह फ़िल्म देखी। अच्छी-ख़ासी थी। कहानी ध्यान देने वाली थी। और उस नये हीरो का काम भी इस लिहाज़ से क़ाबिल-ए-तारीफ़ था कि उसने पहली बार कैमरे का सामना किया था।

पर्दे पर किसी ऐक्टर या ऐक्ट्रेस की उम्र का अंदाज़ा लगाना आम तौर पर मुश्किल होता है क्योंकि मेकअप जवान को बूढ़ा और बूढ़े को जवान बना देता है। मगर यह नया हीरो बिना किसी शंका के नौजवान था-कॉलेज के छात्र की तरह तर-ओ-ताज़ा व चाक़-ओ-चौबंद ख़ूबसूरत तो नहीं था मगर उसके गठे हुए जिस्म का प्रत्येक अंग अपनी जगह सही और उपयुक्त था।

इस फ़िल्म के बाद उस ऐक्टर की मैंने और कई फ़िल्में देखीं। अब वह मँज गया था। चेहरे के हाव-भाव का बच्चों जैसा भोलापन उम्र और तजुर्बे की सख़्ती में बदल गया था। उसकी गिनती अब चोटी के कलाकारों में होने लगी थी।

फ़िल्मी दुनिया में स्कैंडल आम होते हैं। आए दिन सुनने में आता है कि फ़लां ऐक्टर का फ़लां ऐक्ट्रेस के साथ संबंध हो गया है। फ़लां ऐक्ट्रेस, फ़लां ऐक्टर को छोड़कर फ़लां डायरेक्टर के पहलू में चली गयी है। लगभग हर ऐक्टर और ऐक्ट्रेस के साथ कोई न कोई रोमांस जल्दी या देर में लिपट जाता है। लेकिन इस हीरो की ज़िंदगी जिसका मैं ज़िक्र कर रहा हूँ, इन बखेड़ों से पाक थी। मगर अख़्बारों में इसकी चर्चा नहीं थी। भूले से भी हैरत का इज़हार नहीं किया था कि फ़िल्मी दुनिया में रहकर रामस्वरूप की ज़िंदगी भौतिक वासनाओं से पाक है।

मुझसे सच पूछिए तो इस बारे में कभी गौर नहीं किया था इसलिए कि मुझे ऐक्टर और ऐक्ट्रेसों की निजी ज़िंदगी से कोई दिलचस्पी नहीं थी। फ़िल्म देखी। उसके विषय में अच्छी या बुरी राय कायम की और बस।

लेकिन जब रामस्वरूप से मेरी मुलाक़ात हुई तो मुझे उसके बारे में बहुत-सी दिलचस्प बातें मालूम हुईं। यह मुलाक़ात उसकी पहली फ़िल्म देखने के आठ वर्ष बाद हुई।

शुरू-शुरू में तो वह बंबई से बहुत दूर एक गाँव में रहता था। मगर अब फ़िल्मी क्रिया-कलाप बढ़ जाने के कारण उसने शिवाजी पार्क में समुद्र के किनारे एक औसत दर्जे का फ्लैट ले रखा था। उससे मेरी मुलाक़ात उसके फ्लैट में हुई थी जिसके चार कमरे थे, बावर्चीख़ाने समेत।

इस फ्लैट में जो परिवार रहता था, उसमें आठ प्राणी थे। खुद रामस्वरूप, उसका नौकर जो कि बावर्ची भी था, तीन कुत्ते, दो बंदर और एक बिल्ली। रामस्वरूप और उसका नौकर अविवाहित थे। तीन कुत्ते और एक बिल्ली के मुक़ाबले में उनकी विरोधी चीज़ नहीं थी–एक बंदर था और एक बंदरिया। दोनों अकसर समयों पर जालीदार पिंजरे में बंद रहते थे।

इन आधा दर्जन हैवानों के साथ रामस्वरूप को बहुत मुहब्बत थी। नौकर के साथ भी उसका सुलूक बहुत अच्छा था, मगर उसमें भावनाओं का दख़ल बहुत कम था। बँधे काम थे जो नियत समय पर मशीन की-सी बेजान नियमितता के साथ जैसे अपने आप हो जाते थे। इसके अलावा ऐसा मालूम होता था कि रामस्वरूप ने अपने नौकर को अपनी ज़िंदगी के तमाम तौर-तरीकों पर पर्चे लिखकर दे दिए थे जो उसने याद कर लिये थे।

अगर रामस्वरूप कपड़े उतारकर नेकर पहनने लगे तो नौकर फ़ौरन तीन-चार सोडे और बर्फ़ के फ्लास्क शीशे वाली तिपाई पर रख देता था। इसका यह मतलब था कि साहब रम पीकर अपने कुत्तों के साथ खेलेंगे। और जब किसी का टेलीफोन आएगा तो कह दिया जाएगा कि साहब घर पर नहीं हैं।

रम की बोतल या सिगरेट का डिब्बा जब ख़ाली होगा तो उसे फेंका या बेचा नहीं जाएगा, बल्कि सावधानी से उस कमरे में रख दिया जाएगा, जहाँ ख़ाली बोतलों और डिब्बों के अंबार लगे हैं।

कोई औरत मिलने के लिए आएगी तो उसे दरवाज़े से ही यह कहकर वापस कर दिया जाएगा कि रात साहब की शूटिंग थी इसलिए सो रहे हैं।

मुलाक़ात करने वाली शाम को या रात को आए, तो उससे यह कहा जाता है कि साहब शूटिंग पर गए हैं।

रामस्वरूप का घर लगभग वैसा ही था जैसाकि आम तौर पर अकेले रहने वाले अविवाहित मर्दों का होता है। यानी वह सलीक़ा, क़रीना और रख-रखाव ग़ायब था जो भौतिक आकांक्षाओं में ख़ास होता है। सफ़ाई थी मगर उसमें खरा-पन था। पहली बार जब मैं उसके फ्लैट में दाख़िल हुआ, तो मुझे बहुत अधिक यह महसूस हुआ कि मैं चिड़िया-घर के उस हिस्से में दाख़िल हो गया हूँ जो शेर, चीते और दूसरे हैवानों के लिए निश्चित होता है क्योंकि वैसी ही बू आ रही थी।

एक कमरा सोने का था, दूसरा बैठने का, तीसरा ख़ाली बोतलों और डिब्बों का, उसमें रम की वे तमाम बोतलें और सिगरेट के वे तमाम डिब्बे मौजूद थे, जो रामस्वरूप ने पीकर ख़ाली किए थे। कोई तरतीब नहीं थी। बोतलों पर डिब्बे, डिब्बों पर बोतलें औंधी-सीधी पड़ी थीं। एक कोने में कतार है तो दूसरे कोने में अंबार। गर्द जमी हुई है, और बासी तंबाकू और बासी रम की मिली-जुली तेज़ बू आ रही है।

मैंने जब पहली बार यह कमरा देखा तो बहुत हैरान हुआ। अनगिनत बोतलें और डिब्बे थे। सब ख़ाली...मैंने रामस्वरूप से पूछा–"क्यों भई, यह क्या सिलसिला है?"

उसने पूछा–"कैसा सिलसिला?"

मैंने कहा–"यह कबाड़ख़ाना।"

उसने सिर्फ़ इतना कहा–"जमा हो गया है।"

यह सुनकर मैंने बोलते हुए सोचा–"इतना, इतना कूड़ा जमा होने में कम से कम सात-आठ वर्ष चाहिए।"

मेरा अंदाज़ा ग़लत निकला। मुझे बाद में मालूम हुआ कि उसका यह ज़ख़ीरा पूरे दस वर्ष का था। जब वह शिवाजी पार्क में रहने आया था तो वे तमाम बोतलें उठवाकर अपने साथ ले आया था, जो उसके पुराने मकान में जमा हो चुके थे। एक बार मैंने उससे कहा–"स्वरूप, तुम ये बोतलें और डिब्बे बेच क्यों नहीं देते? मेरा मतलब है, अव्वल तो साथ-साथ बेचते रहना

चाहिए—पर अब की इतना अंबार जमा हो चुका है और जंग के कारण दाम भी अच्छे मिल सकते हैं, मैं समझता हूँ तुम्हें यह कबाड़ख़ाना उठवा देना चाहिए।"

उसने जवाब में सिर्फ़ इतना कहा—"हटाओ यार...कौन इतनी बकबक करे।"

इस जवाब से तो यही ज़ाहिर होता था कि उसे ख़ाली बोतलों और डिब्बों से कोई दिलचस्पी नहीं, लेकिन मुझे नौकर से मालूम हुआ कि अगर उस कमरे में कोई बोतल या डिब्बा इधर का उधर हो जाए, तो रामस्वरूप क़यामत बरपा कर देता था।

औरत से उसे कोई दिलचस्पी नहीं थी। मेरी उससे बहुत बेतकल्लुफ़ी हो गयी थी। बातों-बातों में मैंने कई बार उससे पता किया—"क्यों भाई, शादी कब करोगे?" और हर बार इस क़िस्म का जवाब मिला—"शादी करके क्या करूँगा?" मैंने सोचा वाक़यी रामस्वरूप शादी करके क्या करेगा? क्या वह अपनी बीवी को ख़ाली बोतलों और डिब्बों वाले कमरे में बंद कर देगा। या सब कपड़े उतारकर, निकर पहनकर, रम पीकर उसके साथ खेला करेगा? मैं उससे शादी-ब्याह का ज़िक्र तो अकसर करता था मगर दिमाग़ पर ज़ोर देने के बावजूद उसे किसी औरत से रुचि लेते न देख सका।

रामस्वरूप से मिलते-मिलते कई वर्ष बीत गए। इस दौरान कई बार मैंने उड़ती-उड़ती यह बात सुनी कि उसे एक ऐक्ट्रेस से जिसका नाम शीला था, इश्क़ हो गया है। मुझे इस अफ़वाह पर बिलकुल यक़ीन न आया। अव्वल तो रामस्वरूप से इसकी आशा ही नहीं थी, दूसरे शीला से किसी भी समझ-बूझ वाले नौजवान को इश्क़ नहीं हो सकता था क्योंकि वह इस क़दर बेजान थी कि दिल की मरीज़ मालूम होती थी। शुरू-शुरू में जब वह एक-दो फ़िल्मों में आई थी तो किसी क़दर सहनीय थी मगर बाद में तो वह बिलकुल बेकैफ़ और बेरंग हो गयी थी और तीसरे दर्जे की फिल्मों के लिए सीमित होकर रह गयी थी।

मैंने सिर्फ़ एक बार शीला के बारे में रामस्वरूप से पूछा तो उसने मुस्कराकर कहा—"मेरे लिए क्या यही रह गयी थी?"

इसी दौरान उसका सबसे प्यारा कुत्ता स्टालिन निमोनिया का शिकार हो गया। रामस्वरूप ने दिन-रात बड़े दिल से उसका इलाज किया, मगर वह

तंदरुस्त न हुआ। इसकी मौत से बहुत सदमा हुआ। कई दिन उसकी आँखें शोकपूर्ण रहीं और जब उसने एक दिन बाक़ी कुत्ते किसी दोस्त को दे दिए तो मैंने ख़याल किया कि उसने स्टालिन की मौत के सदमे के कारण ऐसा किया है। वरना वह इनकी जुदाई कभी सहन नहीं करता।

लेकिन कुछ समय के बाद उसने बंदर और बंदरिया को भी विदा कर दिया तो मुझे किसी क़दर हैरत हुई, लेकिन मैंने सोचा कि उसका दिल अब और किसी मौत का सदमा सहन करना नहीं चाहता। अब वह निकर पहनकर रम पीते हुए सिर्फ़ अपनी बिल्ली नरगिस से खेलता था। वह भी उससे बहुत प्यार करने लगी थी। क्योंकि रामस्वरूप का सारा मनोरंजन अब इसी के लिए सीमित हो गया था।

अब उसके घर शेर-चीतों की बू नहीं आती थी। सफ़ाई में कुछ सीमा तक नज़र आने वाला सलीक़ा और क़रीना भी पैदा हो चला था। उसके चेहरे पर हलका-सा निखार आ गया था। मगर यह सब कुछ इस क़दर आहिस्ता-आहिस्ता हुआ था कि उसके प्रारंभिक बिंदु का पता चलाना बहुत मुश्किल था।

दिन गुज़रते गए। रामस्वरूप की ताज़ी फ़िल्म रिलीज़ हुई तो मैंने उसकी कलाकारी में नई ताज़गी देखी। मैंने उसे बधाई दी तो वह मुस्कराया–"लो, व्हिस्की पियो।"

मैंने ताज्जुब से पूछा–"व्हिस्की?"

व्हिस्की इसलिए कि वह सिर्फ़ रम पीने का आदी था।

पहली मुस्कराहट को होंठों में ज़रा सिकोड़ते हुए उसने जवाब दिया–"रम पी-पीकर तंग आ गया हूँ।"

मैंने उससे कुछ और न पूछा।

अगले रोज़ जब उसके पास शाम को गया, तो वह कमीज़-पायजामा पहने रम नहीं व्हिस्की पी रहा था। देर तक हम ताश खेलते और व्हिस्की पीते रहे। इस दौरान मैंने नोट किया कि व्हिस्की का स्वाद उसकी ज़बान और तालू पर ठीक नहीं बैठ रहा। क्योंकि घूँट भरने के बाद वह कुछ इस तरह मुँह बनाता था, जैसे किसी बिना चखी चीज़ से उसका वास्ता पड़ा हुआ है। चुनाँचे मैंने उससे कहा–"तुम्हारी तबीयत क़ुबूल नहीं कर रही व्हिस्की?"

उसने मुस्कराकर जवाब दिया–"आहिस्ता-आहिस्ता क़ुबूल कर लेगी।"

रामस्वरूप का फ्लैट दूसरी मंज़िल पर था। रात-दिन मैं उधर से गुज़र रहा था कि देखा नीचे गैराज के पास ख़ाली बोतलों और डिब्बों के अंबार के अंबार पड़े हैं। सड़क पर दो छकड़े खड़े हैं जिनमें तीन-चार कबाड़िये उनको लाद रहे हैं। मेरी हैरत की कोई सीमा न रही। क्योंकि यह ख़जाना रामस्वरूप के अलावा और किसका हो सकता था–आप यक़ीन मानिए, उसको जुदा होते देखकर मैंने अपने मन में एक अजीब क़िस्म का दर्द महसूस किया–दौड़ा-दौड़ा ऊपर गया। घंटी बजायी, दरवाज़ा खुला। मैंने अंदर दाख़िल होना चाहा तो नौकर ने सामान्य रूप से रास्ता रोकते हुए कहा–"साहब, रात शूटिंग पर गए थे इस वक़्त सो रहे हैं।"

मैं हैरत और गुस्से से बौखला गया–कुछ बड़बड़ाया और चल पड़ा।

उसी दिन शाम को रामस्वरूप मेरे घर आया–उसके साथ शीला थी। नयी बनारसी साड़ी में सजी हुई–रामस्वरूप ने उसकी तरफ इशारा करके मुझसे कहा–"मेरी धर्मपत्नी से मिला।"

अगर मैंने व्हिस्की के चार पेग न पिए होते, तो यक़ीनन यह सुनकर मैं बेहोश हो गया होता।

रामस्वरूप और शीला सिर्फ़ थोड़ी देर बैठे और चले गए। मैं देर तक सोचता रहा कि बनारसी साड़ी में शीला किसके समान थी–दुबले-पतले बदन पर हलके बादामी रंग की काग़ज़ी-सी साड़ी...किसी जगह फूली हुई किसी जगह दबी हुई। एकदम मेरी आँखों के सामने एक ख़ाली बोतल आ गयी। बारीक काग़ज़ में लिपटी हुई।

शीला औरत थी–बिलकुल ख़ाली। लेकिन हो सकता है एक ख़ालीपन ने दूसरे ख़ालीपन को पूरा कर दिया हो।

दो गड्ढे

आप मुझे एक कहानीकार के रूप में जानते हैं और अदालतें एक फुहड़ निगार (अश्लील लेखक) की हैसियत से। सरकार मुझे कभी कम्युनिस्ट कहती है और कभी देश का सबसे बड़ा अदीब। कभी मेरे लिए रोज़ी के दरवाज़े बंद किए जाते हैं और कभी खोले जाते हैं। कभी मुझे ग़ैर-ज़रूरी इनसान बताकर, 'मकान से बाहर' का हुक्म दिया जाता है और कभी मौज में आकर, यह कह दिया जाता है कि नहीं, तुम 'मकान के अंदर' रह सकते हो। मैं पहले सोचता था, अब भी सोचता हूँ कि इस देश में, जिसे दुनिया का सबसे बड़ा इस्लामी राज्य कहा जाता है, मेरी क्या जगह है और मेरी क्या ज़रूरत है।

आप इसे कहानी कह लीजिए, लेकिन मेरे लिए यह एक कड़वी सच्चाई है कि मैं अभी तक ख़ुद अपने वतन में, जिसे पाकिस्तान कहते हैं और जो मुझे बहुत प्यारा है, अपनी असली जगह नहीं खोज सका। यही वजह है कि मेरी रूह बेचैन रहती है, यही वजह है कि मैं कभी पागलख़ाने में और कभी अस्पताल में होता हूँ।

मैं जो भी हूँ फिर भी मुझे यक़ीन है कि मैं इनसान हूँ। इसका सबूत यह है कि मुझमें ख़ामियाँ भी हैं और खूबियाँ भी। मैं सच बोलता हूँ, पर कई मौकों पर झूठ भी बोलता हूँ। नमाज़ नहीं पढ़ता, लेकिन मैंने सजदे कई बार किए हैं। किसी ज़ख़्मी कुत्ते को देख लूँ तो घंटों मेरी तबीयत ख़राब रहती है, पर मेरे अंदर अभी तक यह जुरत नहीं पैदा हुई कि उसे उठाकर घर ले जाऊँ और उसका इलाज करूँ। किसी दोस्त को तंगी में फँसा देखता हूँ, तो मुझे सचमुच तकलीफ़ होती है, लेकिन मैंने ब-वक़्ते-ज़रूरत, पैसों से मदद नहीं की, इसलिए कि मुझे शराब ख़रीदनी होती थी। मुझे किसी अपाहिज लड़की से मिलने का इत्तफ़ाक़ हो तो घंटों मेरे दिल-दिमाग़ में तूफ़ान की-सी हालत रहती है। मैं अपाहिज बनकर, ख़ुद को उसकी जगह रखकर, घंटों सोचता हूँ; उसकी ज़िंदगी की ट्रेजेडी के बारे में गौर करता हूँ; फिर अचानक यह फैसला करता हूँ कि मैं उससे शादी कर लूँ। मगर जब मैं इसका ज़िक्र अपनी बीवी से करता हूँ, तो वह फैसला टिक नहीं पाता।

मैं अफ़साना निगार हूँ। मेरे तख़ैयुल की उड़ान बहुत ऊँची है, पर मुझे अफ़सोस है कि ऊँचा उड़कर फिर मैं ऐसा गिरता हूँ कि पाताल की अथाह गहराइयों तक पहुँच जाता हूँ और वहाँ औंधे मुँह पड़ा सोचता हूँ कि जब गिरना ही था तो उड़ने की तकलीफ़ क्यों की? लेकिन शायद ये छोटे-छोटे वाक़यात, जो हम छोटे आदमियों की फिसलनों की वजह से पैदा होते हैं, मुझ पर बहुत असर डालते हैं।

मैं केले या खरबूजे के छिलके कभी बर्दाश्त नहीं कर सकता, जो सड़क पर पड़े होते हैं। मुझे इस तरह की बेपरवाही करने वाले लोगों की कमअकली पर रोना आता है।

मुझे फिर रोना आता है, जब मैं देखता हूँ कि लोग अपने-अपने घरों के चूहे पकड़ते हैं और दूसरे मुहल्ले में छोड़ आते हैं। अपने घर का कूड़ा-करकट निकालते हैं और झाड़ू, से अपने पड़ोसी के दरवाज़े के साथ लगा देते हैं।

कहते हैं कि ये हिमाकतें तालीम की कमी की वजह से हैं। जब सबकी राय से यह बात मान ली गयी तो यह क्या बेवकूफ़ी नहीं है कि तालीम आम नहीं की जाती? क्या इसका यह मतलब नहीं कि वे लोग, जिनके हाथ में लोगों को तालीम देने का काम है, खुद अनपढ़ हैं।

मैं झुँझला-झुँझला जाता हूँ, जब मैं सोचता हूँ कि हमारे हाकिम परले दर्जे के गाफ़िल है। एक आदमी मिनिस्टर बनता है, तो उसके घर की तरफ़ जो सड़क जाती है—उस पर हर रोज़ छिड़काव होता है। उसकी सफ़ाई का ध्यान हर दारोगा को रखना पड़ता है। लेकिन उन जगहों की तरफ़ कोई आँख उठाकर भी नहीं देखता, जहाँ सफ़ाई और छिड़काव की बेहद ज़रूरत है।

एक मिनिस्टर का गला धूप-मिट्टी उड़ने की वजह से ख़राब हो जाए या दूसरे मिनिस्टर को मच्छर काट खाएँ तो इससे क्या होता है? वे सैकड़ों-हज़ारों बच्चे, जो इन गंदी नालियों की ग़लीज़ फ़िज़ा में रहते हैं, इन मिनिस्टरों से ज़्यादा अहमियत रखते हैं, क्योंकि यही वह जनता है, जो लड़ाई के मैदान में सीने पर गोलियाँ खाती है और हार-जीत का फैसला करती है।

ये बातें इतनी ज़ाहिर और साफ़ हैं कि हर आदमी इन्हें जानता है, यहाँ तक कि हमारे हाकिम भी। फिर भी समझ में नहीं आता कि यह भेदभाव क्यों हर जगह हावी नज़र आता है। मैं तो कई बार ऐसा महसूस करता हूँ

कि सरकार और आवाम का रिश्ता रूठे हुए मियाँ और बीवी का रिश्ता है। दिखावा तो है, लेकिन असल में कुछ भी नहीं। एक अफ़साना निगार के नाते मुझे यह रिश्ता बहुत दिलचस्प लगता है। अगर आप भी थोड़ा गौर करें तो आपको इसमें अनगिनत दिलचस्प पहलू मिल जाएँगे। बीवी अपनी मनमानी करती है, शौहर अपनी मनमानी। दोनों गृहस्थी के फ़र्ज़ों का पालन नहीं करते, लेकिन इसके बावजूद वे मियाँ-बीवी हैं। आपस में छोटी-छोटी बातों पर झगड़े होते हैं, सगे-संबंधी देखते और हँसते हैं, लेकिन उनका रिश्ता ज्यों-का-त्यों खोखला रहता है।

हुकूमत और आवाम के आपसी मेल (बलात्कार कहना ज़्यादा सही होगा) से बच्चे पैदा होते हैं, लेकिन बड़े 'सेफ्टी ऐक्ट' और 'ऑर्डिनेंस' क़िस्म के, जिनकी शक्ल-सूरत न तो शासन से मिलती है और न जनता से। मैं इनके बारे में कुछ कहना नहीं चाहता, सिवाय इसके कि यह मेरी समझ से ऊपर की बात है।

मेरी समझ से ऊपर की बहुत-सी बातें हैं। मैं अमरीका की हवस और साम्राज्यवादी रुझान समझ सकता हूँ। मुझे रूस के हथौड़े और उसकी दराँती का असली मतलब समझ में आ जाता है। लेकिन यहाँ मेरे मुल्क में जो कुछ हो रहा है, वह मेरी समझ और सोच से ऊपर की बात है। मुमकिन है कि जो कुछ आज मेरी नज़रों के सामने हो रहा है, बहुत ऊँचा हो, लेकिन यह भी हो सकता है कि वह बहुत नीचा हो। कुछ भी हो, मुझे इस बात का हमेशा अफ़सोस रहेगा कि मुझे समझाने वाला कोई नहीं मिला।

अमरीका से जंगी मदद लेने का समझौता हुआ है, उसको एक अफ़साना निगार क्या समझेगा? तुर्कों से पाकिस्तान का जो समझौता हुआ है, इस पर एक अफ़साना निगार क्या ख़याल रख सकता है? वह यह भी नहीं पूछ सकता कि लियाकत अली के क़त्ल की जाँच का क्या नतीजा निकला? उसको यह सवाल करने की भी हिम्मत नहीं हो पाती कि लियाकत अली ख़ाँ के हत्यारे की हत्या करने वालों को क्या सज़ा मिली? आख़िर वह भी तो इनसान था, जो मौत के घाट उतार दिया गया। मगर वह यह तो पूछ सकता है कि तारघर के इस तरफ़ चौक में, मैकलोड रोड की तरफ़ जाने वाली सड़क के शुरू में जो दो गड्ढे खुदे हुए थे, उनका क्या मतलब था?

ये गड्ढे शायद अब पूर दिए गए हैं, मगर वह ट्रक अभी तक वहाँ खड़ा है, जिनका शिकार हुआ था। मालूम नहीं, वह कब तक टूटी हालत में वहाँ पड़ा रहेगा और मेरी तरह सवाल करता रहेगा कि ये दो गड्ढे, जो उसकी टूट-फूट का कारण बने, उनका क्या मतलब था।

अगर ये गड्ढे इसलिए खोदे गए थे कि रात की नाकाफ़ी रोशनी में ताँगे इनमें गिरें; घोड़े मरें या लूले-लंगड़े हो जाएँ; साइकिल-सवार अपनी हड्डी-पसली तुड़वाएँ; कोई मोटर-साइकिल पर सवार, फिल्मी धुन अलापता आए और ऐसी पटखनी खाये कि उसे सुरैया ही नज़र आ जाय, तो मुझे कोई एतराज़ नहीं। क्योंकि जनता को ऐसे मनबहलाव के मौके हासिल कराने का काम कभी-कभी कॉर्पोरेशन को करना ही चाहिए। लेकिन मुझे झुँझलाहट होती है कि अगर मैं यह कहूँगा कि मुझे कोई एतराज़ नहीं, तो सरकार मुझे घेर लेगी और कहेगी कि तुम्हें क्यों कोई एतराज़ नहीं, जबकि हमें सच पूछिए तो आजकल एतराज़ उठाने का ज़माना ही नहीं रहा। सिगरेट ब्लैक में मिल रहे हैं। आप एतराज़ करें तो इससे कुछ हासिल नहीं होगा। छोटे दुकानदार आपसे रोना रोएँगे कि साहब जिनको कोटा मिलता है, हम उनसे ख़रीदते है, दस आने की डिबिया ग्यारह आने में मिलती है, हम अगर दो पैसे या एक आना मुनाफ़ा लेते हैं, तो बताइए क्या जुर्म करते हैं?

आटे-दाल का भाव पूछें, तो आटे-दाल का भाव मालूम हो जाता है। दम मारने की मजाल नहीं। फिर भी आदमी तो सोचता है कि सिगरेटें इतनी ब्लैक क्यों हो रही है? वह जिसे सोल-एजेंट कहते हैं, उससे यह सवाल क्यों नहीं किया जाता कि आख़िर ये सिगरेट उसी के जरिये से आते हैं, क्या उसे कंपनी को ज़्यादा दाम देने पड़ते हैं? क्या कंपनी किसी वजह से ज़रूरत से कम सिगरेट भिजवा रही है? कुछ भी हो, यह हुकूमत का फ़र्ज़ है कि वह इस बात का पता लगाए कि सोल-एजेंट या कंपनी को क्या तकलीफ़ है, ताकि उसे दूर करने की कोई तरक़ीब सोची जाए। पर मुसीबत यह है कि हुकूमत ख़ुद बहुत-सी तकलीफ़ों की शिकार है।

यूँ तो हमारे इर्द-गिर्द बेशुमार गड्ढे हैं, जिनको पूरने के लिए ख़िज़्र की उम्र दरकार है, लेकिन मैं उन दो गड्ढों की बात कर रहा था, जो तारघर के इस तरफ़, सड़क के शुरू में खोदे गए थे या अपने-आप खुद गए थे; जिन्हें रात के धुँधलके में कॉर्पोरेशन लोगों की निगाह से छिपाए रखती थी।

मैं पाकिस्तान में अपनी असली जगह अभी तक मालूम नहीं कर सका, लेकिन मैं अपने-आप में यह समझता हूँ कि मेरी हस्ती बहुत बड़ी है, उर्दू अदब में मेरा नाम बहुत अहमियत रखता है। (यह ख़ुशफहमी न होती तो ज़िंदगी दूभर हो जाती) इसलिए कुछ दिन पहले मुझे इन गड्ढों का महत्त्व मालूम हुआ, जो देखने में ग़ैर-ज़रूरी मालूम होते थे, पर असल में बहुत ज़रूरी थे।

ग़ैर-ज़रूरी इसलिए थे कि इनके बिना भी लोग ज़ख़्मी हो सकते थे। ये न होते, तब भी यहाँ टूट-फूट का सिलसिला जारी रहता। ज़रूरी इसलिए थे कि इनकी मौजूदगी से यह ज़ाहिर होता था कि कॉर्पोरेशन के बग़ैर भी काम चल सकता है।

बहुत दिन हुए, मुझे नौआबादी के महकमे की तरफ़ से यह नोटिस मिला था कि तुम ग़ैर-ज़रूरी आदमी हो, इसलिए वह मकान, जो तुम्हें अलॉट किया गया है, ख़ाली कर दो। मेरा ख़याल है कि यह नोटिस बिलकुल ग़ैर-ज़रूरी था इसलिए कि जब तक सड़कों पर अनढँके गड्ढे मौजूद हैं, ग़ैर-ज़रूरी इनसानों को मकान ख़ाली करने का हुक्म देने का सवाल बेतुका है।

कुछ दिन हुए, मैंने टी-हाउस से निकल कर ताँगा लिया। डाकघर के क़रीब पहुँचा तो मुझे ख़याल आया कि मैकलोड रोड की तरफ़ से बीडन रोड को चलना चाहिए। उस रास्ते पर एक फलों की दुकान आती हैं, जहाँ से मैं अकसर अपनी बच्चियों के लिए माल्टे वगैरह ले जाया करता हूँ।

ताँगे ने जब तारघर की इस तरफ़ मैकलोड रोड का रुख़ किया, तो रात के धुँधलके में मुझे अचानक दो डरावने गड्ढे नज़र आए। मुझे हैरत है, ये गड्ढे मुझे कैसे दिखायी दे गए, इसलिए कि मुझे रतौंधी की बीमारी है, मुझे रात के अँधेरे में कुछ दिखायी नहीं देता। मैं एकदम चिल्लाया। कोचवान ने मेरी चीख़ सुनकर बागें खींचीं। घोड़ा कुछ इस तरह रुका कि दो ग़ज़ पीछे चला गया।

अगर घोड़े का क़दम ज़रा-सा आगे बढ़ जाता तो मालूम नहीं क्या होता। ताँगे वाले ने मुझे हज़ार-हज़ार दुआएँ दीं कि उसका घोड़ा अपाहिज होने से बच गया, इसलिए कि सौ क़दम के फ़ासले पर एक टूटा हुआ ताँगा पड़ा था, जिसका घोड़ा ज़ख़्मी हालत में कराह रहा था।

मैं सोच रहा था कि पाकिस्तान का सबसे बड़ा अफ़साना निगार बच गया। उस समय मुझे क़ौम के नुकसान का ख़याल था। यह अहसास बिलकुल नहीं था कि मेरी एक बीवी है और तीन बच्चियाँ हैं। मुझे उस वक़्त सिर्फ़ यह ख़याल था कि मैं क़ौम का सरमाया हूँ, जो बर्बाद होने से बच गया। हालाँकि यह भी सही है कि मेरी मौत एक ग़ैर-ज़रूरी इनसान की मौत होती। कुछ रिश्तेदारों और दोस्तों की आँखें ज़रूर पुरनम हो जातीं, मगर इस मुल्क की एक आँख भी आँसुओं से न डबडबाती, जिसका सरमाया मैं ख़ुद को समझता हूँ।

मैं इस मामले में बहुत बड़ा चुग़द हूँ, लेकिन इस ख़याल से थोड़ी तसल्ली मिलती है कि चुग़द होना ही इनसान होने की निशानी है, बहरहाल!

यह मेरी बेवक़ूफ़ी थी कि मैंने उन दो गड्ढों को सिर्फ़ ख़ुद अपने से जोड़ा, वरना उनमें हर इनसान की लाश समा सकती थी, चाहे उसका नाम सआदत हसन मंटो होता या कुछ और।

यूँ तो बहुत-सी बातें समझ में नहीं आतीं, मगर यह बात तो बहुत ही ज़्यादा समझ में नहीं आती कि तारघर के इस तरफ़ यहाँ दो गड्ढे क्यों खोदे गए थे या अपने आप ख़ुद गए थे? वहाँ कोई ऐसा निशान क्यों नहीं गाड़ दिया गया था, जो लोगों को बताता कि देखो, अगर तुम ज़ख़्मी होना या मरना चाहते हो तो जी-जान से जाओ, सब सामान मौजूद है, और अगर मामला इसके उलट है तो यहाँ से दूर रहो, अगर ख़ुदा को तुम्हारी मौत मंज़ूर है तो वह तुम्हें सीधी और साफ़ सड़क पर भी यमराज के सुपुर्द कर देगा।

सुना है कि दूसरे देशों में यह रिवाज़ है कि अगर सड़क पर कोई इस तरह की जगह हो, तो हाकिम ऐसी ख़तरनाक जगह के इर्द-गिर्द रस्सा तान देते हैं, जिससे लोग ख़बरदार रहें। रात को लाल बत्तियाँ रख दी जाती हैं, जिससे आने-जाने वालों को ख़तरे का पता लग जाए।

यह तो हो नहीं सकता कि हमारी कॉर्पोरेशन ऐसी मामूली बात नहीं जानती। अगर इसने तारघर के इस तरफ़ दो गहरे गड्ढों को खोदा है तो इसमें ज़रूर कोई बेहतरी होगी। वह आदमी, जो सिर्फ़ एक अफ़साना निगार है, इसे क्योंकर समझ सकता है। मगर इसे अपनी नाज़ादी और जहालत को मानते हुए, इतना पूछने का हक़ ज़रूर है कि इसमें क्या बेहतरी है? और कुछ नहीं तो उसे एक और कहानी लिखने का मसाला तो हासिल हो सकेगा।

तारघर के इस तरफ़, जहाँ आज से कुछ दिन पहले दो गड्ढे खोदे गये थे या अपने आप ख़ुद गए थे, एक टूटा हुआ ट्रक, तीन पहियों और बहुत-सी ईंटों के सहारे, खड़ा है। मालूम नहीं वह मुझसे कुछ कहना चाहता है या कॉर्पोरेशन से। में तो इसकी बेज़बानी किसी हद तक समझ सकता हूँ, मगर कॉर्पोरेशन, जो बहुत बड़ी ड्रामानिगार है और अपने वक़्त की आगा है, उसकी बेज़बानी समझ लेगी–मैं इसके बारे में कुछ नहीं कह सकता।

मेरी राय है कि हमारी सरकार को, फ़ौरन ही, इन गड्ढों के ऊपर एक जाँच कमीशन बैठा देना चाहिए। जब तक यह कमीशन अपनी रिपोर्ट के काग़ज़ों से उनको भरेगी और बहुत-से गड्ढे ख़ुद जाएँगे या खोद लिये जाएँगे, जिससे ऐसी दूसरी कमीशनों के लिए जगह पैदा हो सके।

तारघर के इस तरफ़ के दो गड्ढे ज़िंदाबाद और उस तरफ़ के वे घोड़े और इनसान मुर्दाबाद जो इनमें गिरकर न मर सके।

❑

टूटू

मैं सोच रहा था। दुनिया की सबसे पहली औरत जब माँ बनी तो प्रकृति का क्रियाकलाप क्या था?

दुनिया के सबसे पहले मर्द ने क्या आसमानों की तरफ़ तमतमाई आँखों से देखकर दुनिया की सबसे पहली ज़बान में बड़े गर्व के साथ यह नहीं कहा था–"मैं भी बालक हूँ।"

टेलीफोन की घंटी बजनी शुरू हुई। मेरे आवारा ख़यालात का सिलसिला टूट गया–बालकनी से उठकर मैं अंदर कमरे में आया–टेलीफोन जिद्दी बच्चे की तरह चिल्लाए जा रहा था।

टेलीफोन बड़ी मुफ़ीद चीज़ है। मगर मुझे उससे नफ़रत है। इसलिए कि वक़्त-बेवक़्त बजने लगता हैं–चुनाँचे बहुत ही बद-दिली से मैंने रिसीवर उठाया और नंबर बताया–"फोर फोर फाइव सेवन।"

दूसरे सिरे से हलो-हलो शुरू हुई। में झुँझला गया–"कौन है?"

जवाब मिला–"आया।"

मैंने आया के बातचीत के ढंग से पूछा–"किस को माँगता है?"

"मेम साहब हैं?"

"हैं–ठहरो।"

टेलीफोन का रिसीवर एक तरफ़ रखकर मैंने अपनी बीती को जो अंदर शायद सो रही थी आवाज़ दी–"मेम साहब, मेम साहब!"

आवाज़ सुनकर मेरी बीवी उठी और जम्हाइयाँ लेती हुई आयी–"यह क्या मज़ाक़ है। मेम साहब, मेम साहब।"

मैंने मुस्कराकर कहा–"मेम साहब ठीक है–याद है तुमने अपनी पहली आया से कहा था कि मुझे मेम साहब के बदले बेगम साहिबा कहा करो तो उसने बेगम साहिबा को बैंगन साहिबा बना दिया था।"

एक मुस्कराती हुई जम्हाई लेकर मेरी बीवी ने पूछा–"कौन है?"

"दरयाफ़्त कर लो।"

मेरी बीवी ने टेलीफोन उठाया और हलो-हलो शुरू कर दिया—मैं बाहर बालकनी में चला गया—औरतें टेलीफोन के मामले में बहुत बातूनी होती हैं। चुनाँचे 15-20 मिनट तक हलो-हलो होता रहा।

मैं सोच रहा था।

टेलीफोन पर हर दो-तीन शब्दों के बाद हलो क्यों कहा जाता है?

क्या इस हलो-हलो के पीछे हीन भावना तो नहीं? बार-बार हलो सिर्फ़ उसे करनी चाहिए, जिसे इस बात का अंदेशा हो कि उसकी उबाऊ गुस्तगू से तंग आकर सुनने वाला फोन छोड़ देगा या हो सकता है यह सिर्फ़ आदत हो।

उसी वक़्त मेरी बीवी घबराई हुई आई—"सआदत साहब, इस बार मामला बहुत ही सीरियस मालूम होता है।"

"कौन-सा मामला?"

मामले की स्थिति बताए बग़ैर मेरी बीवी ने कहना शुरू कर दिया—"बात बढ़ते-बढ़ते तलाक़ तक पहुँच गयी है—पागलनपन की कोई हद होती है—मैं शर्त लगाने के लिए तैयार हूँ कि बात कुछ भी नहीं होगी। बस फुसरी का भगंदर बना होगा। दोनों सिरफिरे हैं।"

"अजी हज़रत कौन?"

"मैंने बताया नहीं आपको? ओह! टेलीफोन ताहिरा का था।"

"ताहिरा, कौन ताहिरा?"

"मिसेज़ यज़दानी।"

"ओह!" मैं सारा मामला समझ गया, "कोई नया झगड़ा हुआ है?"

"नया और बहुत बड़ा, जाइये, यज़दानी आपसे बात करना चाहते हैं।"

"मुझसे क्या बात करना चाहता है?"

"मालूम नहीं..." ताहिरा से टेलीफोन छीनकर मुझसे केवल यह कहा, "भाभी-जान ज़रा मंटो साहब को बुलवाइए।"

ख़ाम-ख़्वाह मेरा मग़ज़ चाटेगा। यह कहकर मैं उठा और टेलीफोन पर यज़दानी साहब से मुख़ातिब हुआ।

उसने सिर्फ़ इतना कहा—"मामला बेहद नाज़ुक हो गया है, तुम और भाभी-जान टैक्सी से फ़ौरन आ जाओ।"

ताहिरा एक मशहूर इश्क़पेशा संगीतकार की खूबसूरत लड़की थी। अत: यज़दानी एक पठान आढ़ती का लड़का था। पहले शायरी शुरू की। फिर नाटककारी, इसके बाद आहिस्ता-आहिस्ता फ़िल्मी कहानियाँ लिखने लगा—ताहिरा का बाप अपने आठवें इश्क़ में लगा हुआ था और अता यज़दानी अलामा मशरिक़ी की ख़ाकसार तहरीक के लिए 'बेलचा' नामक ड्रामा लिखने में...एक शाम परेड करते हुए अता यज़दानी की आँखें ताहिरा की आँखों से चार हुईं। सारी रात जागकर उसने एक ख़त लिखा और ताहिरा तक पहुँचा दिया। कुछ माह तक दोनों में पत्रोत्तर जारी रहा और अंत में, दोनों की शादी बग़ैर किसी बाधा के हो गयी। अता यज़दानी को इस बात का अफ़सोस था कि उनका इश्क़ ड्रामे से वंचित रहा।

ताहिरा भी मन से ड्रामा पसंद थी—इश्क़ और शादी से पहले सहेलियों के साथ बाहर शापिंग को जाती तो उनके लिए मुसीबत बन जाती—गंजे आदमी को देखते ही उनके हाथों में खुजली हो जाती। "मैं उसके सिर पर एक धौल तो ज़रूर जमाऊँगी। चाहे तुम कुछ भी करो।"

जहीन थी—एक बार उसके पास कोई पेटीकोट नहीं था। उसने कमर के चारों ओर इज़ारबंद बाँधा और उसमें साड़ी उड़सकर सहेलियों के साथ चल दी।

क्या ताहिरा वाक़यी अता यज़दानी के इश्क़ में फँसी थी? इस बारे में निश्चित रूप से कुछ नहीं कहा जा सकता था। यज़दानी का पहला इश्क़िया ख़त मिलने पर उसका व्यवहार कुछ इसी क़िस्म का था। यूँ तो मज़बूत चरित्र की लड़की थी यानी जहाँ तक चरित्रवान होने का संबंध है, लेकिन थी खिलंडरी और यह जो प्रतिदिन उसका अपने शौहर से लड़ाई-झगड़ा होता था, मैं समझता हूँ एक खेल ही था। लेकिन जब हम वहाँ पहुँचे और हालात देखे तो मालूम हुआ कि यह खेल बड़ी ख़तरनाक सूरत बन गया था।

हमारे दाख़िल होते ही वह शोर मचा कि कुछ समझ में न आया। ताहिरा और यज़दानी दोनों ऊँचे-ऊँचे सुरों में बोलने लगे थे, शिकवे, ताने-माने...

पुराने मुर्दों पर नयी लाशें, नयी लाशों पर पुराने मुर्दे। जब दोनों थक गए तो आहिस्ता-आहिस्ता लड़ाई की कुछ-कुछ बात समझ में आने लगी।

ताहिरा की शिकायत थी कि अता स्टूडियो की एक वाहियात ऐक्ट्रेस को टैक्सियों में लिये-लिये फिरता है।

यज़दानी का कहना था कि यह सरासर गलत है।

ताहिरा कुरान उठाने के लिए तैयार थी कि अता का उस ऐक्ट्रेस से नाज़ायज़ रिश्ता है। जब वह साफ़ इनकारी हुआ तो ताहिरा ने बड़ी तेज़ी के साथ कहा–"कितने पारसा बनते हो–यह आया जो खड़ी है क्या तुमने इसे चूमने की कोशिश नहीं की थी...वह तो मैं अंदर से आ गई..."

यज़दानी ने कहा, "बकवास बंद करो।"

इसके बाद वही शोर मच गया।

मैंने समझाया। मेरी बीवी ने समझाया। मगर कोई असर न हुआ। अता को मैंने डाँटा भी, "ज़्यादती सरासर तुम्हारी है–माफी माँगो और यह क़िस्सा ख़त्म करो।"

अता ने बड़ी गंभीरता के साथ मेरी तरफ़ देखा–"सआदत, यह क़िस्सा यूँ ख़त्म नहीं होगा। मेरे बारे में यह औरत बहुत कुछ कह चुकी है। लेकिन मैंने उसके बारे में एक शब्द भी मुँह से नहीं निकाला। इनायत को जानते हो तुम?"

"इनायत?"

"प्ले बैक सिंगर।"

"हाँ, हाँ।"

"अव्वल दर्जे का छँटा हुआ बदमाश है...मगर यह औरत हर रोज़ उसे यहाँ बुलाती है–बहाना यह है कि..."

ताहिरा ने उसकी बात काट दी–"बहाना-वहाना कुछ नहीं...बोलो तुम क्या कहना चाहते हो?"

अता ने बहुत ही नफ़रत के साथ कहा–"कुछ नहीं।"

ताहिरा ने अपने माथे पर से बालों की झालर एक तरफ हटाई–"इनायत मेरा चाहने वाला है...बस।"

अता ने गाली दी–इनायत को मोटी और ताहिरा को छोटी–फिर शोर मच गया।

एक बार फिर वही कुछ दोहराया गया जो पहले कई बार कहा जा चुका था–मैंने और मेरी बीवी ने बीच-बचाव किया, मगर नतीजा वही रहा। मुझे ऐसा मालूम होता था जैसे अता और ताहिरा दोनों अपने झगड़े से संतुष्ट नहीं। लड़ाई के शोले एकदम भड़कते थे और कोई निर्णायक नतीजा पैदा किये बिना ठंडे हो जाते थे। फिर भड़काये जाते थे लेकिन होता-हवाता कुछ नहीं था।

मैं बहुत देर तक सोचता रहा कि अता और ताहिरा चाहते क्या हैं, मगर किसी नतीजे पर न पहुँच सका। मुझे बड़ी उलझन हो रही थी। दो घंटे से बक-बक और झक-झक जारी थी–लेकिन अंत खुदा जाने कहाँ भटक रहा था। तंग आकर मैंने कहा–"भई, अगर तुम दोनों की आपस में नहीं निभ सकती तो बेहतर यही है कि अलग हो जाओ।"

ताहिरा ख़ामोश रही। लेकिन अता ने कुछ क्षण गौर करने के बाद कहा–"अलग नहीं...तलाक़।"

ताहिरा चिल्लाई–"तलाक़, तलाक़, तलाक़...देते क्यों नहीं तलाक़–मैं कब तुम्हारे पाँव पड़ी हूँ कि तलाक़ न दो।"

अता ने बड़े दृढ़ स्वर में कहा–"दे दूँगा और बहुत जल्द।"

ताहिरा ने अपने माथे पर से बालों की झालर एक तरफ़ हटाई–"आज ही दो।"

अता उठकर टेलीफोन की तरफ़ बढ़ा, "मैं क़ाज़ी से बात करता हूँ।"

जब मैंने देखा मामला बिगड़ रहा है तो उठकर अता को रोका–"बेवकूफ़ न बनो, बैठो आराम से।"

ताहिरा ने कहा–"नहीं, भाईजान! आज मत रोकिए।"

मेरी बीवी ने ताहिरा को डाँटा–"बकवास बंद करो।"

"यह बकवास सिर्फ़ तलाक़ ही से बंद होगी..." यह कहकर ताहिरा टाँग पीटने लगी।

"सुन लिया तुमने?" अता मुझसे कहकर फिर टेलीफोन की तरफ़ बढ़ा। लेकिन मैं बीच में खड़ा हो गया।

ताहिरा मेरी बीवी को कहने लगी–"मुझे तलाक़ देकर उस चंडो ऐक्ट्रेस से ब्याह रचाएगा।"

अता ने ताहिरा से पूछा–“और तू?”

ताहिरा ने माथे पर बालों के पसीने में भीगी हुई झालर हाथ से ऊपर की–“मैं तुम्हारे इस यूसुफ-ए-सानी इनायत ख़ाँ से।”

“बस, अब पानी सिर से गुज़र चुका है–हद हो गई है–तुम हट जाओ एक तरफ...।” अता ने डायरी उठाई और नंबर देखने लगा। जब टेलीफोन करने लगा तो मैंने उसे रोकना उचित न समझा। उसने एक-दो बार डायल किया लेकिन नंबर न मिला। मुझे मौका मिला तो मैंने उसे दृढ़ शब्दों में कहा अपने इरादे को छोड़ दे। मेरी बीवी ने भी उससे विनती की, मगर वह न माना। इस पर ताहिरा ने कहा–“सफ़िया, तुम कुछ न कहो–इस आदमी के पहलू में दिल नहीं, पत्थर हैं–मैं तुम्हें वह ख़त दिखाऊँगी जो शादी से पहले इसने मुझे लिखे थे–उस वक़्त मैं उसके दिल का चैन और आँखों का नूर थी। मेरी ज़बान से निकला हुआ सिर्फ़ एक लफ़्ज़ उसके मुर्दा तन में जान डालने के लिए काफ़ी था। मेरे चेहरे की तरफ़ एक झलक देखकर यह ख़ुशी से मरने के लिए तैयार था...लेकिन आज इसे मेरी ज़रा भी परवाह नहीं।”

अता ने एक बार फिर नंबर मिलाने की कोशिश की।

ताहिरा बोलती रही–“मेरे बाप के संगीत से भी इसे इश्क़ था–इसे गर्व था। इतना बड़ा आर्टिस्ट मुझे अपना दामाद बनाना मंज़ूर कर रहा है। शादी की मंज़ूरी हासिल करने के लिए इसने उनके पाँव तक दबाये। पर आज इसे उनका कोई ख़याल नहीं।”

अता डायल घुमाता रहा।

ताहिरा मुझसे बोली–“आपको यह भाईजान कहता है। आपकी इज़्ज़त करता है। कहता था जो कुछ भाईजान कहेंगे मैं मानूँगा। लेकिन आप देख ही रहे हैं। टेलीफोन कर रहा है क़ाज़ी को–मुझे तलाक़ देने के लिए।”

मैंने टेलीफोन एक तरफ हटा दिया–“अता, अब छोड़ो भी।”

“नहीं।” यह कहकर उसने टेलीफोन अपनी तरफ़ घसीट लिया।

ताहिरा बोली–“जाने दीजिए, भाईजान! इसके दिल में मेरा क्या टूटू का भी ख़याल नहीं।”

अता तेज़ी से पलटा–“नाम न लो टूटू का।”

ताहिरा ने नथुने फुलाकर कहा–"क्यों नाम न लूँ उसका?"

अता ने रिसीवर रख दिया–"वह मेरा है।"

ताहिरा उठ खड़ी हुई–"जब मैं तुम्हारी नहीं हूँ तो वह कैसे तुम्हारा हो सकता है? तुम तो उसका नाम भी नहीं ले सकते।"

अता ने कुछ देर सोचा–"मैं बंदोबस्त कर लूँगा।"

ताहिरा के चेहरे पर एकदम ज़र्दी छा गई–"टूटू को छीन लोगे; मुझसे?"

अता ने बड़े दृढ़ स्वर में जवाब दिया–"हाँ।"

"जालिम।"

ताहिरा के मुँह से एक चीख़ निकली। बेहोश होकर गिरने ही वाली थी कि मेरी बीवी ने उसे थाम लिया। अता परेशान हो गया। पानी के छींटे। यू-डि-क्लोन, स्मैलिंग साल्ट, डॉक्टरों को टेलीफोन–अपने बाल नोच डाले। क़मीज़ फाड़ डाली...ताहिरा होश में आई तो वह उसका हाथ अपने हाथ में लेकर थपकने लगा–"जानेमन! टूटू तुम्हारा है। टूटू तुम्हारा है।"

अता ने ताहिरा की भरी आँखों को चूमना शुरू कर दिया–"मैं तुम्हारा हूँ। तुम मेरी हो–टूटू तुम्हारा ही है, मेरा भी है।"

मैंने अपनी बीवी को इशारा किया। वह बाहर निकली तो मैं भी थोड़ी देर के बाद चल दिया। टैक्सी खड़ी थी। हम दोनों बैठ गए–मेरी बीवी मुस्करा रही थी। मैंने उससे पूछा–"यह टूटू कौन है?"

मेरी बीवी खिलखिलाकर हँस पड़ी–"उनका लड़का।"

मैंने हैरत से पूछा–"लड़का?"

मेरी बीवी ने स्वीकृति में सिर हिला दिया।

मैंने और ज़्यादा हैरत से पूछा–"कब पैदा हुआ था–मेरा मतलब है..."

"अभी पैदा नहीं हुआ–चौथे महीने में है।"

"चौथे महीने यानी इस घटना के चार महीने बाद।" मैं बाहर बालकनी में बिलकुल कोरे मस्तिष्क बैठा था कि टेलीफोन की घंटी बजनी शुरू हुई। बड़ी बेदिली से उठने वाला था कि आवाज़ बंद हो गई। थोड़ी देर बाद मेरी बीवी आई। मैंने उससे पूछा, "कौन था?"

"यज़दानी साहब।

"कोई नयी लड़ाई थी?"

"नहीं। ताहिरा को लड़की हुई है—मरी हुई।" यह कहकर वह रोती हुई अंदर चली गई।

मैं सोचने लगा, अगर अब ताहिरा और अता का झगड़ा हुआ तो उसे कौन टूटू चुकाएगा?

❑

मंतर

नन्हा राम, नन्हा तो था, लेकिन शरारतों के लिहाज़ से बहुत बड़ा था। चेहरे से बेहद भोला-भाला लगता था। कोई नक़्शा या रेखा ऐसी नहीं थी, जो शोख़ी का पता दे। उसके शरीर का हर अंग, भद्देपन की हद तक मोटा था। जब चलता था तो ऐसा जान पड़ता था कि फुटबॉल लुढ़क रहा है। उम्र मुश्किल से आठ बरस की होगी, पर बला का ज़हीन और चालाक था। लेकिन उसकी समझ और चालाकी का पता उसके सरापे से लगाना बहुत मुश्किल था। राम के पिता, मिस्टर शंकराचार्य, एम. ए. एल. एल. बी. कहा करते थे कि 'मुँह में राम और बग़ल में छुरी' वाली मिसाल इसी राम के लिए बनाई गई है।

राम के मुँह से 'राम-राम' तो किसी ने सुना नहीं था, पर उसकी बग़ल में छुरी की जगह एक छोटी-सी छड़ी ज़रूर रहा करती थी, जिससे वह कभी-कभी डगलस फेयरबैंक यानी 'बग़दादी चोर' की तलवारबाज़ी की नक़ल किया करता था।

जब राम की माँ, यानी मिसेज शंकराचार्य उसको कान से पकड़कर उसके बाप के सामने लाई तो वह बिलकुल चुप था। आँखें ख़ुश्क थीं। उसका एक कान, जो उसकी माँ के हाथ में था, दूसरे कान से बड़ा मालूम हो रहा था। वह मुस्करा रहा था, पर उस मुस्कराहट में बला का भोलापन था। उसकी माँ का चेहरा गुस्से में तमतमाया हुआ था, पर राम के चेहरे से पता चलता था कि वह अपनी माँ से खेल रहा है और अपने कान को माँ के हाथ में देकर एक ख़ास क़िस्म का आनंद ले रहा है, जिसको वह दूसरों पर ज़ाहिर करना नहीं चाहता।

जब राम, मिस्टर शंकराचार्य के सामने लाया गया तो वे आरामकुर्सी पर जमकर बैठ गए कि उस नालायक के कान खींचें, हालाँकि वे उसके कान खींच-खींचकर काफ़ी से ज़्यादा लम्बे कर चुके थे और उसकी शरारतों में कोई फ़र्क़ न आने पाया था। वे अदालत में क़ानून के बल पर बहुत कुछ कर लेते थे, पर यहाँ, उस छोटे-से लौंडे के सामने उनकी कोई पेश न चलती थी।

एक बार मिस्टर शंकराचार्य ने किसी शरारत पर उसको परमेश्वर के नाम से डराने की कोशिश की थी। उन्होंने कहा था–"देख राम, तू अच्छा लड़का बन जा, नहीं तो मुझे डर है, परमेश्वर तुझसे नाराज़ हो जाएँगे।"

राम ने जवाब दिया था–"आप भी तो नाराज़ हो जाया करते हैं और मैं आपको मना लिया करता हूँ।" और थोड़ी देर सोचने के बाद उसने यह पूछा था–"बापू जी, ये परमेश्वर कौन हैं?"

"मिस्टर शंकराचार्य ने उसे समझाने के लिए जवाब दिया था–"भगवान, और कौन?...हम सबसे बड़े?"

"इस मकान जितने?"

"इससे भी बड़े। देख, अब तू कोई शरारत न करना वरना वो तुझे मार डालेंगे।" मिस्टर शंकराचार्य ने अपने बेटे को डराने के लिए परमेश्वर को उससे ज़्यादा डरावनी शक्ल में पेश करने के बाद यह ख़याल कर लिया था कि अब राम सुधर जाएगा और कोई शरारत न करेगा। पर राम ने, जो उस वक़्त चुप बैठा, अपने दिमाग़ के तराजू में परमेश्वर को तोल रहा था, कुछ देर ग़ौर करने के बाद जब बड़े भोलेपन से कहा–"बापू जी, आप मुझे परमेश्वर दिखा दीजिए।" तो मिस्टर शंकराचार्य की सारी क़ानूनदानी और वकालत धरी-की-धरी रह गई थी।

किसी मुक़दमे का हवाला देना होता तो वे उसको फाइल निकालकर दिखा देते या अगर कोई ताजीराते-हिंद किसी धारा के बारे में सवाल करता था तो वे अपनी मेज़ पर से वह मोटी किताब उठाकर खोलना शुरू कर देते, जिसकी जिल्द पर उनके उस बेटे ने चाकू से बेल-बूटे बना रखे थे; पर वे परमेश्वर को पकड़कर कहाँ से लाते, जिसके बारे में उन्हें ख़ुद अच्छी तरह मालूम नहीं था कि वह क्या है, कहाँ रहता है और क्या करता है।

जिस तरह उनको यह मालूम था कि धारा 379 चोरी के इल्ज़ाम पर लागू होती है, उसी तरह उनको यह भी मालूम था कि मारने और पैदा करने वाले को परमेश्वर कहते हैं। और जिस तरह उनको यह मालूम नहीं था कि वह, जिसके क़ानून बने हुए हैं, उसकी असलियत क्या है, यह उसी तरह उनको ईश्वर की असलियत क्या है, मालूम नहीं था। वे एम. ए. एल. एल. बी. थे,

पर यह डिग्री उन्होंने ऐसी उलझनों में फँसने के लिए नहीं, बल्कि पैसा कमाने के लिए हासिल की थी।

वे राम को परमेश्वर न दिखा सके और न उसको कोई माक़ूल जवाब ही दे सके, इसलिए कि यह सवाल ही कुछ इस तरह अचानक तौर पर किया गया था कि उनका दिमाग़ बिलकुल ख़ाली हो गया था। वे बस इतना कह सके थे–"जा राम जा, मेरा दिमाग़ न चाट, मुझे बहुत काम करना है।"

इस वक़्त भी उन्हें काम सचमुच बहुत करना था, पर वे पुरानी हारों को भूलकर, फ़ौरन ही इस नये मुकदमे का फ़ैसला कर देना चाहते थे।

उन्होंने राम की तरफ़ गुस्से से भरी निगाहों से देखकर अपनी धर्म-पत्नी से कहा–"आज इसने कौन-सी नयी शरारत की है?...मुझे जल्दी बताओ, मैं आज इसे दुगुनी सज़ा दूँगा।"

मिसेज़ आचार्य ने राम का कान छोड़ दिया और कहा–"इस मुए ने तो जीना दूभर कर रखा है। जब देखो, नाचना, थिरकना, कूदना...न आए की शर्म, न गए का लिहाज़। सुबह से मुझे सता रहा है। कई बार पीट चुकी हूँ, पर यह अपनी शरारतों से बाज़ ही नहीं आता। रसोई-घर में से दो कच्चे टमाटर निकालकर खा गया है। अब मैं सलाद में इसका सिर डालूँ?"

यह सुनकर मिस्टर शंकराचार्य को एक धक्का-सा लगा। वे ख़याल कर रहे थे कि राम के ख़िलाफ़ कोई संगीन इल्ज़ाम होगा, पर यह सुनकर कि उसने रसोई-घर से सिर्फ़ दो कच्चे टमाटर निकालकर खाये हैं, उन्हें घोर निराशा हुई। राम को झिड़कने और कोसने के लिए उनकी सब तैयारी सहसा ठंडी पड़ गयी। उनको ऐसा महसूस हुआ कि उनका सीना एकदम ख़ाली हो गया, जैसे एक बार उनके मोटर के पहिये की सारी हवा निकल गयी।

टमाटर खाना कोई गुनाह नहीं। इसके अलावा अभी कल ही मिस्टर शंकराचार्य के एक दोस्त ने, जो जर्मनी से डॉक्टरी की ऊँची सनद लेकर आए थे, उनसे कहा था कि अपने बच्चों को खाने के साथ कच्चे टमाटर ज़रूर दिया कीजिए, क्योंकि उनमें खूब विटामिन होते हैं। पर अब चूँकि वे राम को डाँटने-डपटने के लिए तैयार हो गये थे और उनकी पत्नी की भी यही इच्छा थी, इसलिए उन्होंने थोड़ी देर ग़ौर करने के बाद एक क़ानूनी नुक़्ता निकाला और इस खोज पर मन-ही-मन ख़ुश होकर अपने बेटे से कहा–"मेरे पास आ और जो कुछ मैं तुझसे पूछूँ सच-सच बता।"

मिसेज़ शंकराचार्य चली गयीं और राम ख़ामोशी से अपने बाप के पास खड़ा हो गया।

मिस्टर शंकराचार्य ने पूछा–"तूने रसोई-घर से दो कच्चे टमाटर निकालकर क्यों खाए?"

राम ने जवाब दिया–"दो कहाँ थे? माता जी झूठ बोलती है।"

"तू ही बता कितने थे?"

"डेढ़-एक और आधा।" राम ने ये शब्द उँगलियों से एक और आधे का निशान बनाकर कहे, "दूसरे आधे से माता जी ने दोपहर को चटनी बनायी थी।"

"चलो डेढ़ ही सही। पर तूने ये वहाँ से उठाए क्यों?"

राम ने जबाव दिया–"खाने के लिए।"

"ठीक है, पर तूने चोरी की।" मिस्टर शंकराचार्य ने क़ानूनी नुक्ते को पेश किया।

"चोरी! बापू जी, मैंने चोरी नहीं की। टमाटर खाए हैं, पर यह चोरी कैसे हुई?" यह कहता हुआ वह फ़र्श पर बैठ गया और ग़ौर से अपने बाप की तरफ़ देखने लगा।

"यह चोरी थी! दूसरे की चीज़ को उसकी इजाज़त के बिना उठा लेना, चोरी होती है।" मिस्टर शंकराचार्य ने यों अपने बच्चे को समझाया और सोचा कि वह उनका मतलब अच्छी तरह समझ गया है।

राम ने झट कहा–"पर टमाटर तो हमारे अपने थे–मेरी माता जी के।" मिस्टर शंकराचार्य सिटपिटा गए, पर फ़ौरन ही उन्होंने अपना मतलब स्पष्ट करने की कोशिश की–"तेरी माता जी के थे, ठीक है; पर वे तेरे तो नहीं हुए? जो चीज़ उनकी है, वह तेरी कैसे हो सकती है? देख, सामने मेज़ पर जो तेरा खिलौना पड़ा है, उठा ला। मैं तुझे अच्छी तरह समझाता हूँ।"

राम उठा और दौड़कर लकड़ी का घोड़ा उठा लाया और उसे उसने अपने बाप के हाथ में दे दिया, "यह लीजिए।"

मिस्टर शंकराचार्य बोले–"हाँ तो देख, यह घोड़ा तेरा है न?"

"जी हाँ।"

"अब अगर मैं इसे तेरी इजाज़त के बिना उठाकर अपने पास रख लूँ तो यह चोरी होगी।" फिर मिस्टर शंकराचार्य ने बात और भी साफ़ करने के लिए कहा–"और मैं चोर।"

"नहीं पिता जी, आप इसे अपने पास रख सकते हैं। मैं आपको चोर नहीं कहूँगा। मेरे पास खेलने के लिए हाथी तो है! क्या आपने अभी तक देखा नहीं। कल ही मुंशी दादा ने लाकर दिया है। ठहरिए, दूसरे कमरे में चला आया और मिस्टर शंकराचार्य आँखें झपकते रह गए।"

दूसरे दिन मिस्टर शंकराचार्य को एक ख़ास काम से पूना जाना पड़ा। उनकी बड़ी बहन वहीं रहती थीं। एक अर्से से वह छोटे राम को देखने के लिए बेक़रार थीं, इसलिए एक पंथ दो काज के अनुसार मिस्टर शंकराचार्य अपने बेटे को भी साथ ले गये, पर इस शर्त पर कि यह रास्ते में कोई शरारत न करेगा। नन्हा राम इस शर्त को बोरीबंदर स्टेशन तक निभा सका। उधर 'दक्खिन क्वीन' चली और इधर राम के नन्हे-से सीने में शरारतें मचलना शुरू हो गयीं।

मिस्टर शंकराचार्य सेकेंड क्लास कम्पार्टमेंट की चौड़ी सीट पर बैठे, अपने साथ वाले मुसाफ़िर का अख़बार देख रहे थे और सीट के आख़िरी हिस्से पर राम खिड़की में से बाहर झाँक रहा था। और हवा का दबाव देखकर, यह सोच रहा था कि अगर हवा उसे ले उड़े तो कितना मज़ा आए।

मिस्टर शंकराचार्य ने अपनी ऐनक के कोनों से राम की तरफ़ देखा और उसका हाथ पकड़कर नीचे बैठा दिया, "तू चैन भी लेने देगा या नहीं! आराम से बैठ जा।" यह कहते हुए उनकी नज़र राम की नयी टोपी पर पड़ी, जो उसके सिर पर चमक रही थी–"इसे उतारकर रख ले नालायक़, हवा इसे उड़ा ले जाएगी।"

उन्होंने राम के सिर पर से टोपी उतारकर उसकी गोद में रख दी।

थोड़ी देर के बाद टोपी फिर राम के सिर पर थी और वह खिड़की के बाहर सिर निकाले, दौड़ते हुए पेड़ों को ग़ौर से देख रहा था। दरख़्तों की भागदौड़ राम के दिमाग़ में आँख-मिचौनी के दिलचस्प खेल का नक्शा खींच रही थी।

हवा के झोंके से अख़बार दोहरा हो गया और मिस्टर शंकराचार्य ने अपने बेटे के सिर को फिर खिड़की से बाहर पाया। ग़ुस्से में उन्होंने हाथ खींचकर अपने पास बैठा लिया और कहा–"अगर तू यहाँ से एक इंच भी हिला तो तेरी ख़ैर नहीं।" यह कहकर उन्होंने टोपी उतार कर उसकी टाँगों पर रख दी।

इस काम से निपटकर, उन्होंने अख़बार उठाया और वे अभी उसमें यह सतर ढूँढ़ ही रहे थे, जहाँ से उन्होंने पढ़ना छोड़ा था कि राम ने खिड़की के पास सरक कर बाहर झाँकना शुरू कर दिया। टोपी उसके सिर पर थी। यह देखकर मिस्टर शंकराचार्य को सख़्त ग़ुस्सा आया। उनका हाथ भूखी चील की तरह टोपी की तरफ़ बढ़ा और पलक झपकते में वह उनकी सीट के नीचे थी। यह सब कुछ इतनी तेज़ी से हुआ कि राम को समझने का मौक़ा ही न मिला। मुड़कर उसने अपने बाप की ओर देखा, पर उनके हाथ उसे ख़ाली नज़र आए। इसी परेशानी में उसने खिड़की से बाहर झाँककर देखा तो उसे रेल की पटरी पर बहुत पीछे, ख़ाकी काग़ज़ का एक टुकड़ा उड़ता नज़र आया। उसने सोचा कि यह मेरी टोपी है।

इस ख़याल के आते ही उसके दिल को एक धक्का-सा लगा। बाप की ओर ख़ेद-भरी दृष्टि से देखते हुए उसने कहा–"बापू जी, मेरी टोपी!"

मिस्टर शंकराचार्य चुप रहे।

"हाय मेरी टोपी।" राम की आवाज़ बुलंद हुई।

मिस्टर शंकराचार्य कुछ न बोले।

राम ने रोने स्वर में कहा–"मेरी टोपी!" और अपने बाप का हाथ पकड़ लिया।

मिस्टर शंकराचार्य ने उसका हाथ झटककर कहा–"गिरा दी होगी तूने। अब रोता क्यों है?"

इस पर राम की आँखों में दो मोटे-मोटे आँसू तैरने लगे।

"पर धक्का तो आप ही ने दिया था।" उसने इतना कहा और रोने लगा।

मिस्टर शंकराचार्य ने ज़रा डाँट बतायी तो राम ने और ज़्यादा रोना शुरू कर दिया। उन्होंने उसे चुप कराने की कोशिश की, पर सफल न हुए। राम का रोना सिर्फ़ टोपी ही बंद करा सकती थी, चुनाँचे मिस्टर शंकराचार्य ने

थक-हार कर उससे कहा–"टोपी वापस आ जाएगी, पर शर्त यह है कि तू उसे पहनेगा नहीं।"

राम की आँखों में आँसू फ़ौरन सूख गए, जैसे तपी हुई रेत में बारिश की बूँदें जज़्ब हो जाएँ। वह सरक कर आगे बढ़ आया, "उसे वापस लाइए।"

मिस्टर शंकराचार्य ने कहा–"ऐसे थोड़े ही वापस आएगी। मंत्र पढ़ना पड़ेगा।"

कम्पार्टमेंट में सब मुसाफ़िर बाप-बेटे की बातें सुन रहे थे।

"मंत्र!" यह कहते हुए राम को एकदम वह क़िस्सा याद आ गया, जिसमें एक लड़के ने मंत्र के ज़रिये दूसरों की चीज़ें ग़ायब करनी शुरू कर दी थीं। "पढ़िए बापू जी।"

यह कहकर वह खूब ग़ौर से अपने बाप की तरफ़ देखने लगा, मानो मंत्र पढ़ते समय मिस्टर शंकराचार्य के गंजे सिर पर सींग उग आएँगे।

मिस्टर शंकराचार्य ने उस मंत्र के बोल याद करते हुए, जो उन्होंने बचपन में 'सम्पूर्ण इन्द्रजाल' से पढ़कर कंठस्थ किया था, कहा–"तू फिर तो शरारत नहीं करेगा?"

"नहीं बापू जी।" राम ने, जो मंत्र की गहराइयों में डूब रहा था, अपने बाप से शरारत न करने का वादा कर लिया।

मिस्टर शंकराचार्य को मंत्र के बोल याद आ गए और उन्होंने मन-ही-मन अपनी स्मरण-शक्ति की प्रशंसा करते हुए, अपने लड़के से कहा–"ले, अब तू आँखें बंद कर ले।"

राम ने आँखें बंद कर लीं और मिस्टर शंकराचार्य ने मंत्र पढ़ना शुरू किया–

"ओ३म् नमः कामेश्वरी, मद मदेश उत्मा दे भरेंग परा स्वाहा।"

मिस्टर शंकराचार्य का एक हाथ सीट के नीचे आ गया और 'स्वाहा' के साथ ही राम की टोपी उसकी गुदगुदी रानों पर आ गिरी।

राम ने आँखें खोल दीं। टोपी उसकी चपटी नाक के नीचे पड़ी थी और मिस्टर शंकराचार्य की नुकीली नाक का बसा, ऐनक की सुनहरी पकड़ के

नीचे थरथरा रहा था। अदालत में मुक़दमा जीतने के बाद उनका कुछ ऐसा ही हाल हुआ करता था।

"टोपी आ गयी।" राम ने सिर्फ़ इतना कहा और चुप हो रहा और मिस्टर शंकराचार्य, राम को चुप बैठने का हुक्म देकर, अख़बार पढ़ने में तल्लीन हो गए। एक ख़बर काफ़ी दिलचस्प और अख़बारी ज़बान में बेहद 'सनसनीख़ेज़' थी, चुनाँचे वे मंत्र वग़ैरा सब कुछ भूलकर उसमें खो गए।

'दक्खिन क्वीन' बिजली के पैरों पर तेज़ी से उमड़ रही थी। उसके पहियों की एकरस गड़गड़ाहट, सनसनी पैदा करने वाली ख़बर की हर सतर को सनसनीख़ेज़ बना रही थी। मिस्टर शंकराचार्य यह लाइन पढ़ रहे थे।

"अदालत पर सन्नाटा छाया हुआ था। सिर्फ़ टाइप-राइटर की टिक-टिक सुनायी देती थी। अभियुक्त सहसा चिल्लाया–" "बापू जी!"

ठीक उस समय राम ने अपने बाप को ज़ोर से आवाज़ दीं–"बापू जी!" और मिस्टर शंकराचार्य को ऐसा लगा कि उस लाइन के आख़िरी लफ़्ज़ काग़ज़ पर उछल पड़े हैं।

राम के थरथराते हुए होंठ बता रहे थे कि वह कुछ कहना चाहता है।

मिस्टर शंकराचार्य ने ज़रा तेज़ी से कहा–"क्या है?" और ऐनक के एक कोने में से टोपी को सीट पर पड़ा देखकर, अपना इत्मीनान कर लिया।

राम आगे सरक आया और कहने लगा–"बापू जी, वही मंत्र पढ़िए।"

"क्यों?" यह कहते हुए मिस्टर शंकराचार्य ने राम की टोपी की तरफ़ ग़ौर से देखा, जो सीट के कोने में पड़ी थी।

"आपके काग़ज़, जो यहाँ पड़े थे, मैंने बाहर फेंक दिए हैं।"

राम ने उससे आगे कुछ और भी कहा, पर मिस्टर शंकराचार्य की आँखों के सामने अँधेरा-सा छा गया। बिजली की-सी तेज़ी के साथ उठकर उन्होंने खिड़की के बाहर झाँककर देखा, पर रेल की पटरी के साथ, तितलियों की तरह फड़फड़ाते हुए काग़ज़ के पुर्जों के सिवा उन्हें और कुछ नज़र न आया।

"तूने वे काग़ज़ फेंक दिये, जो यहाँ पड़े थे?" उन्होंने अपने दाहिने हाथ से सीटें की तरफ़ इशारा करते हुए कहा।

राम ने स्वीकार में सिर हिला दिया, "आप वही मंत्र पढ़िए न।"

मिस्टर शंकराचार्य को ऐसा कोई मंत्र याद न था, जो सचमुच की खोयी हुई चीज़ों को वापस ला सके। वे सख़्त परेशान थे। वे काग़ज़ात जो उनके बेटे ने फेंक दिए ये, एक नये मुक़दमे की मिसिल थी, जिसमें चालीस हज़ार की मालियत के क़ानूनी काग़ज़ात पड़े थे। मिस्टर शंकराचार्य एम. ए. एल. एल. बी. की बाज़ी उनकी अपनी ही चाल से मात हो गयी। पल-भर में उनके क़ानूनी दिमाग़ में काग़ज़ात के बारे में सैकड़ों ख़यालात आये। ज़ाहिर है कि मिस्टर शंकराचार्य के मुवक्किल का नुकसान, उनका अपना नुकसान था। पर अब वे क्या कर सकते थे।

सिर्फ़ यह कि अगले स्टेशन पर उतरकर, रेल की पटरी के साथ-साथ चलना शुरू कर दें और दस-पंद्रह मील तक उन काग़ज़ों की तलाश में मारे-मारे फिरते रहें। मिलें-न मिले, उनकी क़िस्मत!

एक क्षण के अंदर-अंदर सैकड़ों बातें सोचने के बाद, आख़िर में उन्होंने अपने मन में यह फैसला कर लिया कि अगर तलाश करने पर भी काग़ज़ात न मिले तो वे मुवक्किल के सामने सिरे से इनकार ही कर देंगे कि उसने उनको कभी काग़ज़ात दिये थे। नैतिक और क़ानूनी तौर पर यह सरासर नाजायज़ था। लेकिन इसके अलावा और हो भी क्या सकता था।

इस संतोषप्रद ख़याल के बावजूद मिस्टर शंकराचार्य के मुँह में कड़वाहट-सी पैदा हो रही थी। सहसा उनके मन में आया कि काग़ज़ों की तरह, वे राम को भी उठाकर गाड़ी से बाहर फेंक दें। पर इस इच्छा को सीने में दबाकर उन्होंने उसकी ओर देखा।

राम के होंठों पर एक अजीबोगरीब मुस्कराहट फैल रही थी।

उसने हौले से कहा-"बापू जी, मंत्र पढ़िए।"

"आराम से बैठा रह, वरना याद रख, गला घोंट दूँगा।" मिस्टर शंकराचार्य भन्ना गए।

उस मुसाफ़िर के होंठों पर, जो ग़ौर से बाप-बेटे की बातें सुन रहा था, एक अर्थपूर्ण मुस्कराहट नाच रही थी।

राम आगे सरक आया, "बापू जी, आप आँखें बंद कर लीजिए। मैं मंत्र पढ़ता हूँ।"

मिस्टर शंकराचार्य ने आंखें बंद न कीं, लेकिन राम ने मंत्र पढ़ना शुरू कर दिया:

"ओंग मियांग सियांग...लद्...मुद्...अमगा फ़दौदमा...स्वाहा!"और 'स्वाहा' के साथ ही मिस्टर शंकराचार्य की मांसल रानों पर काग़ज़ों का एक पुलिंदा आ गिरा।

उनकी नाक का बाँसा ऐनक की सुनहरी पकड़ के नीचे ज़ोर से काँपा।

राम की चपटी नाक के गोल और लाल-लाल नथुने भी काँप रहे थे।

❑

ठंडा गोश्त

ईशरसिंह ज्यों ही होटल के कमरे में दाख़िल हुआ, कुलवंत कौर पलंग पर से उठी। अपनी तेज़-तेज़ आँखों से उसकी तरफ़ घूरकर देखा और दरवाज़े की चिटखनी बंद कर दी। रात के बारह बज चुके थे। शहर का वातावरण एक अजीब रहस्यमयी ख़ामोशी में गर्क था।

कुलवंत कौर पलंग पर आलथी-पालथी मारकर बैठ गई। ईशरसिंह, जो शायद अपने समस्यापूर्ण विचारों के उलझे हुए धागे खोल रहा था, हाथ में किरपान लेकर उस कोने में खड़ा था। कुछ क्षण इसी तरह ख़ामोशी में बीत गए। कुलवंत कौर को थोड़ी देर के बाद अपना आसन पसंद न आया और दोनों टाँगें पलंग के नीचे लटकाकर उन्हें हिलाने लगी। ईशरसिंह फिर भी कुछ न बोला।

कुलवंत कौर भरे-भरे हाथ-पैरों वाली औरत थी। चौड़े-चकले, कूल्हे थुल-थुल करने वाले गोश्त से भरपूर। कुछ बहुत ही ज़्यादा ऊपर को उठा हुआ सीना, तेज़ आँखें, ऊपरी होंठ पर सुरमई गुबार, ठोड़ी की बनावट से पता चलता था कि बड़े धड़ल्ले की औरत हूँ।

ईशरसिंह सिर नीचा किए एक कोने में चुपचाप खड़ा था। सिर पर उसके कसकर बाँधी हुई पगड़ी ढीली हो रही थी। उसने हाथ में जो किरपान थामी हुई थी, उसमें थोड़ी-थोड़ी कंपन थी, उसके आकार-प्रकार और डील-डौल से पता चलता था कि वह कुलवंत कौर जैसी औरत के लिए सबसे उपयुक्त मर्द है।

कुछ क्षण जब इसी तरह ख़ामोशी में बीत गए तो कुलवंत कौर छलक पड़ी, लेकिन तेज़-तेज़ आँखों को नचाकर वह सिर्फ़ इस क़दर कह सकी—"ईशरसियाँ!"

ईशरसिंह ने गर्दन उठाकर कुलवंत कौर की तरफ़ देखा, मगर उसकी निगाहों की गोलियों की ताब न लाकर मुँह दूसरी तरफ़ मोड़ लिया।

कुलवंत कौर चिल्लाई–"ईशरसियाँ!" लेकिन फ़ौरन ही आवाज़ भींच ली, पलंग पर से उठकर उसकी तरफ़ होती हुई बोली–"कहाँ ग़ायब रहे तुम इतने दिन?"

ईशरसिंह ने ख़ुश्क होंठों पर ज़बान फेरी, "मुझे मालूम नहीं।"

कुलवंत कौर भन्ना गई, "यह भी कोई माइयावाँ जवाब है!"

ईशरसिंह ने किरपान एक तरफ़ फेंक दी और पलंग पर लेट गया। ऐसा मालूम होता था, वह कई दिनों का बीमार है। कुलवंत कौर ने पलंग की तरफ़ देखा, जो अब ईशरसिंह से लबालब भरा था और उसके दिल में हमदर्दी की भावना पैदा हो गई। चुनांचे उसके माथे पर हाथ रखकर उसने बड़े प्यार से पूछा–"जानी, क्या हुआ तुम्हें?"

ईशरसिंह छत की तरफ़ देख रहा था। उसने निगाहें हटाकर उसने कुलवंत कौर के परिचित चेहरे को टटोलना शुरू किया–"कुलवंत।"

आवाज़ में दर्द था। कुलवंत कौर सारी की सारी सिमटकर अपने ऊपरी होंठ में आ गई, "हाँ 'जानी'।" कहकर वह उसको दाँतों से काटने लगी।

ईशरसिंह ने पगड़ी उतार दी। कुलवंत कौर की तरफ़ सहारा लेने वाली निगाहों से देखा। उसके गोश्त भरे कूल्हे पर ज़ोर से थप्पा मारा और सिर को झटका देकर अपने-आपसे कहा, "इस कुड़ी दा दिमाग़ ही ख़राब है।"

झटके देने से उसके केश खुल गए। कुलवंत अँगुलियों से उनमें कंघी करने लगी। ऐसा करते हुए उसने बड़े प्यार से पूछा, "ईशरसियाँ, कहाँ रहे तुम इतने दिन?"

"बुरे की माँ के घर।" ईशरसिंह ने कुलवंत कौर को घूरकर देखा और फ़ौरन दोनों हाथों से उसके उभरे हुए सीने को मसलने लगा–"क़सम वाहे गुरु की, बड़ी जानदार औरत हो!"

कुलवंत कौर ने एक अदा के साथ ईशरसिंह के हाथ एक तरफ़ झटक दिए और पूछा, "तुम्हें मेरी क़सम, बताओ कहाँ रहे? शहर गए थे?"

ईशरसिंह ने एक ही लपेट में अपने बालों का जूड़ा बनाते हुए जवाब दिया, "नहीं।"

कुलवंत कौर चिढ़ गई, "नहीं, तुम ज़रूर शहर गए थे–और तुमने बहुत-सा रुपया लूटा है, जो मुझसे छुपा रहे हो।"

"वह अपने बाप का तुख़्म न हो, जो तुमसे झूठ बोले।"

कुलवंत कौर थोड़ी देर के लिए ख़ामोश हो गयी, लेकिन फ़ौरन ही भड़क उठी, "लेकिन मेरी समझ में नहीं आता, उस रात तुम्हें हुआ क्या?–अच्छे-भले मेरे साथ लेटे थे। मुझे तुमने वे तमाम गहने पहना रखे थे, जो तुम शहर से लूटकर लाए थे। मेरी पप्पियाँ ले रहे थे। पर जाने एकदम तुम्हें क्या हुआ, उठे और कपड़े पहनकर बाहर निकल गए।"

ईशरसिंह का रंग ज़र्द हो गया। कुलवंत ने यह तबदीली देखते ही कहा, "देखा, कैसे रंग पीला पड़ गया ईशरसियाँ, कसम वाहे गुरु की, ज़रूर कुछ दाल में काला है।"

"तेरी जान क़सम, कुछ भी नहीं!"

ईशरसिंह की आवाज़ बेजान थी। कुलवंत कौर का शुबहा और ज़्यादा मज़बूत हो गया। ऊपरी होंठ भींचकर उसने एक-एक शब्द पर ज़ोर देते हुए कहा, "ईशरसियाँ, क्या बात है, तुम वह नहीं हो, जो आज से आठ रोज़ पहले थे।"

ईशरसिंह एकदम उठ बैठा, जैसे किसी ने उस पर हमला किया था। कुलवंत कौर को अपने मज़बूत बाजुओं में समेटकर उसने पूरी ताक़त के-साथ झँझोड़ना शुरू कर दिया, "जानी, मैं वही हूँ–घुट-घुट कर पा जफ्फियाँ, तेरी निकले हड्डा दी गर्मी।"

कुलवंत कौर ने कोई बाधा न दी, लेकिन वह शिकायत करती रही, "तुम्हें उस रात क्या हो गया था?"

"बुरे की माँ का वह हो गया था!"

"बताओगे नहीं?"

"कोई बात हो तो बताऊँ।"

"मुझे अपने हाथों से जलाओ, अगर झूठ बोलो।"

ईशरसिंह ने अपने बाजू उसकी गर्दन में डाल दिए और होंठ उसके होंठों पर गड़ा दिए। मूँछों के बालों कुलवंत कौर के नथूनों में घुसे, तो उसे छींक आ गई। ईशरसिंह ने अपनी सदरी उतार दी और कुलवंत कौर को वासनामयी नज़रों से देखकर कहा, "आओ जानी, एक बाज़ी ताश की हो जाए।"

कुलवंत कौर के ऊपरी होंठ पर पसीने की नन्ही-नन्ही बूँदें फूट आईं। एक अदा के साथ उसने अपनी आँखों की पुतलियाँ घुमाई और कहा, "चल, दफ़ा हो।"

ईशरसिंह ने उसके भरे हुए कूल्हे पर ज़ोर से चुटकी भरी। कुलवंत कौर तड़पकर एक तरफ़ हट गयी, "न कर ईशरसियाँ, मेरे दर्द होता है!"

ईशरसिंह ने आगे बढ़कर कुलवंत कौर का ऊपरी होंठ अपने दाँतों तले दबा लिया और कचकचाने लगा। कुलवंत कौर बिलकुल पिघल गई। ईशरसिंह ने अपना कुर्ता उतारकर फेंक दिया और कहा, "तो फिर हो जाए तुरप चाल।"

कुलवंत कौर का ऊपरी होंठ कँपकँपाने लगा। ईशरसिंह ने दोनों हाथों से कुलवंत कौर की कमीज़ का बेरा पकड़ा और जिस तरह बकरे की खान उतारते हैं, उसी तरह उसको उतारकर एक तरफ़ रख दिया। फिर उसने घूरकर उसके नंगे बदन को देखा और ज़ोर से उसके बाजू पर चुटकी भरते हुए कहा—"कुलवंत, क़सम वाहे गुरु की! बड़ी करारी औरत हो तुम।"

कुलवंत कौर अपने बाजू पर उभरते हुए धब्बे को देखने लगी, "बड़ा ज़ालिम है तू ईशरसियाँ।"

ईशरसिंह अपनी घनी काली मूँछों में मुस्कराया, "होने दे आज ज़ालिम।" और यह कहकर उसने और जुल्म ढाने शुरू किये। कुलवंत कौर का ऊपरी होंठ दाँतों तले किचकिचाया, कान की लवों को काटा, उभरे हुए सीने को भंभोडा, उभरे हुए कूल्हों पर आवाज़ पैदा करने वाले चाँटे मारे, गालों के मुँह भर-भरकर बोसे लिये, चूस-चूसकर उसका सीना थूकों से लथेड़ दिया। कुलवंत कौर तेज़ आँच पर चढ़ी हुई हाँडी की तरह उबलने लगी। लेकिन ईशरसिंह उन तमाम हीलों के बावजूद ख़ुद में हरकत पैदा न कर सका। जितने

गुर और जितने दाँव उसे याद थे, सबके-सब उसने पिट जाने वाले पहलवान की तरह इस्तेमाल कर दिए, परंतु कोई कारगर न हुआ। कुलवंत कौर के सारे बदन के तार तनकर ख़ुद-ब-ख़ुद बज रहे थे, ग़ैरज़रूरी छेड़-छाड़ से तंग आकर कहा, ईश्वरसियाँ, काफ़ी फेंट चुका है, अब पत्ता फेंक!"

यह सुनते ही ईशरसिंह के हाथ से जैसे ताश की सारी गड्डी नीचे फिसल गई। हाँफता हुआ वह कुलवंत कौर के पहलू में लेट गया और उसके माथे पर सर्द पसीने के लेप होने लगे।

कुलवंत कौर ने उसे गरमाने की बहुत कोशिश की, मगर नाकाम रही। अब तक सब कुछ मुँह से कहे बग़ैर होता रहा था, लेकिन जब कुलवंत कौर के क्रियापेक्षी अंगों को सख़्त निराशा हुई तो वह झल्लाकर पलंग से उतर गई। सामने खूँटी पर चादर पड़ी थी, उसे उतारकर उसने जल्दी-जल्दी ओढ़कर और नथुने फुलाकर बिफरे हुए लहजे में कहा, "ईशरसियाँ, वह कौन हरामज़ादी है, जिसके पास तू इतने दिन रहकर आया है और जिसने तुझे निचोड़ डाला है?"

कुलवंत कौर गुस्से से उबलने लगी, "मैं पूछती हूँ, कौन है वह चड्डो—कौन है वह उल्फ़ती, कौन है वह चोर-पत्ता?"

ईशरसिंह ने थके हुए लहजे में कहा, "कोई भी नहीं कुलवंत, कोई भी नहीं।"

कुलवंत कौर ने अपने उभरे हुए कूल्हों पर हाथ रखकर एक दृढ़ता के साथ कहा, "ईशरसियाँ मैं आज झूठ-सच जानकर रहूँगी—खा वाहे गुरु जी की क़सम—क्या इसकी तह में कोई औरत नहीं?"

ईशरसिंह ने कुछ कहना चाहा, मगर कुलवंत कौर ने इसकी इजाज़त न दी।

"क़सम खाने से पहले सोच ले कि मैं भी सरदार निहालसिंह की बेटी हूँ—तक्का-बोटी कर दूँगी अगर तूने झूठ बोला—ले, अब खा वाहे गुरु जी की कसम—क्या इसकी तह में कोई औरत नहीं?"

ईशरसिंह ने बड़े दुःख के साथ हाँ में सिर हिलाया। कुलवंत कौर बिलकुल दीवानी हो गई। लपककर कोने में से किरपान उठाई। म्यान को

केले के छिलके की तरह उतारकर एक तरफ़ फेंका और ईशरसिंह पर वार कर दिया।

आन की आन में लहू के फव्वारे छूट पड़े। कुलवंत कौर को इससे भी तसल्ली न हुई तो उसने बहशी बिल्लियों की तरह ईशरसिंह के केश नोचने शुरू कर दिए। साथ ही साथ वह अपनी नामालूम सौत को मोटी-मोटी गालियाँ देती रही। ईशरसिंह ने थोड़ी देर बाद दुबली आवाज़ में विनती की, "जाने दे अब कुलवंत, जाने दे।"

आवाज़ में बला का दर्द था। कुलवंत कौर पीछे हट गई।

खून ईशरसिंह के गले से उड़-उड़ कर उसकी मूँछों पर गिर रहा था। उसने अपने काँपते होंठ खोले और कुलवंत कौर की तरफ़ शुक्रियों और शिकायत की मिली-जुली निगाहों से देखा।

"मेरी जान, तुमने बहुत जल्दी की–लेकिन जो हुआ, ठीक है।"

कुलवंत कौर की ईर्ष्या फिर भड़की, "मगर वह कौन है, तेरी माँ?"

लहू ईशरसिंह की ज़बान तक पहुँच गया। जब उसने उसका स्वाद चखा तो उसके बदले में झुरझुरी-सी दौड़ गयी।

"और मैं...और मैं भेनी या छ: आदमियों को क़त्ल कर चुका हूँ–इसी किरपान से।"

कुलवंत कौर के दिमाग़ में दूसरी औरत थी–"मैं पूछती हूँ कौन है वह हरामज़ादी?"

ईशरसिंह की आँखें धुँधला रही थीं। एक हलकी-सी चमक उनमें पैदा हुई और उसने कुलवंत कौर से कहा, "गाली न दे उस भड़वी को।"

कुलवंत कौर चिल्लाई, "मैं पूछती हूँ, वह है कौन?"

ईशरसिंह के गले में आवाज़ रुँध गई–"बताता हूँ," कहकर उसने अपनी गर्दन पर हाथ फेरा और उस पर अपना जीता-जीता खून देखकर मुस्कराया, "इनसान माइयाँ भी एक अजीब चीज़ है।"

कुलवंत कौर उसके जवाब का इंतज़ार कर रही थी, "ईशरसिंह, तू मतलब की बात कर।"

ईशरसिंह की मुस्कराहट उसकी लहू भरी मूँछों में और ज़्यादा फैल गई, "मतलब ही की बात कर रहा हूँ–गला चिरा हुआ है माइयाँ मेरा–अब धीरे-धीरे ही सारी बात बताऊँगा।"

और जब वह बताने लगा तो उसके माथे पर ठंडे पसीने के लेप होने लगे, "कुलवंत! मेरी जान–मैं तुम्हें नहीं बता सकता, मेरे साथ क्या हुआ?–इनसान कुड़िया भी एक अजीब चीज़ हैं–शहर में लूट मची तो सबकी तरह मैंने भी इसमें हिस्सा लिया–गहने-पाते और रुपये-पैसे जो भी हाथ लगे, वे मैंने तुम्हें दे दिए–लेकिन एक बात तुम्हें न बताई।"

ईशरसिंह ने घाव में दर्द महसूस किया और कराहने लगा। कुलवंत कौर ने उसकी तरफ़ तवज्जो न दी और बड़ी बेरहमी से पूछा, "कौन-सी बात?" ईशरसिंह ने मूँछों पर जमे हुए लहू को फुँक के ज़रिये उड़ाते हुए कहा, "जिस मकान पर...मैंने धावा बोला था...उसमें सात...उसमें सात आदमी थे–छ: मैंने क़त्ल कर दिए...इसी किरपान से, जिससे तूने मुझे...छोड़ इसे...सुन...एक लड़की थी, बहुत ही सुंदर, उसको उठाकर मैं अपने साथ ले आया।"

कुलवंत कौर ख़ामोश सुनती रही। ईशरसिंह ने एक बार फिर फूँक मारकर मूछों पर से लहू उड़ाया–कुलवंत जानी, मैं तुमसे क्या कहूँ, कितनी सुंदर थी–मैं उसे भी मार डालता, पर मैंने कहा, "नहीं ईशरसियाँ, कुलवंत कौर से तो हर रोज़ मज़े लेता है, यह मेवा भी चखकर देख!"

कुलवंत कौर ने सिर्फ़ इस क़दर कहा, "हूँ।"

"और मैं उसे कंधे पर डालकर चल दिया...रास्ते में...क्या कह रहा था मैं...हाँ, रास्ते में...नहर की पटरी के पास, थूहड़ की झाड़ियों तले मैंने उसे लिटा दिया–पहले सोचा कि फेंटूँ, फिर ख़याल आया कि नहीं..." यह कहते-कहते ईशरसिंह की ज़बान सूख गई।

कुलवंत ने थूक निगलकर हलक तर किया और पूछा, "फिर क्या हुआ?"

ईशरसिंह के हलक से मुश्किल से ये शब्द निकले, "मैंने...मैंने पत्ता फेंका...लेकिन...लेकिन...।"

उसकी आवाज़ डूब गई।

कुलवंत कौर ने उसे झिंझोड़ा, "फिर क्या हुआ?"

ईशरसिंह ने अपनी बंद होती आँखें खोलीं और कुलवंत कौर के जिस्म की तरफ़ देखा, जिसकी बोटी-बोटी थिरक रही थी–"वह...वह मरी हुई थी...लाश थी...बिलकुल ठंडा गोश्त...जानी, मुझे अपना हाथ दे...!"

कुलवंत कौर ने अपना हाथ ईशरसिंह के हाथ पर रखा जो बर्फ़ से भी ज़्यादा ठंडा था।

प्रभाकर प्रकाशन द्वारा प्रकाशित पुस्तकें
मंटो
की कहानियाँ
काली सलवार
तथा अन्य कहानियाँ
मंटो
टोबा टेक सिंह
तथा अन्य कहानियाँ
मंटो
ब्लाउज़
तथा अन्य कहानियाँ
मंटो
टोबा टेक सिंह
तथा अन्य कहानियाँ
मंटो
sales@pharosbooks.in
011-40395855
www.prabhakarprakashan.com
प्रभाकर प्रकाशन, प्लॉट नं.-55, मेन मदर डेयरी रोड, पांडव नगर, ईस्ट दिल्ली-110092

नोट्स

नोट्स

www.ingramcontent.com/pod-product-compliance
Lightning Source LLC
LaVergne TN
LVHW051532170726
843492LV00006B/1738